라스 푸틴의 정원

RASPUTIN NO NIWA KEIJI INUKAI HAYATO

©Shichiri Nakayama 2021,2023
First published in Japan in 2021 by KADOKAWA CORPORATION, Tokyo.
 Korean translation rights arranged with KADOKAWA CORPORATION, Tokyo
through JM Contents Agency Co.

이 책은 JMCA를 통해 일본의 KADOKAWA CORPORATION과 독점 계약하여
한국어판 출판권이 블루홀식스에 있습니다.
저작권법에 의해 한국 내에서 보호를 받는 저작물이므로 무단 전재와 복제를 금합니다.

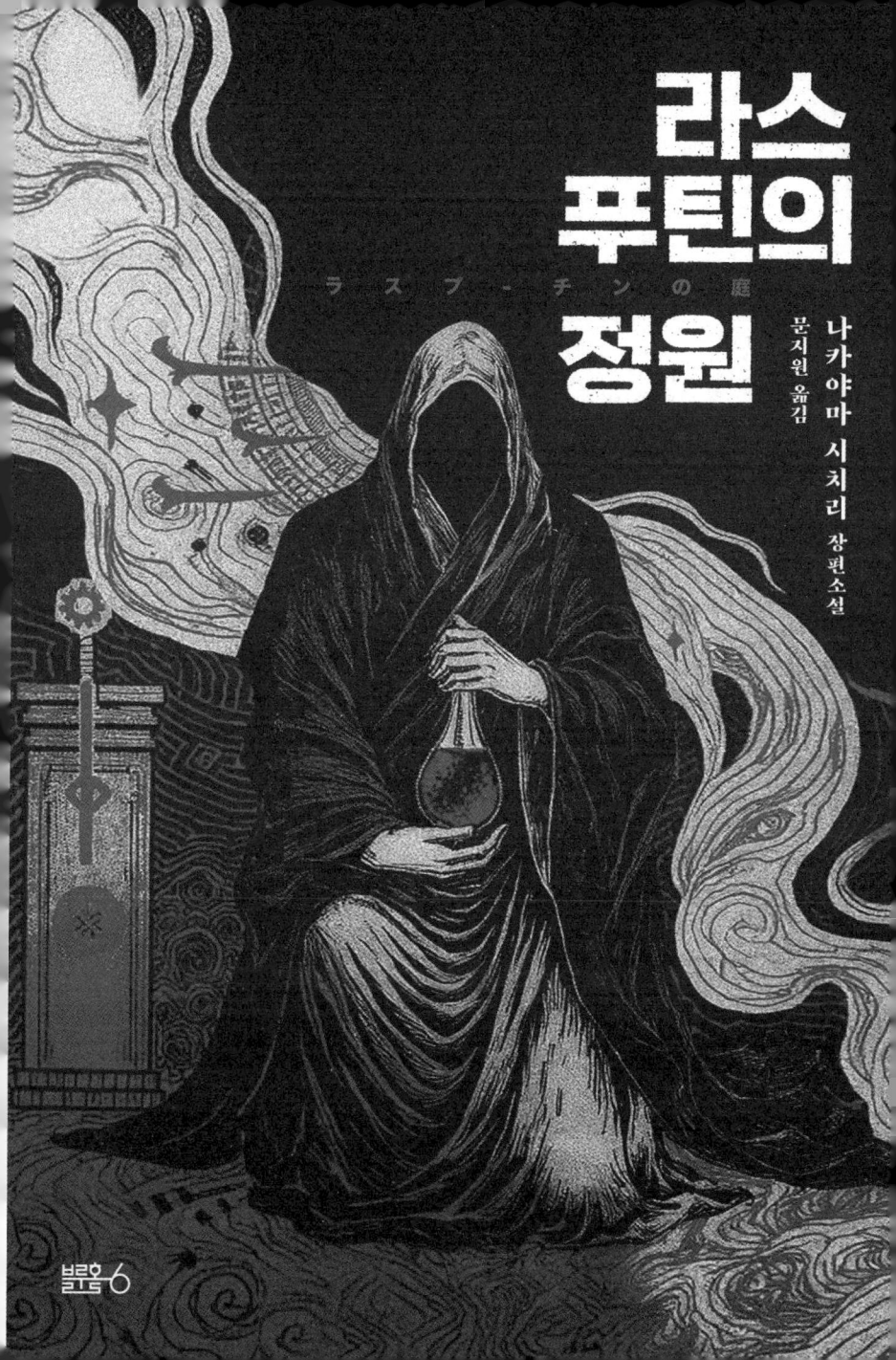

차례

1 묵시 …… 007
2 성흔 …… 045
3 괴승 …… 121
4 고리 …… 207
5 순교 …… 285

옮긴이의 말 …… 384

일러두기

본문의 각주는 전부 독자의 이해를 돕기 위한
옮긴이 주입니다.

1
묵시

1

 구미타 자매는 우애가 좋기로 소문이 자자했다. 한 살 터울인 언니 구짱은 아버지를, 유짱은 어머니를 닮아서 나란히 서 있어도 두 사람이 자매임을 알아보는 사람은 거의 없었다. 언니는 동생을 헌신적으로 보살폈고 동생은 언니를 어머니보다 더 따랐다.
 부모와 자매, 네 명으로 구성된 가족. 가끔은 소소한 말다툼도 있었지만 구미타 가족만큼 화목한 가정이라는 말이 잘 어울리는 집도 드물었다.
 아버지인 구미타 마코토는 건축설계사무소를 운영했다. 하지만 직원은 두 명뿐이었고, 그나마도 그중 한 명은 아내인 시즈에였으므로 회사라고 하기에는 거창했다. 구미타 마코토는 설계 기술이 뛰어나 과거에 설계 관련 상을 받은 적도 있었다. 그의 실력을 믿고 발주하는 건축회사도 적지 않아서 사업은 순풍에 돛 단 듯 안정적이었다.

의뢰가 끊이지 않아서 직원 둘 뿐인 사무실은 늘 바빴기 때문에 회계 업무를 맡은 시즈에는 점점 집안일에 소홀해졌다.

그런 상황에서 엄마 역할을 한 사람은 바로 구짱이었다. 아직 초등학교에 입학하지 않은 아이였지만 어머니를 흉내 내다 보니 어느새 달걀 프라이나 파스타 등 간단한 요리는 할 수 있게 됐다.

한 살 어린 유짱은 구짱에게 단 하나뿐인 동생이었다. 구짱은 유짱이 말 잘 듣는 착한 아이로 크길 바랐다.

"아, 유짱, 옷에 또 케첩 묻혔네. 더러워졌잖아, 그러면 안 돼."

"그치만."

"그치만은 뭐가 그치만이야. 언니가 빨아야 하잖아."

"괜찮아, 오늘은 내가 빨 거니까."

"유짱, 세제를 얼마큼 넣어야 하는지도 모르잖아. 너무 많이 넣으면 옷이 망가지거나 물이 빠져. 그래서 얼마 전에 아빠 셔츠도 못 쓰게 만들었잖아."

구짱은 어리지만 말재주가 좋고 핵심을 찌르는 구석이 있어서 구짱의 말에 어른도 반박하지 못할 때가 있었다. 그러니 한 살 어린 유짱은 언니를 당해 낼 수 없었다.

아, 또 시작되겠네.

"나는 잘못한 적 없어."

기대와 불안이 뒤섞인 예감이 적중했다. 유짱이 와락 울음을 터뜨린 것이다.

유짱은 한번 울기 시작하면 쉽게 그치지 않았는데, 유짱이 눈앞에서 계속 울면 그게 마치 자신의 책임처럼 느껴져서 동생을 달래는 사람은 결국 구짱이었다. 구짱은 초등학생이 되고 나서야 자신이 자기 일을 스스로 늘리고 있다는 것을 깨달았다.

언니라는 이름은 고작 여섯 살짜리 여자아이도 책임감을 느끼게 했다. 유짱은 가만히 두면 사고를 치곤 해서 구짱은 잠시도 눈을 뗄 수 없었다.

언제는 쌀을 씻는다는 말의 뜻을 잘못 이해하고는 세탁기에 쌀을 넣었다.

또 언제는 손질이랍시고 집에서 키우는 고양이의 수염을 잘라 버렸다.

호기심에 종이를 가스 불에 갖다 댔다가 갑자기 불이 붙어 확 타오르자 놀란 나머지 그 종이를 쓰레기통에 던졌고, 그 바람에 불이 더 크게 번진 적도 있었다.

"유짱, 완전 말썽꾸러기 시한폭탄이야."

소화 분말로 뒤덮여 엉망이 된 주방을 멍하니 서서 바라보던 시즈에는 화도 내지 못하고 그저 할 말을 잃었다.

"설계사무소에 불이라도 났으면 남들 보기 창피해서 어쩔 뻔했어!"

어머니의 꾸지람에 유짱이 와락 울음을 터뜨렸다.

매사 이런 식이었기 때문에 유짱과 늘 함께 지내는 구짱이 어느새 감시자 같은 존재가 됐다.

그래도 이 작은 시한폭탄은 놀 때만큼은 무척 귀여웠다. 웃으면 양 눈썹이 팔자로 쳐져서 무심코 볼을 비비고 싶어질 정도였다. 그래서 구짱은 한시도 유짱의 곁을 떠나지 않았다.

어머니는 아무리 바빠도 자매의 관계를 정확하게 꿰뚫어 본 것 같았다. 보호하는 사람과 보호받는 사람. 두 사람은 서로가 존재해야 성립되는 상호 보완 관계였다.

"늘 고마워, 구짱."

구짱이 혼자 있을 때 시즈에는 평소 마음속에 담아뒀던

고마운 마음을 전했다.

"엄마가 아빠 일 돕느라 바빠서 잘 못 챙겨 주는데 구짱이 엄마를 대신해서 잘해 주고 있잖아."

구짱을 기특하게 생각하는 사람은 어머니뿐만이 아니었다. 아버지인 마코토는 말수가 적긴 했지만 자식들에게는 언제나 진지하게 말했다.

"아주 장해, 구짱."

아버지에게 칭찬받은 구짱의 얼굴이 발그레해졌다.

"아직 유치원생인데 아빠와 엄마도 못 하는 일을 해주고 있잖니. 이제 다 컸어, 어른이야."

부모에게 칭찬을 듣자 마음이 벅차올랐다. 자신이 자랑스러운 일을 하고 있다는 자신감이 생겼다.

그런데 구짱이 보호자 역할을 할 수 있는 순간은 당연하게도 유짱과 함께 있을 때뿐이었다. 유치원에 가면 반이 나뉘기 때문에 혼자가 됐다.

그렇게 혼자 남겨진 구짱은 연약한 여자아이일 뿐이었다. 같은 반 남자아이가 짓궂게 굴어도 아무 말도 못 하고 꾹 참기만 했다.

아이들은 순수하면서도 잔인하다. 처음에는 특별한 이유 없이 괴롭히기 시작했지만 한번 목표로 삼은 이상 가차 없었다.

  그날 급식으로 나온 브로콜리를 남겼다는 이유로 남자아이 몇 명이 구짱을 괴롭혔다. 선생님들의 눈을 피해 한 아이가 구짱의 입에 억지로 브로콜리를 쑤셔 넣은 것이다.

  평소에는 좀처럼 눈물을 보이지 않는 구짱도 그날만큼은 울음을 터뜨리고 말았다.

  입안에서 까슬거리는 식감이 불쾌한 데다 남자아이에게 괴롭힘당한 서러움이 치밀어 사람들 앞에서 눈물이 쏟아졌고 그런 자신이 못마땅해 더욱 눈물이 났다. 다른 교실에까지 들릴 정도로 엉엉 울었고 식판에 담겨 있던 브로콜리는 모두 바닥에 쏟아졌다.

  구짱이 울음을 멈추지 않자 남자아이들이 신이 나서 더욱 심하게 놀려대던 바로 그때였다.

  유짱이 교실 문을 열고 들어오더니 말없이 구짱에게 다가가 먹지 않은 브로콜리를 집어 들었다.

  "울보 유짱 주제에 뭐 하는 짓이야."

  리더 격인 남자아이가 유짱에게 다가갔을 때 시한폭탄이 발동했다.

  "누가 이랬어?"

  "나다, 왜. 편식 좀 고쳐 주려고 그랬지."

그 순간 유짱이 남자아이를 들이받았다.

그러고는 무슨 일이 일어났는지 미처 판단하지 못한 남자아이의 위에 올라탔다.

"네가 구짱을 괴롭혔어?"

유짱은 들고 있던 브로콜리를 다짜고짜 남자아이의 입에 욱여넣었다.

"구짱을 괴롭혀?"

바닥에 흩어진 브로콜리를 하나씩 집어 다시 입안에 쑤셔 넣었다.

"구짱을 괴롭혀?"

"구짱을 괴롭혀?"

"구짱을 괴롭혀?"

남자아이의 입에서 브로콜리가 튀어나온 순간 선생님이 급히 달려왔고 그제야 상황이 진정됐다. 리더 격인 남자아이는 펑펑 울면서 교실에서 도망치다시피 나갔고 추종자인 아이들은 유짱의 매서운 눈초리에 오줌을 지렸다.

반 아이들의 증언으로 구미타 자매가 피해자라는 사실이 밝혀지자 이번에는 남자아이들의 보호자가 호출될 처지가 됐다. 죽을 만큼 무서운 일을 당했는데 부모와 함께 사과까지 해야 한다니, 끔찍한 일이었다. 그렇게 다음 날부터 구미타 자매를 괴롭히는 아이는 아무도 없었다.

동생의 의외의 면모를 목격한 구짱이었지만 유짱이 무섭지는 않았다. 오히려 예전보다 더 오래 함께 시간을 보냈고 동생을 점점 더 살뜰히 보살폈다.

자매지만 위아래가 없는 사이로 지냈다.

누구 한 사람이 곤란에 처하면 온 힘을 다해 지킨다.

절대로 슬픔에 빠지지 않게 한다.

굳이 말로 하지 않아도 자매는 어느새 서로에게 그런 마음을 품게 됐다.

흔한 이야기지만 가정에는 문제가 없어도 친척 때문에 골치 아파지는 경우가 있다. 구미타 가족에게는 친가 쪽이 그랬다.

구미타 자매의 할아버지는 돌아가셨지만 할머니인 이토는 살아계셨다. 할머니는 자매를 끔찍이 아꼈지만 한 가지 큰 문제가 있었다.

지난해 남편을 여의고 나서 이상한 종교에 빠진 것이다. 물론 어린 구미타 자매는 그 종교가 좋은지 나쁜지 알 리 없었으니 그저 할머니의 취미 중 하나라고만 생각했다.

그런데 구짱이 초등학교 2학년 되고 여름방학을 맞이

한 지 얼마 안 되었을 때, 그 생각이 크나큰 착각이었다는 사실을 깨달았다.

일을 마친 시즈에가 고민스러운 얼굴로 사무용 책상에 턱을 괴고 앉아 있었다. 구짱이 일 때문에 피곤하냐고 묻자 시즈에는 황급히 미소 지으며 얼버무렸다.

"아, 응. 구짱, 걱정하지 마."

시즈에가 걱정하지 말라고 할 때는 대부분 걱정할 만한 일이 일어났을 때라는 것을 경험상 알았다.

그러고 보니 유짱이 보이지 않았다. 조금 전까지만 해도 함께 있었는데 구짱이 시즈에와 장을 보고 돌아왔을 때는 어디론가 사라져서 보이지 않았다.

"유짱은 어디 갔어?"

"할머니 집에."

"금방 돌아와?"

"아니, 거기서 자고 올 거야."

구짱도 몇 번인가 할머니 집에서 묵은 적이 있었는데 그때는 자매가 함께였다.

눈치 빠른 구짱이 시즈에에게 캐물었다.

"왜 유짱 혼자 자고 와? 나랑 함께 가지 않고?"

엄마인 시즈에는 구짱이 한번 입을 열면 좀처럼 물러서

지 않는다는 사실을 가장 잘 아는 사람이었다. 잠시 생각에 잠겼던 시즈에는 구짱을 주방으로 데리고 갔다.

그러고는 식탁을 사이에 두고 마주 보고 앉았다. 단둘이서 얼굴을 맞대고 진지하게 대화를 나누는 일은 거의 없기 때문에 구짱은 바짝 긴장했다.

"할머니가 조금 이상한 신을 믿는 거, 알지?"

"응, 전에 할머니 집에서 봤어. 불단에 어떤 아저씨 사진이 놓여 있었어."

"할머니가 그 종교를 유짱과 같이 믿고 싶으시대."

"같이 믿고 싶으시다고?"

"그래."

"유짱도 그러겠대?"

시즈에는 대답하기 곤란한 모습이었다.

"왜 유짱만? 나도 같이 다니면 안 돼?"

"일곱 살부터 시작하는 게 가장 좋대. 잘은 모르지만 7은 축복받은 숫자라서 그 나이부터 입교하면 신의 아이가 될 수 있다고……. 미안, 엄마도 뭐가 뭔지 모르겠지만 할머니가 유짱에게 볼일이 있다며 데리고 가 버렸어."

듣다 보니 불안감이 엄습했다.

"……그 신은, 좋은 신이야?"

"할머니가 아주 독실하게 믿는 신이야."

말투에서 시즈에가 그 신을 마뜩잖게 생각한다는 사실을 느낄 수 있었다.

"그건 좀 아닌 것 같은데……."

할머니가 믿는 신이 어떤 신인지도, 동생만 데리고 간 의도도 알 수 없었다.

하지만 동생이 뭔가 이해할 수 없는 일을 강요당한다는 사실만은 알 수 있었다. 유짱이 정말 좋아서 따라나섰다면 시즈에가 걱정스러운 얼굴로 고민할 리 없기 때문이었다.

"유짱을 다시 데려와."

구짱은 반쯤 명령조로 말했다.

"유짱이 그런 걸 좋아할 리 없잖아. 지금 당장 데려와."

"할머니 집에서 지내게 해주겠다고 이미 약속했는데……."

시즈에의 눈에는 체념의 빛이 떠올랐다.

"제발!"

이번에는 간절하게 부탁했다.

그래도 시즈에의 반응은 달라지지 않았다.

안 되겠다.

어머니에게 아무리 부탁해 봤자 결론이 나지 않겠다는 생각이 들었다.

서둘러 사무소로 돌아가 도면을 그리고 있던 아버지를 불렀다.

"아빠가 일할 때는 여기 들어오면 안 된다고 했잖아."

아버지는 타이르듯 나무랐지만 금방이라도 눈물을 쏟을 것 같은 구짱의 얼굴을 보자마자 표정이 누그러졌다.

"왜 그래?"

"유짱이 이상한 신을 꼭 믿어야 해?"

아버지는 순간 고개를 갸웃하며 구짱의 어깨에 손을 얹었다.

"잠깐 이리 와 보렴."

그러고는 어디로 가는가 했더니 주방으로 가 어머니의 옆에 앉았다. 진지한 분위기에 다시 불안이 엄습했다.

"제대로 설명하지 않은 아빠 잘못이야. 미안해."

아버지는 자세를 바로잡은 뒤 고개를 숙였다. 이유가 어떻든 상대가 어린 딸이어도 진지하게 대하는 아버지가 존경스러웠다.

"할머니가 유짱을 입교시키고 싶다고 했을 때 아빠와 엄마도 처음에는 반대했어. 아무리 기도해도 별로 영검하지 않을 것 같은 신이어서."

"좋은 신이 아니구나."

"다른 신의 험담을 퍼뜨리는 걸 보면 좋은 신은 아니야."
"그런데 왜요?"
"할머니를 거역할 수 없어."

아버지는 사연을 털어놓았다.

구짱이 태어나지 않았을 무렵 아버지는 대형 설계사무소를 퇴사해 개인 사무소를 개업했다. 그동안 일하면서 인연을 맺은 고객들을 끌어올 수 있겠다는 판단도 섰기 때문이다.

그러나 퇴직금을 전부 쏟아부어도 사업을 시작할 자금이 부족했다. 믿었던 은행이 불경기 탓에 대출을 중단하면서 아버지는 완전히 진퇴양난에 빠졌다.

그때 구원의 손길을 내민 사람이 바로 이토였다. 이토는 남편을 설득해 소중히 모아둔 정기예금과 보험을 해지해 아들의 사업 자금에 보탰다.

이렇게 아버지의 설계사무소는 무사히 개업했고 5년이 지나 이토에게 빚을 갚았다.

"우리 가족이 가장 힘들었던 시기에 돈을 빌려준 은혜를 잊을 수 없잖아. 아빠의 엄마기도 하고."

옆에 앉아 있던 어머니는 아버지에게 곁눈질로 비난 섞인 시선을 보냈다. 독선에 빠진 이토의 행동을 참다못해 아버지를 탓하는 것이었다.

"아빠가 좋은 신이 아니라고 말했지?"

"응, 그랬지. 하지만 유쨩은 하룻밤만 자고 올 거야. 본인이 싫다는 걸 억지로 시킬 마음은 없어."

어딘가 모호한 말투에 직감적으로 알아차렸다.

"아빠, 말해 줘."

"뭘?"

"아빠가 그 신을 싫어하는 이유, 또 있잖아."

"⋯⋯못 당하겠네."

아버지는 마지못한 얼굴로 이토가 믿는 신에 대해 설명했다. 교리의 의미나 논리는 전혀 이해할 수 없었으나 몇 가지 마음에 걸리는 점이 있었다.

그 신을 믿는 자는 다른 신을 믿으면 안 된다.

그 신을 믿는 자는 생계에 지장이 없는 범위에서 모든 재산을 바쳐야 한다.

그 신을 믿는 자는 조상을 모시면 안 된다.

무엇보다도 그 신을 믿는 자는 수혈을 거부해야 한다.

"수혈하면 안 된다고⋯⋯? 그럼 할머니가 다치면 어떡해?"

"할머니는 수혈하지 않으시겠대. 수혈하지 않아도 신이 구해주신다고."

어린 마음에도 수상쩍었다. 수혈뿐만이 아니었다. 재산을 바치고 조상을 무시하라는 교리는 아무리 봐도 신이 아니라 악마의 요구 같았다.

"이상하니?"

"응."

"분명 유짱도 이상하다고 생각할 거야. 그 녀석은 시한폭탄이니까 스스로 납득하지 못하면 할머니를 뿌리치고서라도 돌아올 거야."

아버지는 농담조로 말을 끝맺었지만 구짱은 더욱 불안해졌다.

물론 유짱은 예상을 벗어난 행동을 보이기는 해도 평소에는 다정하고 순한 아이였다. 할머니를 늘 믿고 따르며 응석을 부렸다. 만약 할머니가 끊임없이 권한다면 어쩔 수 없이 이상한 신도 받아들일지 몰랐다.

저녁 식사가 끝나도 불안하게 술렁이는 가슴은 진정될 기미가 보이지 않았다. 부모님은 아무렇지 않은 척하지만 왜인지 모르게 마음이 편치 않았다.

남자아이들이 자신을 괴롭힐 때 한달음에 달려와 구해준 동생. 그 동생이 이상한 신을 억지로 믿어야 할 상황에 처했다.

이번에는 자신이 구해 줄 차례다.

구짱은 결심했다.

다행히도 할머니는 같은 동네에 살았다. 여러 번 찾아간 적이 있으니 길도 알았다.

할머니 댁에 갑자기 들이닥치는 것은 그렇다 쳐도 할머니가 과연 유짱을 순순히 보내 줄까? 아니, 결코 가만히 두고만 보지 않으리라. 이상한 신이니까 유짱을 놓아 주지 않을 것이다.

그렇다면 무기가 필요했다.

집을 뒤지던 중 적당한 무기를 발견했다. 아버지가 예전에 사두고는 거의 사용하지 않은 골프채 세트였다. 그중에서 자신의 키만 한 골프 드라이버를 선택했다.

두 손으로 골프 드라이버를 움켜쥐고 부모님의 눈을 피해 집을 나왔다. 손이 점점 무거워졌지만 동생의 얼굴을 떠올리자 마음이 급했다.

유짱.

제발 무사하기를.

골프 드라이버를 질질 끌며 20분을 걸어 마침내 할머니 댁에 도착했다.

그런데 대문 기둥에 달린 인터폰 버튼을 누르려고 손을

뻗는 순간 집 안에서 울음소리가 들렸다.

유짱의 목소리였다.

황급히 현관문으로 달려갔지만 공교롭게도 문이 잠겨 있어서 초등학교 2학년의 힘으로는 어찌할 방도가 없었다.

그 순간 떠올랐다. 할머니 댁에는 뒷문이 있고 낮 동안 그 문을 열어둔다는 사실을.

뒷문으로 돌아가자 역시 잠겨 있지 않았다. 구짱은 자신도 모르게 골프 드라이버의 손잡이를 힘주어 잡았다.

뒷문은 주방으로 바로 연결되어 있어서 그곳으로 들어가면 좁은 복도가 나왔다.

울음소리는 불단을 모셔 놓은 할머니의 침실에서 흘러나왔다.

"하지 마세요, 할머니. 하지 마요."

"얌전히 있어! 도대체 몇 번을 말해야 하니."

울음소리 사이로 할머니의 성난 목소리가 들렸다. 할머니가 화내는 소리는 처음 들었다.

"싫어! 싫어요!"

"할머니 말 잘 들어야지!"

두려워할 시간이 없었다. 복도를 달려 침실로 가자 할머니가 유짱을 짓누르고는 한 손에 붉은 액체가 든 유리잔을 들고 있었다.

"어서 마셔!"

"싫어요!"

붉은 액체 방울이 유짱의 얼굴을 적시고 있었다.

"성스러운 피야. 이걸 마시면 너도 신의 아이가 될 수 있다고."

할머니의 눈이 기분 나쁘게 번뜩였다.

그곳에 있는 사람은 우리가 사랑하는 다정한 할머니가 아니었다.

무언가 다른, 몹시 무서운 존재였다.

"하지 마!"

구짱은 할머니의 등에 매달렸다. 할머니는 그제야 또 다른 손녀가 그 자리에 있다는 사실을 깨달은 듯했다.

"구짱. 네가 왜 여기 있니."

"유짱을 놔 줘요."

"방해하지 말거라."

아무리 노인이어도 초등학생보다 힘이 센 탓에 구짱은 허무하게 튕겨 나가고 말았다.

골프 드라이버를 들고 있었지만 할머니를 때리자니 망설여졌다. 동생을 구하고 싶은 마음은 굴뚝같지만 이런 쇳

덩어리로 때리면 할머니도 다치고 말 테니까.

어찌할 바를 몰라 두리번거리던 순간 불단이 눈에 들어왔다. 불단에는 처음 보는 아저씨의 사진이 놓여 있었다.

바로 저거다.

불단의 사진을 향해 골프 드라이버를 세게 휘둘러 내리쳤다.

무게 중심이 앞쪽에 있어서인지 헤드가 사진을 정확히 가격했다.

귀청을 찢는 소리와 함께 사진뿐 아니라 불단까지 부서졌다. 할머니가 구짱과 망가진 불단을 보고는 기겁했다.

"헉!"

"유짱을 놔 줘요."

골프 드라이버를 다시 한번 내려치자 마침내 불단은 원래 모습을 알아볼 수 없을 만큼 산산조각이 났다.

"사부님!"

할머니는 부서진 사진으로 달려들려고 했지만 앞을 가로막는 구짱을 내려다보고는 부들부들 떨었다.

언니가 나타났다는 사실을 알아차린 유짱은 힘없이 몸을 일으켜 구짱에게 꼭 안겼다.

"언니, 나 무서웠어."

구짱은 한 손으로 유짱의 어깨를 감싸 안고 나머지 한 손으로는 골프 드라이버를 꽉 쥐었다.

그리고 얼마 후 부모님이 달려왔다.

침실에서 벌어진 참상을 본 아버지는 할머니의 분노를 물리쳤다.

"두 번 다시 우리 아이들에게 접근하지 마세요."

자매는 부모님의 품에 안겨 무사히 집으로 돌아갔다.

"아빠, 미안."

"왜 네가 사과해."

"아빠 골프채, 휘어졌어."

"괜찮아. 그 대신 아빠 마음이 올바른 방향을 향하도록 쭉 펴 줬잖아."

그날 이후 할머니는 세상을 떠날 때까지 구미타 자매의 집을 찾아오지 않았다.

산산조각이 난 불단과 끊어진 할머니와의 관계.

그러나 네 가족의 관계는 이 일을 계기로 한층 더 끈끈해졌다.

2

 구짱이 이상한 신을 물리치고 몇 달 후, 이번에는 다른 재앙이 구미타 가족을 덮쳤다.
 아버지 마코토가 갑자기 입원한 것이다.
 가장 먼저 이상 증세가 나타난 것은 언어였다. 혀가 꼬여 "잘 먹겠습니다"나 "다녀오세요" 같은 평범한 인사도 제대로 할 수 없었다. 그러다 곧 오른손으로 젓가락질을 할 수 없게 됐고 음식을 삼키는 것마저 힘들어졌다.
 아무래도 이상하다고 생각해 대학병원에 가서 검사를 받았더니 근위축성 측삭 경화증(ALS)*이 발병했다고 담당 의사인 안자이가 말했다.

---

* 루게릭병.

"일본에서는 1년에 십만 명 중 한두 명 정도가 이 병에 걸립니다."

안자이가 담담하게 설명을 이어갔다.

"사실 발병 원인은 아직 밝혀지지 않았습니다. 글루타민산이 과도하게 분비되어 신경세포를 파괴한다는 의견, TDP-43이라는 단백질의 비정상적인 축적이 원인이라는 의견 등이 있지만 어디까지나 가설일 뿐이죠."

이대로 방치하면 어떻게 되느냐고 시즈에가 묻자 잔인한 대답이 돌아왔다.

"보통은 근육이 위축되고 근력이 저하되며 5년 안에 호흡근이 마비되면서 스스로 숨을 쉴 수 없게 됩니다."

안자이의 말투는 냉정하기 그지없었다. 환자 한 명 한 명에게 감정을 쏟을 수 없다는 것은 이해하지만 그래도 조금 더 부드럽게 말할 수 있지 않은가.

'5년 이내'라는 수치에 시즈에는 별안간 큰 충격을 받았다. 전혀 예상하지 못한 시한부 선고에 머릿속이 멍해져 아무 생각도 할 수 없었다.

뒤이은 설명은 더욱 암담했다. ALS는 특정 질환으로 지정된 난치병이며 아직 치료법도 없다고 했다.

청천벽력이었다. 마코토의 입원 수속을 마친 시즈에는

집에 돌아오자마자 딸들을 부둥켜안고 울음을 터뜨렸다.

자매도 시즈에와 함께 울었다. 두 사람 모두 의사의 설명은 이해하지 못했지만 어머니의 안색만으로 상황이 얼마나 심각한지 알 수 있었다. 두렵고 불안해서 울고 싶은 마음을 필사적으로 참고 있었던 것이다.

"아빠 죽어?"

유짱이 묻자 시즈에가 더욱 눈물을 쏟았다.

당장 필요한 병원비는 어떻게든 마련했다. 병원 측 설명에 따르면 고액 의료비 제도가 있어서 중병으로 병원비가 늘어났을 때 일정 금액을 초과한 비용은 나중에 환급받을 수 있다고 했다. 그렇다면 당분간은 모아 놓은 돈으로 어떻게든 입원비 정도는 감당할 수 있을 것 같았다.

문제는 생활비였다. 설계사무소 운영은 전적으로 아버지 한 사람에게 달려 있었다. 마코토가 장기 입원 치료를 받게 된다면 당연히 그동안 수입은 없는 셈이기 때문에 생활비도 모아둔 돈으로 충당할 수밖에 없었다. 한 명 있는 직원에게도 당분간 월급을 주지 못할 터였다.

"너희에게 할 말이 있어."

시즈에는 두 딸을 앞에 놓고 지그시 바라봤다.

"아빠가 난치병에 걸렸어. 난치병은 고치기 어려운 병이라는 뜻이야."

구짱과 유짱은 말없이 고개를 끄덕였다.

"당분간 새 옷도 못 사고 외식도 못 할 거야. 그래도 아빠가 건강해지려면 어쩔 수 없으니까 참아야 해."

"응, 참을 수 있어."

"참을 거야."

"그래, 착하지."

어머니의 품은 따뜻했다. 세상에서 가장 따뜻한 곳이라고 생각했다.

그날을 기점으로 구미타 가족의 삶은 조금씩 변했다.

쇼핑과 외식이 사라진 것은 아무 일도 아니었다. 누구 하나 입 밖에 내지 않아도 집에서는 '절약'이라는 말이 공기처럼 떠돌았다. 자매는 새로운 무언가를 요구하지 말자고 자기들끼리 암묵적으로 약속했다.

"엄마와 약속했으니까, 날씨가 추워져도 새 옷은 사지 말자. 작년에 입던 옷을 입자."

"응."

"햄버거랑 치킨도 먹지 말자. 냉장고에 있는 음식을 먹으면 되니까."

"응."

일곱 살과 여덟 살 난 초등학생 자매는 아버지가 집으로 돌아올 수 있다면 이 정도 인내는 인내도 아니라고 생각했다.

그러나 인내보다 더 괴로운 현실은 설계사무소에서 사람들이 전부 사라졌다는 사실이었다.

사장인 마코토가 언제 퇴원할지 모르니 결국 직원을 해고할 수밖에 없었고, 도면을 그릴 사람이 없으니 의뢰도 끊겼다.

아무도 없는 텅 빈 사무실. 자를 대고 샤프로 긋는 소리도 들리지 않고 고요 속에 잠겨 있었다.

사람들이 일하고 있어야 할 장소에 아무도 없는 것이 이토록 쓸쓸한 일인 줄 몰랐다. 그 자리에 계속 있으면 불안감에 짓눌릴 것만 같아서 구짱은 도망치듯 사무실을 나갔다.

아버지의 병명은 길고 어려웠기 때문에 가족끼리는 ALS라고 불렀다. '근위축성 측삭 경화증'이라고 하면 듣기만 해도 불길한 느낌이 들었고, 입에 담을수록 아버지의 병세가 더 악화될 것만 같은 기분에 꺼림칙했다.

시즈에와 두 자매는 매일같이 병문안을 갔다. 그런데 아버지의 발음은 날이 갈수록 어눌해졌고 종국에는 아무리 천천히 말해도 무슨 뜻인지 알아들을 수 없게 됐다.

날마다 근력도 떨어져서 혼자 힘으로는 팔도 올릴 수 없었다. 침대에 누워 있는 마코토는 그래도 두 딸에게 웃어 보였다.

"학교, 빠지지, 않고, 잘 다니고, 있어? 평소처럼, 친구들과, 잘, 놀아?"

두 딸이 고개를 끄덕이자 아버지는 만족스러워했다.

"그럼, 됐어. 어떤, 환경에서도, 평소처럼, 지내."

굳어 버린 입술을 어떻게든 움직여 마음을 전하려는 모습은 마치 어떤 시련도 두려워하지 않는 용사 같았다.

그러나 담대하게 행동하려는 마코토의 마음과 달리 병세는 눈에 띄게 악화되고 있었다. 그런 시기에 안자이가 시즈에에게 제안했다.

"현재로서 ALS 치료법은 없지만 병의 진행 속도를 늦출 수는 있습니다."

"정말요?"

"ALS의 발병 원인으로 글루타민산이 과도하게 분비되어 신경세포를 파괴한다는 의견이 있다고 설명해 드린 적이 있죠. 그 가설을 바탕으로 글루타민산 분비를 억제하는 '리루졸'이라는 치료제가 개발됐는데 한번 시도해 보시지 않겠습니까?"

점점 깊어지는 병 때문에 남편이 고통스러워하는 상황에서 병의 진행 속도를 늦출 방법이 있다고 하니 매달릴 수밖에 없었다.

"다만 리루졸은 보험이 적용되지 않아서(1999년부터 보험 적용됨) 가격이 꽤 비쌉니다. 그래도 괜찮으시다면……."

"제발, 꼭 좀 부탁드립니다."

시즈에는 지옥에서 부처를 만난 사람처럼 몇 번이나 고개를 숙였고 두 딸도 어머니를 따라 고개를 숙였다.

리루졸이 얼마나 효과가 좋은 치료제인지는 모르겠지만, 마코토는 약을 투여한 뒤에도 날이 갈수록 기력을 잃는 것 같았다.

그러더니 급기야는 말을 한마디도 못 하게 돼서 세 사람이 침대 곁으로 다가가도 얼굴을 쳐다보기만 했다.

견딜 수 없었던 유짱은 어머니에게 물었다.

"엄마. 아빠는 언제 나아? 비싼 약을 썼으니 낫는 거 맞지?"

"그럼, 당연하지."

시즈에는 그렇게 대답하며 유짱을 달랬지만 구짱은 대화를 나누는 어머니와 유짱을 착잡한 심정으로 바라봤다.

값비싼 치료제를 투여했으니 당연히 병이 나을 것이다.

자신도 그렇게 생각하고 싶었지만 어디까지나 바람일 뿐이었다. 치료제에 효과가 있는지 없는지는 환자인 마코토가 아니면 알 수 없지 않나. 고통을 더는 숨기지 않는 아버지를 보면 값비싼 약도 그저 허무한 위로에 지나지 않는다는 생각이 들었다.

안자이는 리루졸 외에 다른 치료제도 추천했다. 에다라본, 메틸코발라민, 페람파넬 등. 그중에는 리루졸처럼 보험이 적용되지 않는 약이 많았는데 구미타 가족에게 거절이라는 선택지는 없었다.

"제발 꼭 저희 남편 좀 살려 주세요."

완치가 보장되지도 않는 고가의 치료제에 계속 돈을 쏟아부었다. 그것은 마치 인질이 풀려날 때까지 끝없이 바쳐야만 하는 몸값 같았다.

병원비에 보험 적용이 되지 않는 약값까지 대다 보니 당연히 집안 살림이 더욱 어려워졌고, 시즈에가 은행을 찾는 횟수도 눈에 띄게 늘었다.

한숨을 쉬는 횟수도 점점 늘었다. 처음에는 딸들의 눈에 닿지 않는 곳에서 조심스럽게 한숨을 쉬는 것 같았는데 이내 장소를 가리지 않고 한탄했다.

그러나 반대로 줄어든 것도 있었다. 바로 시즈에와 딸들의 대화였다.

상황이 악화되자 시즈에는 돈을 벌러 출근했다. 자격증이라고 할 만한 것은 전무했기 때문에 취직할 수 있는 직장도 자연히 제한적이었다.

처음에는 슈퍼마켓 계산원으로 일했다. 그러나 긴 근무 시간에 비해 월급이 적어서 곧 밤에도 일을 나가게 됐다. 구짱이 어머니에게 어떤 일을 하느냐고 물었지만 자세한 이야기를 들을 수는 없었다. 그저 '손님과 함께 술을 마시는 일이다'라는 말만 들었을 뿐.

구짱은 말도 안 된다고 생각했다.

"엄마, 술 못 마시잖아."

아버지가 건강했을 무렵에는 저녁 식사 자리에 종종 와인이 등장했다. 하지만 아버지 혼자 마셨으며 어머니가 술을 즐기는 모습은 단 한 번도 본 적이 없었다.

"일이잖아."

시즈에는 씁쓸하게 웃었다.

시즈에가 밤낮으로 일하다 보니 당연히 모녀 사이에 대화도 뜸해졌다. 아침 식사는 물론 저녁 식사도 어머니 없이 자매 둘이 먹게 됐다.

마시지도 못하는 술을 억지로 마시다 보니 컨디션이 좋

을 리 없건만 시즈에는 빼먹지 않고 마코토를 찾아왔다. 날이 갈수록 여위는 마코토와, 마찬가지로 점점 안색이 나빠지는 시즈에는 서로 닮아 보였다.

그런 어머니를 지켜보던 구짱은 시즈에에게 처음이자 마지막으로 간절히 부탁했다.

"술 안 마시면 안 돼? 엄마, 술 잘 못 마시잖아."

"일이잖아. 너희는 걱정하지 마."

"그치만."

"금방 끝나. 정말 금방이야. 아빠 퇴원하면 다 원래대로 돌아갈 테니까. 그때까지 조금만 더 참으면 돼."

매일같이 병원을 찾아가던 어느 날, 안자이가 다른 의료팀을 소개했다. 최첨단 의료를 다루는 팀이었는데 ALS도 적극적으로 연구하고 치료를 시도한다고 했다.

"이 방법이라면 구미타 마코토 씨에게 잘 맞을 것 같습니다."

"도쿄대 연구팀이 진행한 임상 시험에서는 이미 효과를 인정받았습니다."

"게이오대학에서는…"

"미국에서는…"

그 치료법으로 마코토를 치료할 수도 있다는 말에 시즈

에는 의사의 권유를 거절할 수 없었다.

첨단 의료는 하나같이 고액 요양비 제도에서 제외된다. 그동안 마코토의 치료비로 얼마가 들었는지는 겁이 나서 물을 수도 없었다.

어느 날, 시즈에는 자매를 앉혀 놓고 입을 열었다.

"구짱, 유짱. 아빠와 집 중에 뭐가 더 소중해?"

순간 무슨 뜻인지 이해할 수 없었다.

"질문을 바꿀게. 지금처럼 아빠가 없는 집과 아빠가 있는 집 중 뭐가 더 좋아?"

자매의 답은 들을 것도 없이 정해져 있었다.

"아빠가 있는 집."

"그래."

어머니는 고개를 끄덕이더니 흐느꼈다.

"미안, 엄마가 미안해……. 이제는 방을 함께 써야 하지만 아빠 병이 다 나으면 다시 각자 방을 만들어 줄게."

어머니는 건축설계사무소와 집을 팔아 아버지의 병원비를 마련했다. 모녀는 병원 근처에 있는 아파트로 이사해 새로운 삶을 시작했다.

구미타 가족이 부동산을 매각한 사실은 이웃은 물론 같은 반 아이들의 집에도 소문이 났다. 입이 가벼운 아이들은 곧바로 소문을 떠들어댔지만 구짱은 못 들은 척했다. 유짱에게 물어보니 상황은 역시 같았다. 학년과 반이 달라도 아이들의 반응은 어디나 비슷하다는 것을 절감했다.

슬픔은 아이를 어른으로 만든다. 고생은 사람에게 세상의 냉혹함을 가르친다. 구미타 자매는 열 살도 채 되지 않았을 때 이미 세상이 얼마나 비정한지 깨달았다.

그러나 아무리 애를 써도 마코토의 병세는 회복되지 않았다.

구짱이 초등학교 3학년이 됐을 무렵 갑자기 병원에서 연락이 왔고, 시즈에는 자매를 데리고 급히 병원으로 향했다.

그전에도 후에도 엄마의 그런 얼굴은 본 적이 없었다. 불안과 공포와 안도가 뒤섞인 기묘한 표정.

마코토는 중환자실에 있었다.

주치의는 이미 안자이에서 다른 의사로 바뀌어 있었다. 신약과 첨단 치료에 관여한 의사는 열 손가락이 모자랄 정도로 많았다. 그런데도 중환자실에 있는 사람은 구짱이 이름도 모르는 젊은 의사 한 명뿐이었다.

"가족분들을 모시는 게 좋을 것 같다고 하셔서 연락드렸습니다."

젊은 의사는 윗선의 지시 때문에 어쩔 수 없이 자리를

지키고 있다는 얼굴로 말했다.

산소호흡기를 달고 있는 마코토에게서 예전 모습은 전혀 찾아볼 수 없었다. 극도로 살이 빠져 뼈만 앙상하게 남은 얼굴. 이불 밖으로 보이는 팔은 마치 말라 죽은 나뭇가지 같았다.

몇 시간 전부터 의식이 없어서 가족을 불렀다고 젊은 의사는 설명했다. 값비싼 신약도 첨단 의료도 아무런 효과가 없었고 마코토는 확연히 죽음과 가까워지고 있었다.

이윽고 마코토의 입에서 산소마스크를 벗겨냈다.

"사망하셨습니다."

의사는 사망 선고를 알리는 말만 남긴 뒤 도망치듯 병실을 떠났다.

시즈에는 배터리 수명이 다한 인형처럼 한동안 미동도 하지 않았고, 구짱과 유짱은 주변 시선 따위는 신경도 쓰지 않고 엉엉 울었다. 온몸의 수분이 다 빠져나가는 것이 아닐까 싶을 정도로 목 놓아 울었다.

아버지가 세상을 떠나자 구미타 가족은 순식간에 삭막해졌다.

시즈에는 계속 출근했고 자매도 학교에 다녔다. 겉으로

보기에 삶은 아무것도 달라지지 않은 것 같았다. 그렇지만 무겁게 가라앉은 분위기가 집안을 잠식했고 한없이 불쾌한 냄새를 풍겼다.

시즈에는 이제 더 이상 집에서 웃지 않았다. 직장에서 짓는 미소도 아마 억지웃음이리라. 애초에 마시지도 못하는 술을 계속 마신 탓에 얼굴이 상해 인상도 완전히 달라졌다. 자매와 함께 있을 때도 먼 곳을 바라보는 듯 멍한 눈빛일 때가 많았다.

음식이 썩는 것도 아니고 세 사람의 몸에서 냄새가 나는 것도 아닌데 집에서는 역겨운 냄새가 났다. 딱 한 번 구짱의 반 친구가 집에 놀러 온 적이 있어서 조심스럽게 냄새가 나냐고 물었더니 그 친구는 이상하다는 듯 대답했다.

"딱히 아무 냄새도 안 나는데. 이상하네."

그러던 어느 날 세 모녀의 생활에도 끝이 찾아왔다.

마코토의 사십구재가 지난 다음 날, 시즈에는 욕조에서 손목을 긋고 스스로 목숨을 끊었다.

구짱은 숨을 거둔 어머니의 얼굴이 매우 평온해 보였다는 것을 기억했다. 기나긴 고통에서 마침내 해방되어 평온함만 남은 얼굴이었다.

어머니의 장례가 끝나자 단둘이 남은 자매를 누가 맡아

키울지 의논하려고 친척들이 모여 회의를 열었다. 자매의 할머니인 이토는 진작에 사망했고 두 자매를 맡겠다고 나서는 사람은 없었다.

상의 끝에 구짱은 친가 쪽 삼촌이, 유짱은 외가가 맡기로 했다.

그렇게 아파트를 떠나는 날 구짱은 유짱의 손을 잡고 차에 실리는 짐들을 물끄러미 바라봤다.

"구짱."

"응."

"나, 이제 병원이 싫어."

"응, 나도."

"의사도 싫어."

"나도."

유짱이 별안간 맞잡은 손에 힘껏 힘을 줬다.

"구짱. 병원 이름 기억해?"

"데이토대학 부속병원."

"잊지 않을 거야."

"죽어도 안 잊어."

병원은 자신들의 모든 것을 앗아갔다. 병을 치료할 수 있다며 달콤한 말로 속여 값비싼 약과 첨단 의료를 강요하고, 가진 돈을 모조리 빼앗고, 삶을 빼앗고, 평온을 빼앗고, 행복을 빼앗고, 무엇보다 가장 사랑하는 부모님까지 빼앗아 갔다.

"죽어도 잊지 않을 거야. 언젠가 반드시 복수할 거야."

언니의 말에 동생은 말없이 고개를 끄덕였다.

2
성흔

1

"잠깐 들렀다 갈게."

스바루 임프레자의 운전대를 잡은 이누카이 하야토는 데이토대학 부속병원으로 향했다. 근무 시간이지만 점심시간을 활용한 병문안이기 때문에 근무 태만은 아니었다. 함께 움직이는 사람의 협조 여부가 문제였지만 조수석에 앉은 다카치호 아스카는 이미 예상했다는 듯 마음의 준비를 마친 눈치였다.

"일 보고 오세요. 저는 그사이에 점심을 해결하고 오겠습니다."

이누카이는 아스카의 대답을 듣다가 그녀의 시선을 눈

치챘다.

"무슨 말이 하고 싶은 눈빛인데?"

"다른 건 몰라도 사야카의 병문안만큼은 꼬박꼬박 챙기시는구나, 싶어서요."

아스카는 비꼬는 마음에서 한 말이었겠지만 이누카이는 눈 하나 깜짝하지 않았다. 지금까지 가정을 돌보지 않았던 아버지로서 딸의 병문안을 거르지 않는 것이 그나마 자신이 할 수 있는 유일한 속죄였기 때문이다.

"너도 가족이 병에 걸린 적 있지?"

"아니요."

아스카는 태연하게 대답했다.

"부모님이 모두 매우 건강하셔서 제가 기억하는 한 입원하신 적 없습니다."

"건강하시다니 다행이네."

비아냥도 농담도 아니었다. 진심으로 그렇게 생각했다. 병은 가족의 마음을 갉아먹고 가난은 범죄를 불러들인다. 건강하고 가난하지 않은 것 자체만으로도 큰 행복이었다.

주차장에 차를 세우고 약속 시간을 정한 뒤 두 사람은 헤어졌다. 예전에는 아스카가 병실 앞까지 따라왔지만 최근에는 알아서 자리를 피해 주니 편했다. 눈치가 보여서 피하는 것일 수도 있지만 그 속내를 직접 확인한 적은 없었다.

그리 유쾌하지 않지만 병동은 이제 익숙할 대로 익숙해져서 내 집 앞마당 같았다. 비전문가인데도 신장 질환에 대해 빠삭해진 것도 달갑지 않았다. 애초에 딸이 신부전 환자가 아니었다면 형사 주제에 그런 의학 지식을 쌓을 일도 없었을 테니까.

사야카가 입원한 지 벌써 몇 년이 지났다. 정기적으로 인공투석을 받아야 하는 데다 체력이 몹시 저하되어 평범한 학생들처럼 학교생활을 할 수 없었다. 보통은 고등학교 입시를 앞두고 보충수업을 듣거나 학원에 다니느라 바쁠 시기지만 사야카에게는 전혀 허락되지 않는 일상이었다.

아버지라면 응당 딸이 어떤 진로를 생각하고 있는지 물어봐야 하겠지만 자신의 외도로 아내와 딸과 떨어져 사는 마당에 이제 와 아버지 행세를 하자니 마음이 불편했다. 복잡한 이야기는 모두 이혼한 아내에게 떠넘기고 싶다는 비겁한 계산도 깔려 있었다. 한심한 아버지로서 그나마 할 수 있는 일은 이렇게 정기적으로 딸의 눈치를 살피는 것 정도였다. 이따금 자기혐오에 빠지기도 했지만 다른 아버지들도 자식의 진로 문제는 대부분 아이 엄마에게 맡긴다는 핑계로 스스로를 위안했다.

사야카의 병실 앞에 다다르자 안에서 말소리가 새어 나왔다. 주치의나 간호사와 이야기하는 줄 알았는데 내용을 들어 보니 아닌 듯했다.

―그러니까 $y=ax^2$에서 a는 비례 상수야. a가 3이라는 걸 알면 x에 -2를 대입해서 y를 구하면 돼. $y=3\times(-2)^2$이니까 12가 되지. 자, 다음 문제는 어떻게 풀까?

―$y=ax^2$에 x와 y의 값을 대입해서 비례 상수를 구해야 해.

―맞아. 사야카, 뭐야. 금방 풀었네.

―네가 설명을 이해하기 쉽게 잘 해줘서. 혹시 과외 선생님 한 적 있는 거 아니야?

―중학교 3학년이 무슨 과외 선생님을 한다고.

―그래도 너랑 잘 어울려.

화기애애한 분위기가 문 너머까지 느껴져서 병실에 들어가기 망설여졌다. 그래도 이대로 발길을 돌리자니 체면이 허락하지 않아서 문손잡이를 돌렸다.

"아빠 왔다. 들어간다."

문 너머로 들린 목소리로 짐작은 했지만 역시 병실에는 사야카와 유키 두 사람뿐이었다.

"아빠."

"아……, 안녕하세요. 실례했습니다."

"나야말로 방해해서 미안하구나. 공부하는 것 같던데."

화기애애하던 분위기가 순간 어색해졌다. 유키는 당황한 듯했는데, 그 이유는 이누카이가 갑자기 등장한 탓이지 특별히 혼날 만한 일을 했기 때문은 아니었다. 그 증거로 침대에는 수학 교과서와 노트가 펼쳐져 있었다.

쇼노 유키는 사야카와 같은 층에서 입원 치료를 받는 소년이었다. 예전부터 사야카와 알고 지내는 사이였는데 수학을 잘해서 병원에서 수학 선생님 역할을 도맡았다고 한다. 환자 같아 보이지 않는 통통한 체형에 온화한 눈빛이 인상적이었는데, 만성 사구체신염이라는 원인을 알 수 없는 난치병으로 사야카처럼 장기 입원 치료를 받고 있다. 그러나 기특하게도 오랜 투병 생활 중이라는 사실을 전혀 느낄 수 없을 만큼 늘 밝았다. 풀이 죽거나 짜증 내는 모습을 본 사람이 없다고 할 정도였다. 의사와 간호사 사이에서도 평판이 좋아서 사야카의 친구로 더할 나위 없었다. 게다가 가정교사 역할까지 대신해 주니 아버지로서는 좋을 법한데도 이누카이는 어쩐지 마뜩잖았다.

"사야카 때문에 늘 귀찮지? 아저씨가 대신 사과하마."

형식적인 인사를 건넬 때만큼은 자신이 한 아이의 아버

지라는 사실을 실감하게 된다. 스스로도 한심하다고 생각하지만 애초에 제대로 된 아버지 노릇을 한 적이 없으니 그럴 수밖에 없었다.

"다른 사람에게 가르쳐 주면 저도 더 잘 이해가 가는 것 같아서요……."

유키는 조금 수줍게 대답했다. 이누카이의 얼굴을 똑바로 쳐다보지 않는 이유는 타고난 성격 때문인지, 아니면 이누카이가 무서워서인지 모르겠다.

"다른 사람에게 뭔가를 가르쳐 주는 것도 다 능력이라고 생각해. 유키는 커서 뭐가 되고 싶어? 장래 희망이 있니?"

"아빠."

사야카가 당황스러운 기색으로 소리 높여 불렀다.

"좀 더 센스 있는 질문 없어? 우리 아직 중학생이거든."

중학생이라도 장래 희망 정도는 있을 것이라고 대꾸하려다가 그만뒀다. 사야카의 항의에는 두 사람 모두 병마와 싸우는 처지라는 타박이 은근히 담겨 있었기 때문이다. 평범하게 학교에 다니지 못하는 사람에게 미래를 입에 담지 말라는 의미였다. 꿈을 꾸고 그에 대해 이야기하는 것도 결국은 그럴 수 있는 여건이 갖춰진 사람에게나 허용되는 일이었다. 가능성이 희박한 사람에게 그것을 강요하는 행위는 또 다른 형태의 학대일 뿐이었다.

"아, 그래. 미안하구나. 아저씨가 아무래도 어린 친구와 대화하는 게 익숙하지 않아서."

"형사면 불량 학생 같은 아이들도 상대하지 않아?"

"중학생은 보통 생활안전부 소속인 소년사건과나 소년육성과에서 관리하는데."

"아아! 벌써 시끄러워!"

사야카는 이누카이의 말을 도중에 끊었다.

"아빠는 정말 뼛속까지 형사라니까."

"그런 말 마. 이래 봬도 왕년에는 연기학원에 다니던 배우 지망생이었으니까."

"그 말 지겹도록 들어서 이제 귀에 딱지가 앉겠어. 힘들게 배우를 준비했으면서 왜 그쪽 길로 가지 않았어? 만약 아빠가 배우가 됐다면 지금쯤 내 병실은 병문안 온 아이돌이나 미남 배우들로 가득 찼을 텐데."

유키가 의외라는 얼굴로 사야카를 바라봤다.

"사야카의 아버지가 그런 분이셨구나."

"응. 과거형인 게 엄청 아쉽다니까. 역시 누가 뭐래도 형사보다는 배우라고."

"그런가? 나는 형사가 더 멋진 것 같은데."

유키는 조심스럽게 말했다. 이누카이에게 잘 보이려고 하는 말이 아니라는 사실은 말투만 들어도 알 수 있었다. 하기야 이누카이도 중학생에게 아부를 들어봤자 썩 기분이 좋지는 않았다.

"어? 왜? 우리 아빠라서 하는 말이 아니라 형사는 화려한 직업도 아니고 늘 살벌한 데다 위험과 맞닿아 있거든."

"위험과 맞닿아 있으니까 멋있잖아. 게다가 범인을 잡는 건 일반인은 못 하는 일이라고."

유키의 말은 반은 맞고 반은 틀렸다. 일반 시민도 범죄자를 잡을 수 있지만 그럴 기회와 범인을 제압할 능력이 부족할 뿐이었다. 하지만 형사라는 직업을 좋게 봐주는 와중에 굳이 불필요한 설명을 덧붙일 필요는 없었다.

"유키, 형사에 관심이 있니? 괜찮다면—"

"아빠, 완전 방해돼. 빨리 나가 줘."

"지금 막 왔는데?"

"함수 문제 못 푸는 사람은 돌아가세요."

이누카이는 한마디 대꾸도 할 수 없었다. 한심하게도 지금의 이누카이가 사야카에게 가르칠 수 있는 것은 남자의 거짓말을 꿰뚫어 보는 방법 정도였기 때문이다.

"아직 세 페이지나 남았어. 아빠, 다른 건 몰라도 수학 공부할 때는 아무 도움 안 되는 거 맞잖아."

사야카의 독설이 평소보다 훨씬 더 매서운 이유는 유키가 옆에 있어서 괜히 쑥스러운 마음을 감추려는 까닭이겠지. 그렇게 생각하지 않으면 이누카이는 마음이 괴로워 견딜 수 없었다.

"또 올게."

그 말만 남기고 병실을 떠날 수밖에 없었다.

아스카는 벌써 차에 앉아 기다리고 있었다.

"금방 오셨네요."

"공부하는 중이라. 아빠는 필요 없나 봐."

사야카와 병실에서 나눈 대화를 전해 듣고 아스카는 짧게 탄식했다.

"형사님이 이혼을 두 번 하신 이유를 왠지 알 것 같네요."

"이야기가 왜 그렇게 되지?"

"형사님, 정말 여자의 마음을 모르시네요."

"딸이거든."

"사야카도 여자예요."

"본인 입으로 연애가 아니라 스터디 모임이라고 말했어."

"저기요, 형사님."

아스카는 세 살 아이를 타이르듯 설명했다.

"스터디 모임이든 핑크빛 분위기가 감도는 자리든 간에 이미 분위기가 무르익은 공간에 상관없는 사람이 갑자기 끼어들면 당연히 싫겠죠."

"……그런가?"

"흉악범이 무슨 생각을 하는지는 귀신같이 알면서 여자가 무슨 생각을 하는지는 왜 모르세요?"

'여자의 마음을 몰라도 괜찮아서 형사가 된 것이다'라는 말이 목구멍까지 차올랐지만 겨우 집어삼켰다.

"딸한테 그렇게까지 신경을 써야 하나."

"당연하죠."

이쯤 되면 무슨 말을 해도 괜히 긁어 부스럼이 될 것 같아 이누카이는 입을 다물 수밖에 없었다.

그로부터 일주일 뒤, 사야카의 주변에 변화가 생겼다. 여느 때처럼 병실을 찾아갔더니 처음 보는 여성이 사야카와 유키와 함께 있었다.

"유키의 엄마입니다."

여성이 자신을 소개했다. 이름은 쇼노 사토코, 아들과 달리 마른 체형에 예민해 보이는 인상이었다. 유키와 나란히 있으면 자칫 어머니가 환자로 보일 정도였다.

"실은 퇴원하게 되어서요."

사토코가 머리를 깊이 숙이자 옆에 서 있던 유키도 덩달아 인사했다. 지난주에 왔을 때는 그런 기색이 조금도 없었기에 뜻밖이었다. 사야카 역시 놀란 마음에서 벗어나지 못한 듯했다. 사야카처럼 장기 입원 치료를 받아야 하는 난치병 환자라고 들었는데 이렇게 갑자기 퇴원한다니 아무래도 이해가 가지 않았다. 그러나 초면인 유키의 어머니에게 꼬치꼬치 캐물을 수는 없었다. 무엇보다 퇴원이 범죄는 아닌 데다 이누카이 혼자만 관계된 일도 아니었다. 섣불리 개입했다가는 사야카에게 피해를 줄 수 있었다.

"그것참 잘됐네요. 축하합니다."

그저 의례적인 말만 늘어놓을 뿐이었다.

"우리 유키가 사야카에게 여러모로 도움을 많이 받았어요."

"도움을 받다니 그런 말씀 마세요. 유키가 사야카에게 곧잘 공부를 가르쳐 줬는걸요. 뭐라고 감사 인사를 드려야 할지 모르겠습니다."

"아니에요. 입원 생활이라는 게 참 지루하고 삭막하잖아요. 사야카가 유키의 말동무가 되어 줘서 얼마나 도움이 됐는지 몰라요."

"저희 딸이 먼저 입원했는데 아드님이 먼저 완쾌해 퇴원하게 됐군요."

"저……, 병이 나은 건 아니에요."

사토코는 겸연쩍은 기색으로 덧붙였다.

"치료법을 바꾸려고요……. 이렇게 오래 입원 치료를 받는데도 병이 나을 기미가 보이지 않는 데다 치료비도 점점 부담돼서."

이누카이는 나쁜 버릇이라고 생각하면서도 아무렇지 않게 사토코의 옷차림을 관찰했다. 입고 있는 셔츠와 신고 있는 신발의 값을 어림하고 액세서리를 착용했는지 확인했다.

사토코가 입은 옷은 하나같이 대형 할인점에서 파는 것들이었다. 로퍼도 오래 신으면 밑창이 떨어질 것처럼 저렴해 보였다. 거친 손끝에서 손톱은 관리할 여유조차 없는 삶이 느껴졌다. 치료비 부담은 큰데 병이 나을 기미가 보이지 않으니 퇴원한다는 말은 사실 같았다.

"치료법을 바꾸신다니, 다른 병원으로 옮기십니까? 아니면 어디 환경 좋은 곳에서 요양하십니까?"

"당분간 집에서 치료하려고요."

곧바로 이상하다는 느낌이 들었다. 데이토대학 부속병

원은 국내 굴지의 의료 기술과 최신 의료 설비를 갖췄다. 이누카이의 전 아내도 그 명성을 듣고 사야카를 이곳에 입원시켰다. 최신 의료 설비보다 나은 재택 치료라니 좀처럼 상상이 가지 않았다. 아마도 입원비를 감당할 수 없는 사정 때문일 것이라고 짐작했다.

"유키가 하루빨리 건강을 되찾을 수 있기를 바랍니다."

"사야카도요. 나중에 병원 밖에서 뵈면 좋겠네요."

"조심히 돌아가세요."

"쾌유를 빕니다."

쇼노 모자는 마지막으로 인사를 건넨 뒤 병실을 나갔다. 석연치 않은 기분이었지만 입원과 퇴원은 환자 본인과 그 가족의 문제이지 타인이 참견할 일이 아니었다.

한편 떠나가는 두 사람을 배웅하던 사야카는 무슨 생각을 하는지 진지해 보였다.

"왜 그래?"

"아니, 나는 참 복받았구나 싶어서."

"오랫동안 병원 신세를 지고 있는데?"

"장기 입원할 수 있는 것도 다 아빠가 병원비를 내주는 덕분이잖아."

이혼할 때 사야카의 친권은 아내가 가져갔다. 그래서

사야카의 입원비를 이누카이가 부담할 의무는 없었지만 이누카이는 자신이 부담하겠다며 고집을 부렸다.

"아버지니까 당연하지."

"그게 당연하지 않은 집도 있어."

두말할 필요도 없이 쇼노 가족을 두고 하는 말이었다.

"저마다 집안 사정이 다르니까. 애초에 비교할 문제가 아니야."

"어쩔 수 없이 비교하게 되는걸. 어제까지 계속 같은 층에서 치료받던 비슷한 처지였으니까."

"……그렇게 사이가 좋았어?"

아버지의 얄팍한 의심을 사야카는 단칼에 웃어넘겼다.

"아빠, 무슨 바보 같은 생각을 하는 거야."

"아빠한테 바보가 뭐냐, 바보가."

"그런 게 아니라, 유키와 나는 전우 같은 사이야."

"전우라니, 꽤 예스러운 비유네."

"같은 목표를 향해 매진하는 수험생들 같은, 그런 느낌이랄까. 그래서 좀 마음이 쓰여."

"재택 치료는 전선을 이탈하는 것 같아?"

"그건 아니지만……."

"집에서 투병한다고 치료를 포기한 건 아니야. 싸우는

방식과 장소를 바꿨을 뿐이지."

의아해하는 사야카의 표정을 보며 이누카이는 설명이 필요하다고 생각했다.

"집집마다 사정이 다 다르다고 했지? 부모의 지위나 소득, 혹은 사는 나라나 지역에 따라 어떤 사람은 제대로 된 치료를 받을 수 있고, 어떤 사람은 그렇지 못해. 싸우는 조건이 다르니 같은 전장에서 같은 방식으로 싸워서는 돌파구를 찾을 수 없지. 그렇다면 현재 있는 곳을 벗어나 보는 방법도 또 다른 길이 될 거야."

이누카이는 본인의 입으로 말하면서도 궤변이라고 생각했다. 사야카가 상처받지 않도록 위로하기 위해 한 거짓말이었지만 아무리 그래도 엉성하고 유치한 비유였다.

쇼노 모자가 재택 치료를 결정한 이유는 오로지 경제적인 이유 때문임이 명백했다. 사야카도 그 사실을 분명히 알고 있었다. 그러나 이미 알고 있는 사실을 다시 확인해 봤자 마음만 더 아플 뿐 달라지는 것은 없었다.

"그 아이, 만성 사구체신염이었지?"

"피브로넥틴 사구체병증이래. 유키가 자세한 병명을 알려 줬어."

유키의 설명에 따르면 피브로넥틴 사구체병증은 유전자

이상으로 발생하는 질병이다. 대표적인 증상으로는 단백뇨와 혈뇨에 고혈압이 나타난다고 한다. 병이 악화할수록 신장 기능이 떨어지며 결국 말기 신부전으로 진행된다.

"그러니까 신부전 환자인 나와 비슷한 병을 앓는 셈이야."

그것이 사야카가 유키를 전우로 생각하는 또 다른 이유였다.

"전우가 떠나서 외로운 마음은 이해해."

"아, 아빠도 파트너인 아스카 형사님이 있으니 알겠구나."

"그 녀석과는 헤어져도 아쉽지 않아. 아무튼 사야카, 유키가 걱정된다면, 그리고 그 친구를 전우라고 생각한다면 너도 병과 맞서 싸워야 해. 알겠지?"

사야카가 진지한 얼굴로 고개를 끄덕였다.

"왠지 나도 모르는 사이에 말려든 것 같은데."

"그러지 않으면 전우 앞에서 얼굴을 들 수 있겠어?"

"아빠는 경찰에서 꽤 인정받는 타입이지? 분명 그럴 거야."

"나름 오래 다니고 있기는 하지."

"하지만 분명 여자들한테는 인기 없을 타입이야."

둘 다 맞는 말이었지만 굳이 대답하지는 않았다.

그로부터 한 달 뒤, 간토 고신 지역*이 장마의 시작을 발표한 6월 15일, 이누카이와 사야카는 오랜만에 유키의 이름을 들었다.

이누카이가 병실에서 사야카와 한창 이야기를 나누고 있는데 담당 간호사인 이와이 마유코가 들어왔다.

"측정 시간입니다."

사야카는 매일 정해진 시간에 혈압과 체온, 맥박을 잰다. '바이탈 사인 체크'라고 하는데 사야카는 늘 굳은 얼굴로 이 시간을 견딘다.

"이제는 익숙해질 때도 됐잖아요."

이와이 간호사의 얼굴에도 덩달아 긴장감이 서렸다.

"일일이 세지는 않았지만 아마 천 번은 쟀을 텐데."

"몸 전체를 남에게 관리당하는 기분이라 마음이 불편해요."

"기분이 아니라 관리하는 거 맞아. 굳이 다시 말하고 싶지 않지만 사야카는 환자야. 체온이나 맥박에 큰 변화가 있다면 그것만으로도 큰일이라고."

---

* 도쿄가 포함된 간토 지역과 나가노현이 포함된 고신 지역을 아우르는 혼슈 중부 지역.

"그건 그렇지만."

옆에서 듣고 있던 이누카이는 저도 모르게 쓴웃음을 지을 뻔했다. 영락없이 유치한 반항이었고 딸이 아직 정신적으로 어리다는 방증이었다.

"그래도 바이탈을 체크할 수 있다는 것만으로도 감사한 일이니까……."

이와이는 말을 하다가 멈췄다.

'아차' 하는 표정이 얼굴에 드러났고 이누카이는 그 표정을 놓치지 않았다.

"간호사님, 무슨 일 있습니까?"

"아무것도 아니에요."

이와이는 아무렇지 않은 듯 대답했지만 전혀 그렇게 보이지 않았다.

"누군가 더 이상 바이탈 사인을 체크할 수 없게 됐다는 뜻이죠? 심지어 예전에 간호사님이 담당했던 환자가."

말을 꺼내자마자 자기혐오에 휩싸였다. 사소한 한마디라도 마음에 걸리면 참지 못하고 따져 묻는 성미는 어쩔 수 없는 직업병이었다.

이와이는 굳은 얼굴로 천천히 이누카이를 향해 고개를 돌렸다.

"어차피 조만간 알려지겠죠."

그녀의 말투에 더욱 불안해졌다.

"우리가 아는 환자군요?"

"지난달까지 같은 층에서 입원 치료를 받던 쇼노 유키가 어제 집에서 사망했다고 해요."

이누카이는 깜짝 놀라면서 사야카를 바라봤다.

사야카는 넋을 잃은 얼굴이었다.

"말도 안 돼."

"오늘 아침 일찍 어머니에게 연락을 받았어요."

"거짓말."

"거짓이면 얼마나 좋을까."

눈물을 억지로 참는지 이와이의 얼굴이 일그러졌다.

"너스 스테이션에 걸려 온 전화라 녹음도 되어 있어요. 제가 몇 번이나 다시 들었거든요. 틀림없어요."

이와이는 더 이상 참을 수 없었는지 고개를 숙이고는 도망치듯 병실을 나갔다.

사야카는 멍한 얼굴로 느릿느릿 침대에서 내려왔다.

큰일이군.

이누카이는 사야카에게 다가가 가녀린 어깨에 손을 얹으려고 했다.

그런데 그 순간 사야카의 입에서 "괜찮아. 걱정하지 마"라는 말이 흘러나왔다.

이누카이는 손을 뻗다가 말고 딸을 주시했다.

"나도 이제 어린아이 아니잖아⋯⋯. 그래도 믿기지가 않아."

핏기가 가신 얼굴은 누가 봐도 창백했다.

"앉아."

"죽었다니. 전혀 그럴 것 같지 않았는데."

"일단 앉아."

사야카가 까무러질까 봐 서둘러 부축해 억지로 침대에 앉혔다.

"그런데, 도대체, 왜?"

이와이의 말만으로는 자세한 상황을 알 수 없었다. 유키가 어제 세상을 떠났고 유키의 어머니가 그 사실을 알렸다는 것만 알았을 뿐이다.

그때, 갑자기 팔을 붙잡는 힘이 느껴졌다. 사야카가 이누카이의 위팔을 꽉 움켜쥔 것이었다.

"설마, 자살한 건 아니겠지, 아닐 거야."

<u>스스로</u>를 진정시키는 듯한 말투였다.

"아직 자살인지 아닌지 아무것도 몰라."

"만약 병이 더 심해졌다면 집에서 죽는 건 말이 안 돼.

여기가 아니더라도 다른 병원으로 실려 갔을 테니까."

"사야카, 진정해."

"어제 죽었다면 장례식은 내일 이후겠지?"

이누카이를 돌아본 사야카가 혼이 나간 눈빛으로 말을 이었다.

"나, 조문 갈래."

어떻게든 달래려고 했지만 말이 목에 턱 걸렸다.

이누카이 본인도 장례식에 참석하고 싶었기 때문이다.

2

 유키의 영결식은 사야카의 예상대로 사흘 뒤 오후에 열렸다. 사망 직후에는 경찰에서 검시를 진행하느라 어쩔 수 없이 한나절 정도 지체됐다. 게다가 변사는 부검까지 더해지기 때문에 장례식이 더욱 늦어졌다.

 전 아내는 사야카가 장례식에 참석하는 것을 끝까지 반대했다. 그러나 사야카 본인의 간절한 의지를 결국 꺾지 못하고 긴 통화를 주고받은 끝에 승낙하고 말았다. 도대체 누구를 닮았는지 한번 마음먹으면 좀처럼 물러서지 않는 고집스러운 성격이 통한 셈이었다.

 병원 측은 보호자 동반 조건으로 외출 허가를 내줬다.

이번에는 당연히 이누카이가 보호자 역할을 맡았다.

  장마가 막 시작된 18일 당일도 아침부터 비가 오락가락했다. 장례식이 열리는 오타구의 린카이 장례식장으로 향하는 차 안에서 사야카는 내내 고개를 떨구고 있었다.

  "얼마 만에 교복을 입는 거지?"

  "이런 식으로 입고 싶지 않았어."

  분위기를 풀어보려고 한 말이 보기 좋게 빗나갔다.

  "비가 지겹도록 내리네. 하다못해 장례식 할 때는 그쳤으면 좋겠는데."

  "날이 맑았으면 더 슬펐을 거야."

  "……그랬겠지."

  추적추적 내리는 장맛비는 그칠 기미가 보이지 않았다. 하늘을 올려다보니 잿빛 먹구름이 온통 하늘을 뒤덮고 있었다.

  문득 맑은 날의 장례식과 비 오는 날의 장례식을 비교해보고는 사야카의 말도 일리가 있다는 생각이 들었다. 확실히 맑은 날에 열리는 장례식은 유난히 이질적이고 허전하게 느껴질 때가 있었다.

  바로 고인이 천수를 누리지 못하고 세상을 떠났을 때가 그러했다.

열다섯 살의 죽음.

사야카가 상심한 이유는 단순히 전우를 잃었기 때문만은 아닐 것이다. 사람의 목숨이 얼마나 허무하게 스러질 수 있는지 바로 곁에서 보고 느꼈기 때문이리라. 열다섯 살은 아직 어리지만 예민할 때였다. 감성이 다 닳아 없어진 이누카이와 달리 뾰족하게 날이 선 감성을 그대로 드러낼 시기인 것이다.

불현듯 공포가 엄습했다.

다른 사람의 아이가 죽은 것만으로도 다양한 감정이 복잡하게 소용돌이쳤다. 연민, 원통함, 비탄, 허무. 유키의 어머니인 사토코는 지금 이 순간을 어떤 심정으로 견디고 있을지, 상상만 해도 가슴이 미어졌다. 하지만 결국 남의 자식이므로 더 깊은 상념에 빠지지는 않았다.

그런데 만약 사야카가 죽는다면……. 이누카이는 황급히 생각을 멈췄다. 무심코 상상하는 것조차 두려웠다. 설마 단장의 비애에 빠져 죽지는 않겠지만 정신적으로 몹시 큰 타격을 받을 것이 분명했다.

마음이 복잡한 이누카이에게 사야카가 불쑥 말을 꺼냈다.
"그래도 장례식 날에 비가 오니 우울하네."
"……그러게."

그 말을 끝으로 대화가 끊겼다.

장례식장 주차장에는 빈자리가 많았다. 시작 시간이 얼마 남지 않았는데도 빈자리가 많은 것을 보면 조문객이 그리 많지 않으리라 짐작됐다. 아이가 오랜 투병 생활 끝에 세상을 떠나면 역시 조문객도 적어지는 걸까. 이누카이는 씁쓸한 기분이 들었다.

방명록을 작성하는 곳에도 겨우 세 명이 줄 서 있었다. 가장자리에 서 있는 사람은 사토코와 남편 같았다. 두 사람 모두 조문객 한 사람 한 사람에게 정중하게 고개를 숙이고 있었다.

그 모습을 멀리서 바라보던 이누카이는 두 사람의 초췌한 모습에 가슴이 먹먹해졌다. 두 사람은 귀신 같은 몰골까지는 아니었지만 생기가 거의 느껴지지 않았다. 기력과 체력이 모조리 바닥난 채 껍데기만 남은 것처럼 보였다.

이누카이와 사야카의 차례가 되자 두 사람을 알아본 사토코는 순간 당황한 듯했다.

"사야카 아버님."

"얼마나 상심이 크시겠습니까."

"이렇게 와 주셔서 감사합니다. 사야카도…… 외출 허가까지 받아서 와 줬구나."

"아주머니. 어떡해요, 어쩌다가 이렇게……."

"유키도 분명 기뻐할 거야."

이누카이가 장례식장에 들어간 지 얼마 지나지 않아 영결식이 시작됐다. 조용한 클래식 음악이 흐르는 가운데 사회자가 유키의 프로필을 소개했다. 그러나 15년 인생이 품은 이야기는 너무 적어서 2분 만에 소개가 끝났다.

스님 한 명이 제단 앞에 서서 독경을 시작했다. 낮고 음울한 목소리가 흘러나오자 공기마저 무거워지는 듯했다.

조문객 중에는 유키 또래의 학생들도 보였다. 유키의 반 친구들 같았는데 그 덕분에 사야카의 교복 차림이 눈에 띄지 않았다.

이누카이는 벌써 후회가 밀려들었다. 유키와 그다지 친분은 없었지만 그래도 어린아이의 장례식에서는 마음이 무거워졌다. 죽어서는 안 될 사람의 죽음이었기에 더없이 불공평하고 원통하게 느껴지기 때문이었다.

유키의 죽음은 사야카의 죽음을 연상케 했다. 심지어 두 사람은 비슷한 병을 앓는 환자였다. 공통점이 많을수록 이누카이는 더욱 두려워졌다. 일어날 리 없다고 믿었던 일이 순식간에 현실이 될 것 같은 기분에 불안과 초조에 휩싸였다.

좋지 않다. 장례식장에서 죽음을 의식하지 않을 수는 없겠지만 그래도 과하게 감정이입하고 있었다.

이누카이는 마음을 다스리려고 조문객들을 관찰하기 시작했다. 반쯤은 몸에 밴 직업병 같은 습관이었다.

유키의 반 친구로 보이는 학생들과 보호자들. 아이 없이 서 있는 어른은 아마 유키 부모님의 지인일 것이다. 이누카이처럼 마음이 아픈지 대부분 안타까운 표정으로 얼굴을 일그러뜨리고 있었다.

아니, 예외도 존재했다.

조문객들 맨 뒤, 눈에 띄지 않는 자리에 서 있는 남자의 얼굴에는 애도의 빛이 조금도 보이지 않았다. 그는 온기 없는 눈으로 주변을 관찰하고 있었다. 마치 지금의 이누카이처럼.

이누카이는 본능적으로 깨달았다. 저 남자는 경찰이다.

형사 생활을 오래 하다 보니 누가 자신과 같은 형사인지 꽤 높은 확률로 구분할 수 있었다. 이누카이의 감이 맞다면 남자는 분명 용의자를 감시하러 조문객 사이에 섞여든 형사이리라.

독경을 잠시 멈추자 사회자가 조용히 말했다.

"그럼 고인과 마지막 인사를 나누겠습니다. 조문객 여러분은 앞줄 오른쪽 끝부터 차례로 관에 난 창을 통해 고인과 마지막 인사를 하시기 바랍니다."

사회자의 안내가 끝나자 한 명씩 관 앞으로 다가갔다. 그때부터 앞에서 흐느끼는 소리가 새어 나왔다.

이누카이는 들키지 않도록 조용히 맨 끝에 서 있는 남자의 움직임을 주시했다. 형사로 보이는 사람이 잠입한 것으로 보아 유키의 죽음이 단순한 병사가 아니라는 사실을 짐작할 수 있었다. 시신을 부검했는지도 신경 쓰였다.

10분 후, 드디어 사야카의 순서가 됐다. 사야카는 아직 울지 않았지만 과거 자신의 병을 알았을 때처럼 음울한 표정을 짓고 있었다. 관 앞에 선 사야카는 몸을 웅크리고 죽은 유키의 얼굴을 들여다봤다.

그런 사야카를 옆에서 지켜보는데 줄곧 가라앉아 있기만 하던 사야카의 표정이 미세하게 변했다. 뭔가 마음에 걸리는 듯 미간을 찌푸렸다.

"왜 그래?"

작은 소리로 물었더니 사야카가 이상하다는 듯 고개를 갸웃했다.

"유키의 목 아래로 이상한 멍이 있어."

이누카이도 관에 난 작은 창으로 싸늘하게 식은 유키의

얼굴을 들여다봤다. 쇄골 아래는 수의로 가려져 있었지만 유심히 살펴보니 확실히 멍 자국이 있었다.

순간 아동 학대가 떠올랐다. 병원비는 쌓여만 가는데 좀처럼 차도가 없는 아들에게 부모 혹은 그중 한 명이 마구 분풀이했을지도 모른다는 생각에 등골이 오싹해지며 불쾌감이 올라왔다. 자식을 둔 부모라면 본능적으로 느낄 수밖에 없는 혐오와 공포였다.

시신을 이대로 화장하면 학대 흔적도 사라지고 만다. 증거를 확보하려면 발인 전에 손을 써야 한다.

"잠시 자리 좀 비울게."

이누카이는 그 말을 남긴 뒤 줄에서 벗어났다. 상황이 이렇게 된 시점에서 더 이상 상대를 은근히 살피기만 하는 것은 무의미했다. 수사권이 있는 사람과 직접 협의하는 길이 정공법이리라.

조문객 인파를 헤치며 맨 끝에 선 남자에게 달려갔다. 남자는 갑작스러운 상황에 경계심을 드러냈다.

"실례합니다."

이누카이가 경찰수첩을 보여 주며 말을 걸자 남자는 즉시 경계를 풀었다.

"경찰이셨군요. 실례했습니다. 저는 이케가미 경찰서 강력계 소속 형사 시도입니다."

"사망한 유키 군에 대해 여쭙고 싶은 게 있습니다. 잠시 시간 괜찮으십니까?"

"장례식에 참석하신 걸 보면 쇼노 유키와 아는 사이시죠? 그렇다면 저도 여쭙고 싶은 게 있습니다. 자리를 옮기시죠."

두 사람은 마침 비어 있는 유족 대기실로 들어갔다. 복도를 한 번 확인했지만 영결식에서 빠져나온 사람은 이누카이와 시도뿐이었다.

"유키는 생전에 제 딸과 같은 병동에 입원해 있던 환자였습니다."

이누카이의 설명에 시도는 곧바로 수긍했다.

"아, 따님과 관계가 있었군요."

"재택 치료로 전환하고 한 달 만에 사망했어요. 저와 딸은 몇 가지 이상한 점이 있다고 느꼈습니다."

"그러던 와중에 장례식에서 경찰 같아 보이는 사람을 발견하고는 곧장 접근했다는 말씀이군요. 이거 참, 한눈에 형사라는 사실을 들키다니 민망하네요."

"강력계 소속인 시도 형사님이 잠복한 이유는 유키의 죽음이 의심스럽기 때문 아닙니까?"

"미심쩍기는 하지만 사인 자체는 문제가 없었습니다."

"역시 부검하셨군요."

"아들이 집에서 사망했다는 신고를 받고 구급차가 출동했습니다. 구급대원이 현장에서 쇼노 유키의 사망을 확인했죠. 일단 응급실로 이송하기는 했지만 살리지는 못했어요."

"그 직후에 검시를 진행했겠군요."

"병원에서 사망했다면 병사로 처리됐을 텐데. 병원으로 이송한 뒤 옷을 벗기고 살펴보니 온몸이 멍투성이였습니다."

"아까 쇄골 아래로 멍이 보였는데 온몸이 그랬습니까?"

"단순 타박상으로 생긴 멍이 아니라 막대기 같은 물건으로 세게 누른 것 같은 자국이었습니다. 검시관은 사법 부검이 필요하다고 판단했습니다. 데이토대학 부속병원에 입원해 있던 쇼노 유키가 한 달 전에 퇴원했다는 점에서 학대가 의심됐거든요."

"역시 아동 학대입니까?"

"그게 말입니다……."

시도가 확신 없는 어투로 말꼬리를 흐렸다. 그러고는 말을 이었다.

"대학 법의학교실에서 부검했는데 사인은 폐부종과 고칼륨혈증, 즉 전형적인 말기 신부전 증상이었습니다. 쇼노 유키의 병사는 의심할 여지가 없습니다."

입원 중에 유키는 피브로넥틴 사구체병증 진단을 받았다. 그러면 입원 치료를 받을 때나 재택 치료로 바꾼 뒤에 신부전증이 나타났다는 말인가.

"사인은 신부전. 하지만 온몸에 남은 멍을 보고 사건성이 있다고 생각했습니다."

"그래서 강력계가 움직였군요. 쇼노 부부는 대면 조사했습니까?"

"둘 다 모르쇠로 일관했습니다."

시도는 난감하다는 듯 어깨를 으쓱였다.

"넘어졌을 때 멍이 든 것 같다고 하더군요. 상태가 심각하거나 심한 통증을 유발할 만한 멍은 아니었던 데다 사인은 신부전이 분명했기 때문에 더 추궁할 수 없었습니다. 서둘러 장례를 치르고 있기도 하고요."

부검을 마쳤다면 시신을 화장하기 전에 서둘러 증거를 확보할 필요는 없었다. 이누카이는 안도하다가 곧 멍에 대한 의문은 여전히 풀리지 않았다는 사실을 깨달았다.

"세상을 비관해 스스로 목숨을 끊었을 가능성도 제기됐지만 부검 결과 그 가능성은 완전히 배제됐습니다. 목을 매거나 손목을 긋거나 약물을 복용한 흔적이 남아 있지 않았어요. 이케가미 경찰서는 여전히 병사라는 판단을 고수하고 있습니다."

"하지만 지금 시도 형사님이 여기 와 있지 않습니까."

"우리 서의 판단과 제 판단은 다릅니다. 사인과 직접적인 관련은 없다고 해도 그 멍의 원인이 밝혀지지 않는 한 저는 납득할 수 없습니다."

이누카이는 시도가 자신과 비슷한 부류의 형사라는 사실을 깨닫고는 마음이 놓였다.

"영결식에 잠입한 이유는 유키 군의 몸을 멍들게 한 인물이 참석하지 않을까 추측했기 때문입니다."

"그럴 만한 인물이 있었습니까?"

시도는 유감스럽다는 듯 고개를 저었다.

"조금이라도 웃고 있는 놈이 있으면 주시하려고 벼르고 있었지만 그렇게 몰상식한 사람은 한 명도 없었습니다."

"부검 자료나 시신 사진을 좀 볼 수 있을까요?"

"네, 괜찮습니다. 경찰서까지 오시면 보여드리겠습니다. 이런 말씀을 하시는 걸 보면 형사님도 멍의 원인에 관심이 있으시군요."

"입원 치료 중에 생긴 멍이라면 주치의나 담당 간호사가 못 봤을 리 없죠. 멍은 분명 퇴원 후에 생겼을 겁니다. 게다가 멍 하나하나는 심한 통증을 유발하지 않았더라도 온몸에 그런 멍이 생길 정도면 엄연한 폭력입니다. 사인이 병사라고 해도 가해 사실이 사라지는 건 아니죠."

"옳은 말씀입니다."

시도는 동의한다는 듯 고개를 끄덕였다.

"부모와 함께 투병하다가 병사한 것과 학대당해 사망한 것은 완전히 다르죠. 만약 후자인데 이대로 수사가 끝난다면 사망한 아이가 너무 불쌍합니다."

"시도 형사님, 자식이 있으십니까?"

"네, 아직 말도 못 하는 어린아이지만요."

그러면 직업적 사명감보다 한 아버지로서 느낀 분노가 먼저였던 셈인가. 시도에게서 또 다른 공통점을 발견한 이누카이는 내심 쓴웃음을 지었다.

발인을 지켜본 뒤 이케가미 경찰서에 방문하겠다고 약속하고 나서 두 사람은 대기실을 나섰다. 영결식 자리로 돌아오자 마지막 조문객이 고인과 작별 인사를 나누고 있었고 장례식은 어느덧 끝나가고 있었다.

이누카이는 제단 앞에 서 있는 쇼노 부부를 응시했다. 두 사람 모두 슬픔에 잠긴 얼굴로 고개를 떨구고 있었는데 그 모습에서 학대나 타살을 의심할 만한 그림자는 보이지 않았다. 하지만 표정은 얼마든지 꾸며낼 수 있다. 배우 지망생으로 연기를 배웠던 이누카이에게 거짓 표정을 짓는 것 정도는 어린아이 장난이나 마찬가지였다.

"이제 발인 시간입니다. 조문객 여러분은 장례식장에서 잠시 나가 주십시오."

사회자의 안내에 따라 모든 조문객이 출구로 향했다. 장례식장 밖에는 이미 영구차들이 뒷문을 열고 관을 기다리고 있었다.

유키의 아버지와 다섯 사람이 관을 멨고 사토코는 영정을 품에 안았다. 여섯 사람이 멘 관은 무거워 보이지 않아서 더욱 가슴이 아팠다.

관을 실은 뒤 쇼노 부부가 차에 타자 영구차는 높고 긴 경적을 울렸다.

유키의 반 친구로 보이는 여학생이 울음을 터뜨리며 소리쳤지만 요란한 경적에 묻혀 끝까지 들리지 않았다.

영구차가 장례식장을 스르르 빠져나갔다. 점점 크게 오열하는 여학생의 모습을 보고 어머니들까지 덩달아 눈물을 쏟았다.

사야카는 영구차의 뒷모습을 노려볼 뿐 눈물을 흘리지는 않았지만 굳게 다문 입이 그녀의 마음을 대변했다.

"아까 관할서 형사에게 들었어. 유키 몸에 든 멍이 한두

개가 아닌가 봐."

이누카이가 귓속말로 속삭였지만 사야카는 꼼짝도 하지 않았다. 그저 묵묵히 앞만 바라볼 뿐이었다.

"관할서 형사가 이곳에 왔다는 건 경찰도 유키의 병사를 믿지 않는다는 말이겠네."

"정확하게 말하면 의심하는 사람도 있는 상황이야."

"아빠."

"왜?"

"유키가 병으로 죽은 게 아니라면 진실을 밝혀 줘. 반드시."

3

다음 날, 이누카이는 이케가미 경찰서를 방문하자마자 시도와 만났다.

"오셨군요, 기다렸습니다."

용건을 미리 전한 덕분에 이야기가 빨랐다. 시도는 형사부실 구석에서 부검 자료와 시신 사진을 꺼냈다.

부검 자료를 훑어보니 직접 사인은 폐부종 및 고칼륨혈증이라고 명시되어 있었다. 소견란에는 '흉부부터 하지까지 수많은 멍이 있음. 다만 모두 피하조직에만 얕게 발생함. 일부는 경미한 내출혈이 관찰됨'이라고 적혀 있었다.

그런데 첨부된 사진을 살펴보니 부검 보고서에 적힌 소

견과 전혀 달라 보였다. 쇼노 유키의 상반신과 하반신, 그리고 뒷모습을 클로즈업한 사진이었는데 얼굴을 제외한 거의 모든 부위에 멍이 있었다. 생전 상태가 어땠는지는 알 수 없으나 사후 변색으로 피부가 거무스름해져 있었다. 그 때문에 온몸이 얼룩덜룩해져 몹시 기이해 보였다.

"상태는 심각해 보여도 법의학적으로 특별한 언급은 없군요."

"부검의 목적은 사인을 밝히는 것이니까요. 그 외에 멍이나 등 뒤에 남은 흔적 같은 건 별로 중요하지 않죠."

시도는 쓴웃음을 지으며 대답했다.

"시도 형사님은 이 멍들을 보고 무슨 생각을 하셨습니까?"

"형사가 아닌 사람도 학대를 의심할 수밖에 없는 상태죠. 그래서 검시관과 부검 담당 교수님께도 확인했는데 이 정도 멍은 때렸다기보다 세게 주물러서 생긴 자국이라고 하셨어요."

"아무리 주무른 수준이라고 해도 오랜 시간에 걸쳐 온몸에 멍이 생겼다면 엄연한 학대입니다."

"그래도 사인과 관련이 없다면 상황은 달라지지 않아요."

"신경 쓰이지 않습니까?"

"당연히 신경 쓰이고 말고요."

시도는 단호하게 대답했다.

"사인보다 사망에 이른 과정이 더 문제라고 생각합니다. 직접 사인이 신부전증이라도 사망 직전까지 정신적, 육체적 폭력이 있었다면 오히려 그 점을 더 문제 삼아야 하지 않겠습니까."

"동의합니다. 설령 사인도, 폭행한 흔적도 아니라고 해도 이 멍은 이상해요. 도대체 어떻게 주물러야 이런 멍이 생기는 걸까요."

"분명 도구를 사용했을 겁니다. 맨손으로 이런 멍을 만들 수는 없죠."

시도는 셔츠 소매를 걷어 올린 뒤 자신의 위팔을 움켜쥐었다.

"사람 손으로 폭력을 가하면 주먹이나 손바닥 모양의 멍이 듭니다. 이런 식으로 깔끔한 선 모양이 아니라요."

"마음에 걸리는 점이 하나 더 있습니다. 쇼노 유키는 자택에서 사망했죠. 그 점이 도무지 이해가 안 가요."

"병세가 갑자기 악화해 병원까지 가기에 너무 늦었던 것 아닐까요?"

"신부전 말기 상태였다면 증상이 나타났을 겁니다. 몸이 무겁고 기운이 몹시 없다거나요. 아무리 집에서 치료하는 환자라도 말기 증상이 나타나면 병원에 연락 정도는 하는 게 상식이죠."

이누카이는 만약을 위해 데이토대학 부속병원에 확인했다. 병원에 유키의 사망 소식이 전해진 시점은 6월 15일 아침이었다. 그러나 그 전에 증상이 갑자기 악화했다는 연락은 받지 못했다고 했다.

"아, 신장 질환에 대해 잘 아셨죠."

"어쩌다 보니 이렇게도 도움이 되는군요……."

전부 사야카 때문에 얻은 지식이었다. 자랑할 만한 일이 아니었다.

"아마 유키는 사망하기 직전에 몹시 고통스러웠을 겁니다. 그럼에도 유키의 부모는 아들이 숨질 때까지 병원에 연락하지 않았어요."

"이누카이 형사님이 생각하시는 가설이 있나 보군요."

"유키는 집에 갇혀 있었을 수도 있습니다."

이누카이의 말에 시도는 얼굴을 살짝 찌푸렸다.

"자기 자식을 감금했다고요? 아동 학대가 있었다고 가정하면 확실히 앞뒤가 맞는 추측이네요. 병세가 나빠져도 병원에 연락하지 않은 이유도 학대 흔적을 숨기려던 마음이 앞선 것으로 해석할 수 있습니다. 그래봤자 결국 검시

때 온몸을 꼼꼼하게 살피는 과정에서 들통났지만요."

사인과 직결되지는 않지만 학대 사실을 충분히 의심할 만한 멍. 관할서인 이케가미 경찰서에서 이미 병사로 판단한 사건을 재수사하기에는 근거가 매우 빈약하다는 사실을 안다. 그러나 '아버지'라는 이름이 두 사람을 움직이게 했다.

어쨌든 유키를 부검한 부검의를 직접 만나야 한다는 점에서 의견이 일치한 두 사람은 이케가미 경찰서를 나섰다.

이누카이와 시도가 향한 곳은 도쿄의대 법의학교실이었다. 강의실 구석에서 10분 정도 기다리는데 부검의인 무라사코 교수가 나타났다. 본래 급한 성격인지 서로 자기소개를 마치자마자 바로 설명하기 시작했다.

"오래 기다리셨습니다. 얼마 전에 부검한 시신 건으로 찾아오셨다고요. 부검 결과에 이상한 점이 있었습니까?"

자존심이 상했는지 부드러우면서도 다소 도발적인 말투로 물었다. 질문하는 역할을 맡기로 한 이누카이가 변명조로 대답했다.

"아뇨. 교수님의 부검 보고서는 간결하면서도 핵심을 잘 담았습니다. 저희는 오늘 보고서에 적히지 않은 사항을 여쭙고자 방문했습니다."

"구체적으로?"

"소견란에 적혀 있던 수많은 멍에 대해 궁금한 점이 있어서요."

"아아."

무라사코는 이해했다는 듯 고개를 끄덕였다.

"온몸에 멍이 남아 있어서 언급할 수밖에 없었습니다. 그냥 넘어가는 게 오히려 이상했죠. 하지만 보고서에 쓴 것처럼 사인은 폐부종과 고칼륨혈증입니다. 온몸에 부종이 있었고 혈액 분석 결과 고칼륨혈증이 확인됐어요."

"사인에 의문을 제기하는 건 아닙니다."

"하지만 지금 관할서 형사님과 경시청 형사님이 저를 찾아오지 않았습니까."

"멍에 대한 무라사코 교수님의 의견을 자세히 듣고 싶어서 왔습니다. 교수님은 그 멍을 어떻게 생각하십니까?"

"혹시 학대를 의심하십니까? 그렇다면 일단 충분히 의심할 만한 정황이 있다고 말씀드리죠."

"학대 때문에 사망했을 가능성은 없습니까?"

"글쎄요, 딱 잘라 말씀드리기는 어렵군요."

무라사코는 쓴웃음을 지으며 머리를 긁적였다.

"본래 법의학자는 사인을 밝히는 것 외에는 관여하지 않습니다. 개인적인 의견을 말하는 건 자기만족일 뿐이고, 무엇보다 경찰에 불필요한 선입견을 심어 주게 되면 수사에 지장을 줄 수 있으니까요."

"이미 부검 결과가 나왔고 이케가미 경찰서는 병사라고 결론지었습니다. 이제 와 교수님이 개인적인 소견을 말씀하셔도 그 결론이 바뀌지는 않을 겁니다."

"그러니까 결국 무슨 말을 해도 책임질 일 없다는 뜻입니까? 다소 억지스러운 논리 같기도 하군요."

"직접 사인이 무엇이든 한 소년이 죽었습니다. 그 경위를 밝히는 데 수단과 방법을 가려서야 되겠습니까?"

옆에 앉아 있던 시도도 동의한다는 듯 고개를 끄덕였다. 두 사람을 번갈아 바라보던 무라사코는 마지못한 기색으로 입을 열었다.

"소년이 학대당했냐고 물으셨죠? 솔직히 그랬을 가능성이 크다고 생각합니다."

"근거는 무엇입니까?"

"멍에 가려 잘 보이지 않았지만 소년의 사지에 구속되었던 자국이 남아 있었습니다. 즉 몸을 움직일 수 없는 상태에서 온몸에 멍이 생겼다고 볼 수 있어요."

"그건 엄연한 학대의 증거 아닙니까?"

"학대라고 단정 짓기에는 너무 가벼운 멍이었거든요."

"멍이 깔끔한 직선 모양입니다. 어떻게 하면 그런 식으로 멍이 날까요?"

"비슷한 케이스를 본 적이 있습니다. 잠시 기다려 주시겠습니까?"

무라사코는 강의실을 나갔다가 몇 분 후 서류철을 품에 안고 돌아왔다.

"이걸 보시죠."

두 사람은 무라사코가 내민 자료를 살펴보다가 어떤 한 사진에 못이 박힌 듯 시선을 고정했다.

시신을 찍은 사진 한 장이었다. 시신의 엉덩이부터 무릎까지 직사각형 멍이 여러 개 나란히 나 있었다. 길이는 다르지만 유키의 몸에 남아 있던 멍과 제법 비슷했다.

"이 사진에 찍힌 시신은 재작년 야구부 내에서 벌어진 괴롭힘, 아니 가혹 행위의 피해 남학생입니다."

그 말에 이누카이는 기억을 더듬었다. 야구 명문으로 유명한 학교에서 일어난 비극이었다. 당초 학교 측과 야구부는 가혹 행위 사실을 부인했지만 거듭된 관계자 조사와 부검 실시 결과, 사망한 학생이 야구부 내에서 벌어진 집단 폭행에 가까운 가혹 행위로 사망했다는 사실이 밝혀졌다.

"피해 학생은 하체를 야구 방망이로 여러 번 구타당했습니다. 허벅지 부위라 뼈가 부러지지는 않았지만 이처럼 직사각형 형태의 멍이 남았습니다. 이건 분명한 타박상이죠."

"유키의 몸에 난 멍은 직사각형이 아니라 거의 띠 같은 모양이었는데요."

"네. 하지만 모양 자체는 매우 비슷하죠. 따라서 유키의 멍도 야구 방망이와 비슷한 도구 때문에 생긴 것 아닐까요?"

"확실히 두 멍은 모양이 비슷합니다. 하지만 유키의 멍은 면적만 봐도 상당히 집요하게 괴롭혔다는 느낌을 지울 수 없습니다."

"저도 그렇게 생각합니다."

시도도 몸을 앞으로 숙이며 입을 열었다.

"목 아래로 거의 틈이 없을 정도로 온몸에 멍이 나 있어요. 피해자에게 어떤 비틀린 감정이 없는 한 저런 폭력을 가하지 않았을 겁니다."

"시도 형사님은 관할서 소속이시죠. 현장에서 소년의 멍을 확인하셨습니까?"

"구급대원이 유키의 집에서 사망을 확인했고, 제가 멍을 확인한 건 시신이 병원으로 이송된 후입니다."

"병원에 부모도 함께 있었죠? 소년의 몸에 멍이 남아 있다는 사실이 드러났을 때 부모의 반응은 어땠습니까?"

"모르쇠로 일관했습니다."

시도는 못마땅한 어투로 대답을 이어갔다.

"그 지경이 된 몸을 보고도 의심하지 않을 경찰은 없지 않습니까. 그 자리에서 당장 추궁했지만 둘 다 그런 멍은 지금 처음 본다고 시치미를 떼더군요. 그때 저희는 부검 결과가 나오면 본격적으로 신문하려고 했습니다."

시도가 못마땅해하는 이유도 이해가 갔다. 유키는 퇴원하고 나서는 집 밖으로 나갈 기회도 거의 없었을 것이다. 그런데 부모가 멍에 대해 몰랐다니, 아무리 변명이라지만 너무 궁색했다. 그리고 그런 형편없는 변명을 들으면서도 결국 물러서야 했던 시도의 분한 마음도 쉽게 짐작이 갔다.

"야구부 집단 폭행의 피해 학생 말입니다만, 도 대회 8강 전에서 그 학생이 뜬공을 놓치는 바람에 팀이 탈락했다고 하더군요. 그 일 때문에 곧바로 집단 괴롭힘을 당했다고 해요. 그 대회를 끝으로 졸업하는 3학년 부원들이 그 학생을 비난하기 시작했고, 집단 심리가 작용하면서 모든 부원이 괴롭힘에 가담했습니다. 부원들은 정신 교육이라는 핑계로 돌아가면서 피해 학생을 야구 방망이로 때렸다고 합니다."

무라사코는 얼굴에 감정을 드러내지 않는 사람인 듯 피

해 학생이 야구부원들에게 집단 폭행을 당한 정황을 담담하게 이야기했다. 감정을 드러내지 않는 만큼 고요한 분노가 느껴졌다.

"어리니까 감정에 휩쓸리기 쉽고 제어도 어렵죠. 피해 학생의 하체에 남아 있던 멍은 그러한 격한 감정의 표출을 그대로 보여 줬다고 할 만합니다. 야구 방망이로 구타한 흔적이 일정하지 않았던 것도 그렇고요. 그런데 제가 부검한 소년은 어떻습니까. 지적하신 대로 온몸에 일정한 방향으로 띠 모양 멍이 남아 있었죠. 장담할 수는 없지만 이런 규칙성은 감정 표출과는 정반대 성격을 띤다고 보입니다."

"즉 규칙성을 중요시한 성질의 멍이라는 말씀이군요. 예를 들면 어떤 것이 있을까요?"

"제가 생각하는 것 중 하나는 종교 의식입니다. 그것도 정상적인 종교가 아니라 악마 숭배 같은 사이비 종교의 의식 말입니다."

갑자기 튀어나온 망상 같은 이야기에 이누카이는 당황했다. 시도 역시 마찬가지인 듯 순간 황당하다는 표정을 지었다.

"두 분 모두 당황하신 것 같은데……."

"그게, 교수님이 말씀하시기에 다소 망상 같은 이야기라서요."

"망상이라. 과연 그럴까요?"

무라사코는 의미심장하게 입꼬리를 끌어올렸다.

"옴진리교인지 뭔지 하는 사이비 종교의 교리, 수행 방법, 행동은 전부 비현실적이고 망상 같았습니다. 하지만 그들이 일으킨 테러는 현실이었죠. 유키라는 소년이 광신도의 종교 의식으로 희생됐다고 해도 전혀 놀랍지 않습니다. 현실 세계와 거리가 먼 망상 속에서 사는 사람들은 언제 어디에나 있습니다. 멀쩡한 사회인인 척 살아가지만 머릿속으로는 다른 세계를 사는 사람들 말입니다."

불현듯 가슴이 선득해졌다.

이누카이가 지금까지 상대해 온 범죄자들은 윤리적으로 문제가 있을지언정 현실 세계의 논리와 사회성은 갖추고 있었다. 성격에 문제가 있기는 해도 모두 이누카이의 상식으로 이해할 수 있는 용의자들이었다. 그래서 사건을 수사할 때도 예측 범위 안에서 해결할 수 있겠다는 심리적 안정감을 느꼈다.

그러나 무라사코가 던진 한마디는 이누카이의 안정감을 뿌리째 뒤흔들었다. 망상가, 광신도, 다른 세계에 빠져 사는 사람. 하나같이 이누카이의 상식과는 거리가 먼 자들이었다.

과연 상식이 통하지 않는 인간의 심리를 꿰뚫어 볼 수 있을까? 어디까지 쫓을 수 있을까?

"소년의 직접 사인은 폐부종과 고칼륨혈증이죠. 조심스럽지만 솔직히 말하면 병으로 사망한 게 불행 중 다행이라고 생각합니다. 그게 아니라 원인을 알 수 없는 명 때문에 죽었다면 소년도 편히 눈을 감지 못했을 겁니다."

"아뇨, 병사했다고 해도 편히 눈 감을 수 없었을 겁니다."

자신도 모르게 말이 연달아 튀어나왔다.

"유키는 열다섯 살이었습니다. 고작 열다섯밖에 안 된 아이가 편히 죽을 수 없는 죽음이라니, 있어서는 안 될 일이에요."

이누카이가 격한 어투로 말한 탓인지 무라사코는 민망한 얼굴로 고개를 숙였다.

"죄송합니다. 감정에 취해 그만 말실수를 했네요. 제 나쁜 버릇입니다."

무라사코는 이누카이에게 서류철을 건네받은 뒤 조심스럽게 책상 위에 내려놓았다.

"법의학교실로 들어오는 시신들의 이름은 큰 의미가 없

습니다. 하지만 시신의 형태는 중요한 의미를 담고 있고, 시신은 끊임없이 무언가를 말하고 싶어 하죠. 그런 시신을 매일 부검하다 보면 자연스러운 죽음과 그렇지 않은 죽음을 분류할 때가 있습니다. 물론 어디까지나 제 개인적인 느낌일지 모르지만요."

경시청으로 돌아온 이누카이를 기다리고 있던 사람은 아소 반장이었다.

"아까 이케가미 경찰서에서 연락이 왔어. 관할서 형사와 법의학교실에 갔다며."

아소는 아무런 표정도 짓지 않으려고 애썼지만 오른손 가운뎃손가락으로 책상을 톡톡 두드렸다. 이누카이의 행동에 기분이 언짢아졌다는 표시였다.

"살인 사건? 아니면 강도? 우리 쪽으로 들어온 연락은 없었는데."

"둘 다 아닙니다. 이케가미 경찰서는 사건성이 없다고 판단했어요."

"사건성이 없는데 왜 법의학교실까지 찾아갔어?"

"사망한 소년과 조금 아는 사이입니다."

쇼노 유키와 사야카의 관계, 유키의 몸에 남아 있던 멍에 대한 보고를 들으며 아소는 흥미를 느낀 눈치였다.

"온몸에 띠 모양 멍이 있었다고? 확실히 이상하긴 하군. 하지만 사인과 직접적인 관계는 없잖아. 이케가미 경찰서에서도 사건성이 없다고 판단했고."

"납득이 가지 않아서요."

"납득이 안 된다고?"

아소가 되물으며 가운뎃손가락으로 다시 책상을 두드리기 시작했다.

"우리 반이 지금 얼마나 많은 사건을 맡고 있는지 알아?"

"네, 잘 알고 있습니다. 모든 사건에 제가 투입되고 있으니까요."

"관할서 사건, 그것도 사건성이 없다고 판단된 사건에까지 참견할 여유는 없을 텐데?"

"차질 없도록 어떻게든 잘 조율하고 있습니다."

"그렇게 쪼개 쓸 시간에 지금 맡은 사건에나 집중했으면 진작에 해결했을지 모른다고."

무턱대고 인원을 늘리고 이리저리 뛰어다닌다고 해도 조기에 해결되는 사건은 일부뿐이었다. 적확한 초동 수사와 적재적소에 투입하는 인력. 이것이야말로 사건 조기 해결의 공식이고 아소가 이 사실을 모를 리 없었다.

"공사는 구분해야지."

마침내 아소가 노기를 드러냈다.

"넌 지금 딸 걱정에 판단력까지 잃었어."

"애초에 그리 대단한 판단력도 아니었잖습니까."

공사 구분이라는 말에 자존심이 크게 상한 탓에 날카로운 대답이 튀어나왔다.

하지만 이누카이는 안다. 그 말이 뼈아프게 느껴지는 이유는 그 말에 진실이 일부 섞여 있기 때문이었다.

"자기 비하하면서 빠져나갈 셈인가?"

"도망갈 생각은 추호도 없습니다. 다만 사건성이 없다는 판단은 이케가미 경찰서의 입장일 뿐이에요."

"그럼 사건성이 있다는 말이야? 부검 결과는 병사라며."

"사인이 병사라고 해서 범죄성이 없다고 확정된 건 아닙니다. 온몸에 띠 모양 멍이 남아 있다니 아무리 생각해도 정상이 아니에요."

"정상이 아니라는 건 나도 인정해. 백번 양보해서 아동학대가 있었다고 하자. 그렇다고 병사로 밝혀진 마당에 타박상조차 되지 않는 멍을 들게 했다고 범죄로 입건할 수 있겠어?"

아소의 반박에 이누카이는 기억을 더듬었다.

상해의 경중은 학대 성립 요건이 아니다. 후생노동성이 아동 학대를 정의하는 요건은 다음 네 가지다.

(1) 신체 학대: 때리기, 발로 차기, 손으로 치기, 던지기, 심하게 흔들기, 화상 입히기, 물에 빠뜨리기, 목 조르기, 밧줄 등으로 묶고 방에 가두기 등
(2) 성 학대: 아동에 대한 성적 행위, 성적 행위를 보여 주는 행위, 성기를 만지거나 만지게 하는 행위, 음란물을 촬영하는 행위 등
(3) 방임: 감금, 식사 방임, 위생 관리 소홀, 차량 내 방치, 의료적 방임 등
(4) 심리 학대: 언어폭력, 무시, 형제간 차별 대우, 아동 앞에서 벌이는 가정 폭력, 형제를 학대하는 행위 등

이 요건 중 대부분은 본인 혹은 제삼자의 증언이 필요하다. 그런데 유키가 사망한 지금, 당사자의 증언을 얻을 수는 없다. 남은 방법은 이웃 주민의 증언이지만 애초에 주변에 소문이 날 정도로 유키를 학대했다면 그 정도 멍으로 끝났을 리 없었다.
"네 성격상 학대 성립 요건에 부합하는지 어떻게든 따져

보고 있겠지."

"그럴 리가요."

"네가 지금 몇 년째 내 밑에 있는지 알기나 하냐. 날 너무 만만하게 보는 거 아니야?"

아소는 코웃음 치며 책상을 두드리던 가운뎃손가락을 멈췄다. 이누카이가 당황하자 아소는 조금이나마 속이 풀린 듯했다.

"설령 부모가 학대했다고 해도 입건하기는 어려워. 피해자는 이미 병사하기도 했고. 이런 말 하기 좀 그렇지만 입건도 어렵고 살인도 아닌 사건에 수사1과 인력을 투입할 수는 없어."

"입건할 수 있다면 어떻게 하시겠습니까?"

지금 물러서면 다시는 유키의 사건을 수사할 수 없다. 포기할 수 없었다.

"주변 이웃들이 학대 사실을 증언해 줄지도 모릅니다. 이케가미 경찰서가 사건성이 없다고 판단했으니 탐문 수사도 안 했을 겁니다."

"관할서에서 사건성이 없다고 판단한 사건을 경시청 형사가 다시 문제 삼는 거야. 얼마나 반감을 살지 생각해 봤어?"

말할 필요도 없었다. 관할서에 정식으로 알리지 않고 재수사를 할 경우, 사방에서 눈총을 받는 것은 당연했다. 조직은 독단 행동을 결코 허용하지 않는다. 유일하게 허락하는 경우가 있다면 그것은 경찰의 명예를 회복해야 할 때나 불미스러운 일을 사전에 막으려고 할 때 정도다. 하지만 유키의 사인이 병사라는 사실이 밝혀진 지금, 어떤 식으로든 사건이 경찰의 불상사로 발전할 만한 요인은 전혀 보이지 않았다.

"납득이 가지 않는 일에 집착하는 건 나쁘지 않아. 하지만 쓸데없는 문제는 일으키지 마. 애써 검거율을 올려서 신뢰받고 있는데 굳이 스스로 깎아 먹을 필요는 없잖아."

"몸을 사려서 지켜야 할 만큼 제가 대단한 사람이라고 생각하지 않습니다."

머릿속에서 위험을 경고하는 목소리가 들렸다. 주고받는 말이 격해지자 이누카이는 점점 평소와 달리 냉철함을 잃었다. 이대로 감정에 휩쓸렸다가는 좋지 않은 결과로 이어지리라는 것은 불을 보듯 뻔했다.

이제 와 상사에게 미움을 사는 것에 새삼 신경 쓰지는 않을 테지만 발목이 잡히면 자유롭게 움직이지 못할 터다. 유키가 학대당했다는 증언을 모으려는 지금, 그런 상황만은 피하고 싶었다.

"알겠습니다."

이누카이는 순간 기지를 발휘해 덧붙였다.

"1과에는 피해 없도록 하겠습니다."

"흥."

아소는 다시 코웃음 쳤지만 기분이 풀렸다는 표시는 아니었다. 오히려 그 반대였다. 이누카이의 속셈을 간파해서 울화가 치민 것이다.

유키 사건을 계속 수사하겠다고 말하지는 않았다. 재수사가 성과를 거두어 새로운 국면을 맞이한다면 다행이고, 설령 헛수고로 끝난다고 해도 이케가미 경찰서의 판단이 옳았다는 사실을 증명할 뿐이었다.

아소는 분명 이누카이의 의도를 읽었다. 그러면서도 겉으로는 이케가미 경찰서 일에 개입하지 말라는 말로 구색을 갖췄다. 이러면 수사를 하는 동안 이케가미 경찰서가 항의를 해도 아소는 최소한 주의 의무는 다한 셈이 된다.

결국은 뻔한 이야기였다. 이누카이도 아소도 서로의 생각을 읽고는 형식적인 연기를 벌이는 것이다. 조금 답답하기는 해도 최소한의 명분은 갖춰야 명령도 어길 수 있었다.

"하나 확인하고 싶은 게 있어."

"말씀하세요."

"이케가미 경찰서의 시도라는 형사는 믿을 만한 사람인가?"
"그 사람도 자식이 있습니다."
"……그 공통점 하나만으로 믿는 거야?"
"제가 보기에는 거짓말을 잘 못 하는 사람입니다."
"넌 심각한 낙관주의자야."
처음 듣는 말에 이누카이는 조금 당황했다.

4

 다음 날, 이누카이는 시도와 미리 계획한 뒤 암행 순찰차를 타고 쇼노 부부의 집으로 향했다.
 "어제 상사에게 한 소리 들었습니다. 이케가미 경찰서 사람과 도대체 뭘 하고 다니는 거냐고."
 이누카이가 털어놓은 말에 시도는 진지하게 대답했다.
 "신기하네요. 저희도 똑같았습니다. 경시청 형사를 왜 법의학교실에 데리고 갔는지 설명하라더군요."
 두 사람의 움직임을 경계하는 것은 경시청만이 아닌 모양이다. 위에서부터 아래까지 철저히 통제하는 것을 보니 역시 경찰 조직답다는 생각이 들었다.

"시도 형사님은 뭐라고 둘러댔습니까?"

"경시청이 관할서 사건에 개입하는 게 이번이 처음은 아닐 거라고 했죠. 그렇게 설명하자 그럭저럭 수긍한 듯했습니다. 그쪽은 어땠습니까?"

"유키와 딸이 아는 사이였다고 했습니다."

"그 정도로 잘도 이해해 줬군요."

"이해했을 리가 있겠습니까."

두 사람은 마주 보며 부드러운 웃음을 터뜨렸다.

"상황이 이렇게 됐으니 무슨 일이 있어도 쇼노 유키가 학대로 사망한 증거를 잡아야겠네요."

"시도 형사님이 쇼노 부부를 신문했을 때 뭔가를 숨기는 것 같았습니까?"

"당시에는 망연자실한 상태라 진실인지 거짓인지 판단할 수 없었습니다. 슬픔에 빠진 유족에게 가혹한 질문을 이어가자니 마음이 불편했죠. 하지만 지금 생각하면 그때 바로 추궁해야 했어요. 정말이지, 저 자신이 한심해서 화가 날 정도입니다."

쇼노 부부의 집은 오타구 히가시마고메 3번가에 있었다. 오래된 주택과 새 주택이 어우러진 동네였는데 곳곳에 여전히 소박하고 정겨운 정취가 남아 있었다.

시도는 암행 순찰차를 세운 뒤 대각선 전방을 손가락으로 가리켰다.

"저 집입니까?"

시도의 손가락 끝에 슬레이트 지붕을 얹은 단층 건물이 있었다. 역시나 현관문에 '상중'이라고 적힌 종이가 붙어 있었다. 언뜻 봐도 지은 지 20년은 지난 듯한 주택이었다.

"어머니는 그렇다 쳐도 아버지는 출근해서 집에 없지 않습니까."

"아버지의 이름은 쇼노 기이치로인데 휴대폰 매장에서 일합니다. 하지만 지금은 상중이라 집에 있어요."

현관 인터폰을 누르자 조금 후 목소리가 흘러나왔다.

—네.

사토코의 목소리가 분명했다.

"이케가미 경찰서 형사 시도입니다. 지금 시간 괜찮으십니까?"

잠시 기다리자 사토코가 문틈으로 모습을 드러냈다.

"앗……."

설마 이누카이까지 왔을 줄은 몰랐으리라. 사토코는 순간 말을 잃었다.

시도는 당황한 사토코의 모습을 보고도 아랑곳하지 않

고 다가갔다.

"안녕하세요. 남편분도 계십니까?"

"네."

"유키 군의 사망과 관련해 두세 가지 여쭙고 싶습니다. 들어가도 되겠습니까?"

"네, 들어오세요."

사토코는 이누카이를 힐끔거리며 기운 없는 목소리로 대답했다. 만약 망연자실한 척하는 것이라면 대단한 연기력이라고 생각했다.

집 내부는 외관과 마찬가지로 칙칙했다. 아직 오전인데도 천장이 선명하게 보이지 않을 정도로 복도 조명이 어두웠다.

기이치로는 거실에 앉아 있었는데 사토코가 형사의 방문 목적을 설명하기도 전에 고개를 살짝 숙이며 인사했다.

"이케가미 경찰서의 시도 형사님과 경시청의 이누카이 형사님이시죠. 오늘은 함께 오셨군요."

"확인하고 싶은 점이 서로 겹쳐서 함께 방문했습니다. 우선 유키 군에게 조의를 표하고 싶습니다."

"세심하게 신경 써 주셔서 감사합니다."

유키의 영정 사진은 도코노마*의 불단 옆에 있었다. 오래전부터 놓여 있었는지 군데군데 칠이 벗겨져 있었다.

이누카이는 무심한 척 불단을 유심히 살폈다. 어디서나 볼 수 있는 평범한 불단으로 특별한 점은 찾아볼 수 없었다. 쇼노 부부가 사이비 종교에 빠져 있다고 의심하지만 이 불단만 봤을 때는 그런 분위기는 느낄 수 없었다.

두 사람은 차례로 손을 모으고 묵념한 뒤 마침내 쇼노 부부와 마주했다. 이 자리에서는 시도가 질문을 주도하기로 사전에 합의했다.

"장례식이 끝난 지 얼마 되지 않았는데 이렇게 찾아뵈어서 죄송합니다."

기이치로는 고개를 저으며 대답했다.

"아뇨. 두 분께 많은 도움을 받았습니다. 괘념치 마세요."

"마음은 조금 추스르셨습니까?"

"유키가 오랫동안 투병 생활을 했기 때문에 저희도 내심 각오는 했습니다. 그래서 냉정하게 들릴지 모르지만 그 아이의 죽음이 갑작스럽다는 생각보다 일정이 갑자기 당겨

---

* 일본 전통 가옥의 다다미방에 벽면을 움푹 파서 만든 작은 공간으로, 보통 족자나 꽃꽂이 등을 놓아 장식한다.

진 기분입니다."

이누카이가 가만히 살펴보니, 사토코는 그저 고개만 떨군 채 긍정도 부정도 하지 않았다.

"병원이 아니라 집에서 마지막을 지킬 수 있어서 그나마 다행이라고 생각하지만……, 결국 자기 위로일 뿐이겠죠."

"마지막 순간에 많이 고통스러워하지는 않았습니까?"

"몸이 너무 무겁다고 했습니다. 쿡쿡 찌르는 통증을 느낀 게 아니라 감각이 점점 사라지는 듯한 고통을 느끼는 듯했어요. 결코 편안한 모습은 아니었지만 아프다고 몸부림치는 것보다는 훨씬 마음이 편했습니다."

기이치로는 감정을 억누르는 듯 애써 담담하게 말했다.

그 이야기를 들으며 이누카이는 마음이 불편했다. 투병 생활이 길어질수록 죽음의 그림자가 점점 짙어지는 것은 사야카도 다르지 않았다. 처지는 달라도 유키는 사야카가 맞이할 내일일지 몰랐다. 그렇게 생각하니 기이치로의 말이 마치 또 다른 자신이 하는 말처럼 들렸다.

"다시 여쭙겠습니다. 유키 군의 몸에 난 수많은 멍에 대해 뭔가 알고 계십니까?"

기이치로는 갑자기 입을 다물었다.

"저희 이케가미 경찰서에서 출동했을 때 기이치로 씨는

유키 군이 넘어졌을 때 생긴 멍 같다고 말씀하셨죠. 하지만 그 멍들은 한두 번 넘어진 걸로 생긴 수준이 아닙니다. 그건 무언가를 피부에 대고 강하게 누른 자국이었어요. 그뿐만이 아닙니다."

시도는 들고 온 가방에서 종이 한 장을 꺼냈다.

유키 시신의 사본 사진이었다. 기이치로와 사토코는 그 사진을 들여다봤다가 곧 시선을 돌렸다.

"멍에 가려진 탓에 처음에는 확인하기 힘들었지만 유키 군의 손목과 발목에는 끈으로 구속했던 자국도 남아 있었습니다. 몸을 구속당한 상태에서 수많은 멍이 생겼다면 더는 단순한 병사로 넘길 수 없습니다. 이해하시죠?"

시도가 압박했지만 기이치로와 사토코의 태도는 변하지 않았다.

"질문을 바꾸겠습니다. 재택 치료로 전환하고 나서 유키 군이 병원에 갈 때를 제외하고 집 밖으로 외출한 적이 있습니까?"

두 사람은 이번에도 대답하지 않았다.

"어머님, 어땠습니까?"

사토코를 지목해 묻자 사토코는 어깨를 한 번 들썩였다.

"유키 군이 정기적으로 외출했습니까?"

"아뇨……. 재택 치료 중이라 집 밖으로 거의 나가지 않았습니다."

"'거의'라는 말씀은 몇 번은 나갔다는 뜻이군요."

"네."

"혼자서 나갔습니까?"

"아뇨. 반드시 저나 남편이 동행했습니다."

"외출한 사이에 몸에 멍이 들 만한 갑작스러운 사고를 당했습니까?"

"아니요."

"그렇다면 멍은 집에 있을 때 생겼겠군요. 제가 드리고 싶은 말씀이 무엇인지 이제 이해하셨으리라 생각합니다. 유키 군의 사망과 관련해 학대 정황이 의심됩니다."

그때 기이치로가 끼어들었다.

"우리가 유키를 학대했다는 말입니까?"

"이 집에 살던 사람은 유키 군과 두 분뿐이었습니다. 유키 군의 멍이 집에서 생겼다면 저희로서는 그렇게 판단할 수밖에 없습니다."

기이치로는 말도 안 된다며 일언지하에 부인했다.

"학대할 거라면 아들을 굳이 병원에 오래 입원시켰겠습니까? 처음부터 집에 가뒀겠죠."

이번에는 시도가 입을 다물었다. 기이치로의 주장은 논리적이고 설득력이 있었다.

"구속된 흔적이나 멍도 저희는 병원에서 처음 봤습니다. 몇 번을 물으셔도 대답은 같습니다."

이 부분은 시도의 추궁 방식이 적절하지 않았다. 이누카이와 시도의 가설을 뒷받침하는 것은 결국 정황 증거뿐이었기 때문이었다. 처음부터 입을 열지 않기로 작정한 사람을 상대하기에는 부족했다. 조금 더 확실한 물증을 준비했어야 했다.

자신의 실수를 짐작했는지 시도의 표정에 초조한 기색이 서렸다.

이대로 손 놓고 구경만 할 수 없었던 이누카이는 헛기침을 한 번 한 뒤 질문자 역할을 넘겨받았다.

"유키가 세상을 떠나 참으로 안타깝습니다. 제 딸 사야카도 오랜 투병 생활 탓에 친구를 사귈 기회가 적었죠. 그래서 유키 군에게 많은 도움을 받았습니다."

논리로 공격하지 못하면 정에 호소하면 된다. 아니나 다를까 기이치로와 사토코는 허를 찔린 모습으로 이누카이를 향해 시선을 돌렸다.

"사야카는 유키와 비슷한 신부전 환자입니다. 그래서인

지 유키가 퇴원해 집에서 치료한다는 소식을 듣고는 실망하면서도 동시에 기대했습니다. 치료법을 바꾸고 나서 유키의 증세가 호전된다면 딸아이 본인도 나을 수 있으리란 희망을 품었죠. 이렇게 표현하면 다소 부담스러우실 수도 있겠지만 사야카는 유키에게 미래의 자신을 투영한 것 같습니다."

이누카이는 사야카의 아버지라는 자신의 입장을 이용하는 것이 내키지 않았지만 달리 방법이 없었다.

기이치로가 서서히 고개를 떨궜다. 시도의 말을 부인하던 기세는 어디로 갔는지 이누카이의 말에 진지한 얼굴로 귀를 기울였다.

"그래서 유키가 세상을 떠났다는 소식을 들었을 때 제 딸은 이루 말할 수 없을 정도로 절망했습니다. 마치 자신의 인생을 거부당한 듯 느꼈을지도 모르죠. 사야카는 유키의 시신을 싣고 떠나는 운구차를 바라보면서 제게 말했습니다. 만약 유키의 죽음에 수상한 점이 있다면 반드시 진실을 밝혀 달라고."

이누카이는 앉은 자세로 기이치로에게 바싹 다가갔다.

"기이치로 씨. 경찰이 아니라 같은 아버지로서 여쭙겠습니다. 유키에게 도대체 무슨 일이 있었습니까? 두 분은 무엇을 숨기고 있습니까?"

묵직한 침묵이 내려앉았다. 기이치로와 사토코는 서로 얼굴을 마주 보고 눈으로 대화를 주고받았다. 이럴 때 재촉해서는 안 된다. 그저 기다리다가 상대방의 입에서 자연스럽게 흘러나오는 말을 받아들이면 된다.

10초일까 1분일까. 무거운 침묵을 깬 사람은 기이치로였다.

"이누카이 형사님과 따님의 심정은 저도 충분히 이해합니다."

그러나 기대감은 여기까지였다.

"하지만 유감스럽게도 형사님이 의심할 만한 비밀은 없습니다. 유키가 재택 치료를 시작한 뒤로 서서히 병세가 악화했습니다. 하지만 참을성이 많은 아이라 그 고통을 좀처럼 말로 표현하지 않았죠."

기이치로는 검지를 앞으로 내밀며 허공에 원을 그렸다.

"두 분 다 경찰이시니 저희 집을 보면 살림살이도 쉽게 짐작하실 수 있을 겁니다. 지은 지 23년 된 주택에 아직 대출금이 남아 있습니다. 저는 휴대폰 매장의 대단할 것 없는 주임이고 아내는 파트타임 근무자고요. 유키의 입원과 치료를 이어가는 데 한계가 있었습니다. 유키는 말로 표현하지는 않았지만 부족한 부모인 저희를 담담하게 받아 줬습니다. 그래서 아무리 고통스러워도 그런 내색을 안 하려고 했죠. 수많은 멍을 보고 저희도 놀랐지만 그건 유키가 까라지는 몸을 견디기 위해 스스로 몸 여기저기를 자극해서 생긴 자국이 아닐까 싶습니다."

"자해했다는 말씀입니까? 앞뒤가 안 맞는데요."

"세상이 전부 이치대로 흘러가는 건 아닙니다."

기이치로는 눈을 치켜뜨며 이누카이를 노려봤다. 분한 마음과 고집이 뒤엉킨 어두운 눈빛이었다.

"하나뿐인 아들에게 더 이상 희망이 없다는 걸 깨달았을 때 저희는 그것을 배웠습니다. 인내심이 강한 사람의 마음이 먼저 꺾이고, 부모보다 자식이 먼저 세상을 떠난다. 앞뒤가 전혀 맞지 않고 불합리하죠. 그런데 그런 이치에 맞지 않는 이야기는 현실에 널리고 널렸습니다. 이누카이 형사님도 저희와 같은 입장이 되어 보면 아마 이해할 수 있을 겁니다."

이누카이는 한마디도 대답하지 못했다.

쇼노 부부의 집을 나온 뒤 이누카이는 조용히 고개를 숙였다.

"시도 형사님, 죄송합니다. 중간에 끼어든 주제에 진술을 잘 이끌어 내지 못했어요."

"어쩔 수 없는 상황이었잖아요."

시도는 안타까워하는 눈빛이었다.

"제가 이누카이 형사님 같았어도 그랬을 겁니다. 기이치로 씨가 똑같은 약점을 건드렸으니까요."

이누카이를 옹호하는 말에 더욱 가슴이 쓰렸다. 애초에 경찰이 아니라 아버지의 입장에서 질문한 사람은 이누카이였다. 따지고 보면 자신이 짠 판에서 도리어 역공을 당한 격이었다.

"하긴, 쇼노 부부가 처음부터 솔직하게 털어놓을 리 없다는 건 이미 예상했지 않습니까. 이제 겨우 1라운드일 뿐이에요."

이누카이와 시도는 이웃 주민을 탐문하기 시작했다. 쇼노 부부가 자백하지 않아도 이웃 주민의 증언이 있으면 아동 학대 혐의로 재수사할 수 있다.

우선 오른쪽 옆집에 사는 주부 스즈무라 씨와 대화를 나눴다. 이번에도 시도가 질문을 주도했다.

"옆집 살던 유키요? 네, 재택 치료로 바꿨다기에 호전된 줄 알고 주민들도 기뻐했죠. 하지만 결국 그렇게 돼서…….

정말 신은 없는 걸까요."

"재택 치료를 시작한 뒤 유키 군을 자주 보셨습니까?"

"장을 보러 가는지 산책을 가는지는 알 수 없었지만 하루에 한 번은 외출하는 것 같았어요. 늘 아빠나 엄마와 함께였지만."

"유키 군의 목소리가 집 밖으로 들린 적은 없었습니까? 고통스러워하는 소리나 힘들어하는 목소리요."

"목소리요?"

스즈무라는 잠시 생각에 잠겼다가 고개를 저었다.

"이 주변은 차도 잘 안 다녀서 낮에도 조용한데 그런 소리는 들은 적 없어요. 무엇보다 우리 집은 바로 옆집이잖아요. 말하기 부끄럽지만 이 동네 주택들은 벽이 얇아서 부부싸움이라도 하는 날에는 그 소리가 옆집까지 다 들리거든요."

그런 환경이니 이웃집에서 새어 나오는 고함이나 이상한 소리가 들릴 수밖에 없다는 말이었다.

"저희나 옆집이나 분양이 시작됐을 무렵에 이사를 와서 유키가 태어나기 전부터 이웃사촌이었어요. 화목한 가족이었죠. 보기만 해도 저절로 웃음이 나올 정도였어요."

"가정에 불화는 없었습니까?"

그러자 스즈무라는 갑자기 언짢은 표정을 지었다.

"저기요, 형사님. 형사님도 어엿한 어른이니 잘 아시겠지만 어떤 가정이든 나름대로 걱정거리가 있는 법이에요. 굳이 이웃에게 떠벌릴 일도 아니고 이웃이 캐묻거나 참견할 일도 아니죠."

"그렇……죠."

"다만 문제가 너무 커지면 결국 집 밖으로 새어 나와 이웃들 눈에 띄는 경우가 있어요. 그게 바로 동네 소문이라는 것이고요."

"맞는 말씀입니다."

"하지만 쇼노 씨네 집은 아니었어요. 걱정거리라고는 유키의 병뿐이었던 것 같았어요."

스즈무라는 한참 이야기하더니 입을 다물었다. 그러더니 흘러나온 말에는 한숨이 섞여 있었다.

"아이는 가족의 빛 같은 존재죠. 유키가 떠난 이후 그 사실을 매일 뼈저리게 느끼고 있어요."

다음으로 방문한 곳은 쇼노 부부의 왼쪽 옆집인 스가와라 씨의 집이었다. 이누카이와 시도를 맞이한 사람은 여든이 넘어 보이는 노인이었다.

"유키의 장례식에는 내가 참석했다오."

스가와라는 왜인지 화가 나 보였다.

"화가 나는 게 당연하지. 유키는 고작 열다섯밖에 안 된 아이였다고. 앞으로 꽃도 피우고 열매를 맺을 날만 남았는데 너무 허망하게 가 버렸어. 나 같은 늙은이도 아직 멀쩡히 살아 있는데 말이오."

"가족들 사이는 좋았습니까?"

"이상적인 가족이라고 할 만했다오. 기이치로 씨는 일보다 가정을 우선시하는 사람이고 사토코 씨도 유키를 끔찍이 사랑했으니까. 맞벌이 부부였는데 유키가 입원했을 때는 서로 가사를 분담했지. 그야말로 지극정성이었어."

스가와라는 쇼노 가족을 한참 칭찬하더니 옆집 주부 스즈무라처럼 어깨를 축 늘어뜨렸다.

"세상은 참 야속하구먼. 그 착한 아이가 어찌 그리 일찍 세상을 떠나야 하나. 그렇게 화목했던 가족이 왜 불행해져야 하냐고."

스가와라에게 들은 정보는 결국 스즈무라 주부에게 얻은 정보와 별반 다르지 않았다.

이누카이와 시도는 탐문 수사의 범위를 넓혀 봤지만 쇼노 부부의 집에서 멀어질수록 정보도 점점 적어졌다. 오전 내내 정보를 수집했지만 두 사람이 바라던 정보는 얻지 못했다.
 쇼노 가족의 아동 학대를 의심하는 사람은 한 명도 없었던 것이다.

3 괴승

1

7월 1일 아침 5시 45분, 오타구 다마가와다이공원.

관리사무소를 나선 하치무라는 크게 기지개를 켠 뒤 공원을 돌았다. 녹음이 우거진 가운데 곳곳에 수국이 활짝 피는 계절이라 보기만 해도 기분이 상쾌했다. 산책하기에 더할 나위 없는 곳이라고 하치무라는 생각했다.

다마가와다이공원은 다마가와 동쪽에 넓게 자리 잡은 구릉지로, 크고 작은 고분 열 기가 있고 울창한 잡목림이 펼쳐져 있었다. 고급 주택지인 덴엔초후 근처라는 조건까지 어우러져서 우아하고 아름다운 경관을 자랑했다.

중견 출판사에서 정년퇴직한 뒤 헬로워크*를 통해 다시

---

* 채용 상담과 직업 소개 등을 제공하는, 일본 각 지자체 노동국에서 운영하는 공공직업안정소.

얻은 직장이 이 공원의 관리사무소였다. 이른 아침 시작하는 순찰도 익숙해지니 자연스럽게 규칙적인 생활을 하게 돼서 요즘은 컨디션도 매우 좋았다.

공원을 순찰하는 경로는 정해져 있다. 관리사무소를 나와 열쇠 모양으로 만들어진 고분의 잘록한 목 부분을 따라 이어진 산책로를 오르면 전망대 광장이 나온다. 광장에서는 다마가와강이 한눈에 내려다보이는데 하치무라는 그곳에 서면 자신이 마치 고분에 잠든 왕이 된 것 같았다. 오늘은 아침부터 구름 한 점 없는 맑고 상쾌한 날씨여서 왕이 된 기분도 한층 더 깊게 즐길 수 있을 것 같았다.

전망대 광장을 향해 걸어가다 보면 왼쪽에 있는 기쓰코야마고분을 지나게 된다. 이 고분은 4세기 후반 이 지역을 다스리던 통치자의 무덤으로 추정되며 전체 길이 백 미터가 넘는, 국가사적으로도 지정된 도쿄에서 가장 큰 전방후원분이었다. 광장에서 다마가와강을 내려다본 뒤 기쓰코야마고분 주변을 둘러보는 것이 하치무라가 좋아하는 코스였다.

아직 인적이 없는 광장을 홀로 유유히 거닐다니, 그것만으로도 이 광장에 오르는 보람이 있었다. 하치무라는 흡족한 마음으로 쉬지 않고 언덕을 올랐다. 도쿄돔 1.4개에 달하는 크기를 자랑하는 만큼 광장을 장식한 다양한 나무들은 계절마다 다채로운 옷으로 갈아입었다. 그중에서도 단연 압권은 전망대에 드넓게 펼쳐진 벚나무 길이었다. 벚꽃이 만개하는 계절에는 눈처럼 흩날리는 벚꽃잎들 속에서 순간 아득해지는 기분을 느낄 수 있었다.

그런데 전망대에 오른 하치무라는 주변을 둘러보다가 이상한 것을 발견했다.

유난히 길게 뻗은 나뭇가지에 하얀 천이 걸려 바람에 이리저리 흩날리고 있던 것이다.

누가 장난으로 침대 시트를 걸어 둔 걸까, 아니면 바람에 날려와 걸린 걸까. 뭐가 됐든 귀찮다고 생각하며 천을 걷어 내기 위해 다가갔다.

그런데 형체가 선명해질수록 등줄기가 오싹해졌다.

천이 아니었다. 흰옷을 입은 사람처럼 생긴 무언가가 매달려 있었다.

모골이 송연했다.

점점 가까워지면서 확신이 들었다. 그것은 사람의 형상을 한 무언가가 아니라 사람이었다.

밧줄에 감겨 나뭇가지에 매달린 사람. 하얀 원피스 아래로 드러난 다리를 타고 흘러내린 액체가 발밑에 누런 웅덩이를 만들었다.

하치무라를 향해 고개가 스르르 돌아갔다.

생명이 빠져나간 중년 여성의 눈이 하치무라를 노려봤다.

"헉."

하치무라는 목구멍에서 막힌 비명을 흘리며 한동안 그 자리에 못 박힌 듯 서 있었다.

*

정오가 지났을 때, 이누카이는 시도의 연락을 받았다.

―오늘 아침 다마가와다이공원에서 자살한 여성 시신이 발견됐습니다.

수사보고서를 작성하던 이누카이는 그 연락의 의미를 파악하지 못했다.

"자살한 시신이라고요? 그렇다면 자살이 확실하다는 말씀입니까?"

―전망대 벚나무에 매달려 있었어요. 덴엔초후 경찰서에 아는 사람이 있어서 정보를 들었는데 검시관의 판단으로는 액사가 확실하며 친절하게도 시신 근처에 자필 유서가 남아 있었습니다.

"자살 요건이 갖춰진 것 같은데 동기에 문제라도 있습니까?"

―동기는 유서에 적혀 있었습니다. 췌장암 환자인데 수술을 받아도 암이 전이돼서 완치될 희망이 거의 없다고요. 투병 때문에 가족들에게 짐이 되고 있다, 이렇게 사는 게 죽는 것보다 더 고통스럽다……는 내용이었습니다.

시신의 상태, 검시관의 판단, 그리고 유서 내용과 자살 요건은 전부 갖춰졌다. 그런데 왜 자신에게 연락했는지 아직도 이해가 가지 않았다.

"말씀 중에 죄송하지만, 형사님. 그 자살과 쇼노 유키 사건에 어떤 관련성이 있습니까?"

―저도 제 눈으로 직접 본 건 아니지만 시신에 수많은 멍이 있었다더군요.

의자에 앉아 있던 엉덩이가 들썩였다.

―관심이 생기시나요?

"관심 가질 거라고 예상했으니 연락하셨겠죠."

―만약 두 사건에 연관성이 있다면 더 이상 이케가미 경찰서 단독 사건이 아니게 됩니다.

시도는 경시청에서 사건을 담당하게 되리라는 뜻을 암시했다.

"시신은 덴엔초후 경찰서에서 맡습니까?"

―그런 것 같습니다. 제가 아까 말한 덴엔초후 경찰서의 지인이 미네히라라는 형사인데 쇼노 유키 사건에 대해 이미 설명해 뒀습니다. 그쪽도 관심을 가진 걸 보면 이누카이 형사님이 합류해도 별로 반발하지 않을 것 같아요.

"벌써 사전 조율까지 해 주셨군요."

―사전 조율이라니 그렇게 거창한 거 아닙니다. 그런데 두 사건은 공통점이 있다고 해도 사인이 각각 병사와 자살이라서 범인이 존재하지 않습니다. 수사에 들어가기 전에 일단 사건으로 성립될지 모르겠습니다.

이누카이도 같은 생각이었다. 관심이 생겼다고 다 입건할 수 있다면 세상은 온통 범죄투성이가 될 것이다. 경찰이 수사에 나서려면 피해자가 존재하거나 위법 사실이 있어야 한다.

하지만 피해자와 위법 사실이 은폐되어 있다면 저절로 수면 위로 떠오르지 않는다. 조직에서 겉도는 반골 기질을 지닌 사람이 나서서 파헤치지 않는 한.

"사건의 성립 여부는 수사를 해 봐야 알겠죠."

―이누카이 형사님이라면 분명 그렇게 말씀하실 줄 알았습니다.

어딘지 모르게 들뜬 시도의 말투에 자신도 모르게 마음이 움직인 것도 같았다.

어쨌든 사건 현장에 나가야 수사가 시작된다. 이누카이는 수사보고서를 급하게 해치우고는 곧바로 덴엔초후 경찰서로 향했다.

"이케가미 경찰서의 시도 형사님에게 이야기를 전해 들었습니다."

미네히라는 싫은 기색 없이 이누카이를 맞아 줬다.

"병사한 열다섯 살 소년의 몸에도 비슷한 멍이 있었다고 들었습니다."

"도착하자마자 실례지만 자살한 여성의 시신은 이곳에 안치되어 있죠?"

"네. 이미 가족 대면 확인은 끝났습니다. 시신을 확인하시겠습니까?"

"네, 부탁드립니다."

안치실로 향하는 복도에서 미네히라는 변명조로 설명했다.

"원래 이런 일로 경시청 형사님을 부르는 건 있을 수 없는 일이지만, 그 멍들을 보고 나서 비슷한 사건이 있다는 말을 들으니 도저히 그냥 넘길 수는 없었습니다."

"쇼노 유키 사건에 대해서 어디까지 아십니까?"

"데이터베이스에서 개요만 확인했습니다. 이케가미 경찰서에서는 병사로 처리한 것 같더군요."

이누카이가 유키 사건에 대해 아는 대로 설명하자 미네히라는 고민스러운 듯 신음하면서 얼굴을 찌푸렸다.

"의심스럽지만 사인은 명백한 병사. 저희 사건도 똑같습니다. 그 멍을 보면 가정 폭력을 의심할 수밖에 없는데 유서에는 그런 낌새가 전혀 보이지 않아요."

"자살한 여성은 어떤 사람입니까?"

"거주지는 가미이케다이입니다. 시노미야 이쿠미 45세, 남편과 둘이 살았고 딸은 독립해서 지바에 있는 아파트에 살고 있습니다. 유서에도 적혀 있듯 사망자는 몇 년 전부터 췌장암으로 투병 중이었습니다."

"자살을 결심할 정도였습니까?"

"혹시 몰라 주치의에게 확인한 결과, 애써 암을 제거했지만 전이되어 재수술을 했는데도 또 전이된 상태였다더군요. 체력도 한계에 달했던 것 같고. 병원은 석 달 전에 퇴원했습니다. 완치해서가 아니라 외과 치료를 포기해서요."

소름이 끼쳤다.

쇼노 유키도 병세가 호전될 기미가 보이지 않는다는 절망적인 이유로 퇴원했다. 그 점도 두 사람 모두 비슷했다.

"지금까지 가정 폭력 피해자와 그들에게 남은 상흔을 여러 번 봤지만 그렇게 집요한 흔적은 처음이었습니다. 하지만 검시관은 대단한 멍은 아니라고 했죠. 어쩌면 타박상 수준도 못 되는 멍이라고요. 이상한 비유겠지만 어딘가 살짝 선을 벗어난 것 같습니다. 간신히 범죄의 범주에서 벗어난 느낌이랄까요."

"쇼노 유키 사건과 같아요. 심증은 확실하지만 범죄를 분명하게 입증할 수 있는 물증은 하나도 없습니다."

영안실에 도착하자 미네히라는 대형 냉동고에서 시노미야 이쿠미의 시신을 꺼냈다.

"확인하시죠."

이누카이는 합장한 뒤 시트를 걷었다.

발견된 지 얼마 지나지 않아서인지 얼굴은 색이 변하지 않았다. 그러나 깨끗한 부위는 얼굴과 머리뿐이었고, 쇄골 아래로는 눈에 익은 띠 모양 멍들로 처참한 상태였다.

불현듯 기시감에 사로잡혔다. 사진으로 본 쇼노 유키의 몸에 남아 있던 멍과 조금도 다르지 않았다. 마치 전위적인 바디페인팅을 한 것처럼 보이지만 오로지 섬뜩한 느낌만 들 뿐이었다. 목에 남은 족쇄 자국이 오히려 고상해 보일 지경이었다.

"보고서를 봤는데 검시관은 아홉 가지 감별 기준에 해당하는 액사라고 소견을 내놓았습니다."

미네히라가 말한 아홉 가지 감별 기준은 다음과 같다.

(1) 삭흔. 목을 매달아 사망했을 때 발생하는 삭흔은 체중이 가장 많이 실리는 부위를 최하점으로 해 그 지점을 중심으로 점점 위쪽을 향하는 형태를 띤다. 주로 목 앞부분에서 시작해 위쪽과 뒤쪽으로 향하는 형태가 많다.

(2) 안면 울혈. 머리와 얼굴로 흐르는 피는 내외경동맥과 척추동맥을 통해 심장으로 이동한다. 목을 매달아 사망한 액사의 경우 정맥과 동맥의 혈류가 동시에 막히므로 울혈이 나타나지 않는다.

(3) 결막 점상 출혈. 얼굴에 울혈이 생기면 신체 여러 곳에서 혈관이 터져 점 모양 출혈이 나타난다. 따라서 액사한 경우 결막에 점상 출혈이 나타나지 않는다.

(4) 시반. 목을 매달아 사망하면 시신이 매달린 상태를 유지하므로 손발 끝과 하복부에 시반이 집중적으로 나타난다.

(5) 피하 출혈. 만약 타인이 손이나 끈 같은 도구로 목을 졸라 살해했다면 피해자가 범인의 손이나 끈을 떼어내려고 방어하는 과정에서 손톱 등에 의한 방어흔이 남을 수 있다. 그러나 자살했다면 그러한 흔적이 나타나지 않는다.

(6) 분뇨 등 실금. 사람이 사망하면 괄약근이 이완되며 대소변을 실금한다. 따라서 목을 매달아 사망하면 시신 바로 아래 대소변이 남아 있게 된다.

(7) 목을 맨 부위. 목을 맨 부위에는 끈에 의한 함몰이 발생한다.

(8) 부패.

(9) 골절. 여기서 말하는 골절은 목뿔뼈와 방패 연골을 뜻한다. 목을 매 사망하면 온몸의 체중이 목에 실리기 때문에 해당 부위 골절이 자주 나타난다.

이누카이는 시신의 목을 주의 깊게 살폈다. 그곳에는 목을 매 자살한 시신 특유의 삭흔이 선명하게 남아 있었다. 검시 보고서에 적힌 아홉 가지 기준이 액사를 증명한다면 계획적인 살인일 가능성은 점점 희박해진다.

"유서는 자필 유서였다고요?"

"필적 감정 결과 시노미야 이쿠미 본인이 직접 쓴 것으로 밝혀졌습니다. 인쇄한 것은 아닙니다. 이것도 의심의 여지가 없는 물증입니다."

"띠 모양 멍을 제외하고 모든 정황이 자살을 뒷받침한다는 말이군요. 검시관은 멍에 대해 어떤 의견을 내놓았습니까?"

"기괴하다고는 하더군요. 유서에는 언급하지 않았지만 수많은 멍이 자살을 유발한 원인 중 하나일 수도 있다고 했습니다."

쇄골 아래로는 화장으로도 숨길 수 없는 멍이 가득했다. 확실히 여성으로서 자살을 결심할 만한 동기는 될 법했다.

"그렇다면 온몸이 멍투성이가 된 이유를 유서에 쓸 만했을 텐데요."

"저도 그 생각은 했습니다. 하지만 자살 동기로는 췌장암에 대한 절망이 더 설득력 있죠. 어느 멍이든 모두 심각한 상태는 아니라 검시관도 중요하게 보지 않았습니다."

이 역시 쇼노 유키와 같았다. 사인과 직접 연관이 없고 표면적으로 경미해 보인다는 점에서 다들 몸에 든 멍을 대수롭지 않게 여겼다.

하지만 이누카이는 멍을 대수롭지 않게 여기게 된 그 상황이 오히려 꺼림칙하게 느껴졌다.

"남편과 함께 살았다고 했죠. 남편은 아내의 자살에 대해 뭐라고 하던가요?"

미네히라는 또다시 변명조로 설명했다.

"그게 말입니다……. '아내는 며칠 전부터 몹시 침울해 보였고 틈만 나면 자신은 주위에 민폐만 끼치는 인간이라 괴롭다고 했다'라고 증언했습니다. 이 증언도 자살설을 뒷받침하고 말았지만."

"온몸에 난 멍에 대해서는 뭐라고 하던가요?"

"그 남편이 참 수상했습니다. 온몸에 난 멍을 보고도 전혀 놀라지 않은 것 같았는데 정작 대답은 '이런 건 처음 본다'였거든요."

"쇼노 유키 사건과 비슷하군요. 유키의 부모도 멍은 처음 본다며 모르쇠로 일관했습니다."

"참 난감하네요. 이누카이 형사님의 말을 들으면 들을수록 두 사건이 진짜 병사나 자살로 보이지 않아요. 그런데 멍의 존재 말고는 모든 것이 타살을 부정하고 있으니."

"상반된 두 사실이 동시에 성립하려면 답은 결국 '우연의 일치'입니다."

"그렇긴 하죠. 하지만 우연의 일치로 끝내기에는 멍의 존재감이 너무 큽니다. 이렇게 눈에 띄는 흔적을 무시하라는 건 도저히 말이 안 돼요."

미네히라는 시노미야 이쿠미의 시신을 내려다보며 말했다. 사건 담당 수사관이 아무리 멍에 대한 의혹을 제기해도 검시관이 필요성을 인정하지 않으면 부검은 이뤄지지 않는다. 단, 도쿄 23구 내에서 발생한 사망 사건 중에 사건성이 없더라도 시신에 의혹이 있는 경우 감찰의가 행정 부검을 진행할 수 있다.

"부검은 언제 합니까?"

"잠시 후 곧바로 감찰의무원으로 이송할 예정입니다. 하지만 부검해도 새로운 사실이 나올 확률은 높지 않아요."

"안 하는 것보다는 낫죠. 그런데 고인의 남편과 대화할 수 있습니까?"

유키 사건과 이 정도로 유사점이 많다면 가족에게서 얻을 수 있는 정보도 별로 없으리라. 그러나 시노미야 이쿠미의 주변 관계를 조사하려면 반드시 가족을 대면 조사해야 했다.

"아내의 얼굴을 확인하자마자 어깨를 떨구더군요. 행정 부검이 끝나면 시신을 인도해 드릴 예정이라고 설명했더니 별다른 말 없이 조용히 돌아갔습니다. 당분간은 집에서 기다리겠다고 했고요."

"번거로우시겠지만 함께 방문해 주시겠습니까?"

"알겠습니다. 저도 명의 원인을 확인하지 않고는 납득할 수 없습니다."

가미이케다이는 본디 녹음이 우거진 주택가였다. 하지만 잇따른 소규모 개발로 신축 주택일수록 좁아서 상당히 답답한 인상을 줬다.

시노미야 이쿠미의 집은 그런 주택 중 하나였다. 입지를 생각하면 결코 저렴하지 않을 텐데 고급스러움과는 거리가 멀었다.

남편 시노미야 게이고는 집에 혼자 있었다.

"아까는 실례했습니다. 다시 한번 말씀을 나누고 싶습니다만."

미네히라의 말에 시노미야는 말없이 두 사람을 집 안으로 안내했다.

이누카이는 조심스럽게 주변을 살폈다. 가구들은 고급스러웠지만 세월이 흐르면서 완전히 낡아 있었다. 하지만 새 가구로 바꾸지 못한 현실이 시노미야 가족의 형편을 고스란히 보여 줬다.

거실로 안내받은 두 사람은 시노미야의 맞은편에 앉았

다. 테이블 구석에 작은 책자가 놓여 있었는데 시노미야는 두 사람이 자리에 앉기 직전에 재빨리 치웠다.

"따님께 연락은 하셨습니까?"

미네히라가 묻자 시노미야는 고개를 떨군 채 중얼거렸다.

"딸이 출근하고 한참이 지나서야 연락이 닿아서……. 아까 조퇴한다고 했으니 곧 도착할 겁니다."

"아내분은 언제부터 보이지 않으셨습니까?"

"어젯밤부터요. 저는 시스템 엔지니어라서 재택근무를 하는데 일찍 자고 일찍 일어나는 타입입니다. 아내와 생활 패턴이 조금 달랐어요. 어젯밤에도 밤 9시쯤 잠들어서 새벽 5시에 일어났는데 그때 이미 아내는 보이지 않았습니다."

"신고는 안 하셨죠?"

"예전에도 종종 아침 일찍 편의점 같은 곳에 장을 보러 가고는 했습니다. 그런데 7시가 지났을 때 경찰의 연락을 받고는 서둘러 맨몸으로 다마가와다이공원까지 달려갔습니다."

"아내분이 그런 식으로 사망하셨고, 유서도 제대로 남아 있어서 저희는 자살일 가능성이 크다고 생각하는데, 시노미야 씨는 어떻게 생각하십니까?"

"그 사람이 병 때문에 괴로워한 건 사실입니다."

음울하고 절망에 찬 말투였다. 아내의 시신과 마주한 지 불과 몇 시간밖에 지나지 않은 점을 생각하면 당연한 반응이었다. 이누카이와 미네히라는 시노미야의 입에서 흘러나오는 말을 기다릴 수밖에 없었다.

"췌장암은 초기에는 별다른 증상이 나타나지 않아서 보통 늦게 발견된다더군요. 집사람도 그랬습니다. 저는 재택근무를 하기 전에 회사에서 정기적으로 검진을 받았지만 집사람은 옛날부터 병원을 싫어해서 건강검진을 거르기도 했고요."

"췌장암 판정을 받았을 때는 이미 병세가 진행된 상황이었군요."

"췌장암은 전이되기 쉬운 암이라더군요. 복막 전이 등으로 림프절, 간, 복막으로 퍼진다고요. 췌장 주변에는 신경이 몰려 있어서 집사람이 몹시 고통스러워했습니다."

이누카이도 아는 사실이었다. 침윤이라고 하는데 암세포가 인접한 조직에 파고드는, 악성 종양의 특징 중 하나였다.

"언제부터인가 밤이 되면 등이 아프다며 통증을 호소했어요. 너무 아파하기에 병원에 데리고 갔더니 췌장암이라고 당장 입원하라더군요. 암 제거 수술을 받고 퇴원했는데 얼마 지나지 않아 전이됐습니다. 입원, 수술, 퇴원, 재발. 이 과정이 반복됐어요. 집사람도 처음에는 강한 의지로 병과 싸웠지만 두 번 세 번 재발되자 기력과 체력이 전부 고갈됐습니다."

그것 또한 이누카이가 괴로울 정도로 잘 이해하는 상황이었다. 사람의 기력과 체력에는 한계가 있다. 처음에 샘솟던 투지는 극심한 고통을 겪으며 깎이고, 부담스러운 병원비와 가족에게 짐이 돼 미안한 마음이 보디 블로처럼 서서히 마음에 타격을 준다. 아무리 활력이 넘치는 사람이라도 1년이나 병마와 싸우다 보면 정신적으로 지치고 마음이 무너지게 된다. 그리고 스스로 수명의 한계를 깨닫고 생계까지 막막해지면 결국 '죽음'이라는 선택지가 머릿속을 점점 잠식한다.

"창피한 말이지만 아직 집 대출금도 다 갚지 못했습니다. 아무리 암보험에 가입했다 해도 입원과 퇴원을 반복하다 보면 사정이 안 좋아지죠. 집사람이 집안 살림을 맡고 있었으니 저보다 집사람이 더 잘 알았을 겁니다."

"'가족들에게 짐이 되고 있다'라는 말이 그런 뜻이었습니까?"

"주부로서 집안일을 만족스럽게 하지 못하게 된 점도 이유겠죠. 집사람은 완벽주의자 같은 면모가 있어서 저를 내조하지 못하는 현실에 많이 괴로워했어요."

"그럼 유서 내용에 이상한 점 같은 건 없었군요?"

"이상한 점이고 뭐고, 제가 보기엔 오히려 짚이는 게 너무 많아서……."

시노미야는 갑자기 말을 뚝 끊고 입을 다물어 버렸다.

잠시 침묵이 내려앉았다. 죽은 자의 그림자가 드리운 듯 스산한 침묵이었다.

"유서는 아내분의 친필이 틀림없습니까?"

시노미야는 말없이 고개만 끄덕였다. 계속 인정만 하면 추궁을 피할 수 있다고 생각하는 것 같기도 했다.

그러나 미네히라의 다음 질문은 시노미야를 그리 쉽게 놓아 주지 않았다.

"아내분의 목 아래로 수많은 멍이 있었습니다. 너무 많아서 원래 피부색을 알아볼 수 없을 정도였죠. 영안실에서 그 점에 대해 물었을 때 시노미야 씨는 처음 보는 자국이라고 대답하셨습니다. 그런데 말입니다, 한 지붕 아래 사는 부부가 그 정도 되는 멍이 들었다는 걸 모른다는 게 아무래도 이상하지 않습니까. 아니, 부부라면 바로 앞에서 옷을 갈아입거나 욕실에서 수건 한 장만 걸치고 나오기도 할 텐데. 그런데도 멍을 한 번도 본 적 없다니 이상한 걸 넘어 거짓말이라고밖에 생각할 수 없습니다."

미네히라의 말투가 순식간에 돌변했다. 지금까지 유지하던 정중한 말투는 온데간데없이 사납다 싶을 정도로 거칠게 몰아붙였다.

"멍이 든 원인이 자신과 관련되기 때문에 거짓말하는 겁니다. 그렇지 않습니까? 시노미야 씨, 평소 아내를 폭행한 것 아닙니까?"

따져 물었지만 시노미야는 고개를 들지 않았다. 여전히 우물우물 입을 움직이기만 했다.

"그런 적…… 없습니다. 제가 집사람에게 손을 댄 건 정말 몇 번 안 되고……, 오히려 집사람이 더 심하게 반격했습니다."

"호오, 폭행 사실은 인정하시는군요."

"어느 집에나 있을 법한 부부싸움 한두 번이었습니다. 가정 폭력 같은 건 전혀 아니었어요. 무엇보다 그 멍이 폭행의 흔적이라면 검시할 때 바로 알아차렸겠죠."

이번에는 미네히라의 말문이 막혔다. 멍은 들었어도 타박상은 아니며 온몸에 들었다 해도 폭행과는 거리가 멀었다. 검시관의 소견에 따르면 시노미야 이쿠미의 사망에 범죄를 의심할 만한 정황은 발견되지 않았다.

"그 멍이 치명상이었다고 말하지는 않겠습니다. 하지만 멍의 형태와 범위가 너무 비정상적입니다."

"아무리 뭐라고 말씀하셔도 모르는 건 모르는 겁니다."

기운은 없지만 단호한 대답이었다. 그래서 오히려 반박하며 몰아붙이기 더 힘들었다.

이누카이는 가정 폭력이 없었다는 말은 사실이리라 짐작했다. 가정 폭력은 대개 가구나 벽에 흔적을 남기기 마련인데 이 집에 그런 흔적은 보이지 않았다.

"질문을 바꿔도 되겠습니까?"

이누카이가 두 사람 사이에 끼어들었다.

"시노미야 씨가 아내분을 폭행하지 않았다고 치죠. 그래도 그 몸에 든 멍을 한 번도 본 적 없다는 건 이해할 수 없습니다."

"그건 아까도 말씀드렸듯……."

"우연히도 얼마 전 저는 그것과 똑같은 멍을 봤습니다. 쇄골 아래, 온몸을 뒤덮은 띠 모양 멍을 말입니다."

고개를 숙인 시노미야의 어깨가 미세하게 떨렸다.

"지난달 14일, 열다섯 살 소년이 집에서 숨졌습니다. 사인은 폐부종과 고칼륨혈증이었죠. 소년은 말기 신부전 환자였지만 시노미야 이쿠미 씨처럼 병원 치료를 포기하고 재택 치료로 전환한 상태였습니다."

이누카이는 시노미야의 얼굴을 아래에서 들여다봤다. 그는 평정을 가장하려 애썼지만 소용없었다. 눈빛은 불안하게 흔들리고 숨도 조금 가빠졌다.

"소식을 듣고 출동한 관할서 수사관과 검시관은 소년의 온몸에 난 수많은 멍을 발견했습니다. 어떻습니까, 이쿠미 씨와 똑같지 않습니까."

시노미야는 똑바로 응시하는 이누카이의 눈빛을 견디지 못하고 시선을 피했다.

확실하다.

이 남자는 멍의 원인도 알 뿐더러 그것이 자신의 아내와만 관련된 일이 아니라는 사실도 안다.

"시노미야 씨, 말씀해 주세요. 그 멍은 죽음에 직접적인 영향을 미치지는 않았습니다. 그러나 분명 아내분의 죽음에 어떻게든 연관되어 있습니다."

"저는 모릅니다."

"시노미야 씨가 알려 주시면 열다섯 살 소년과 이쿠미 씨의 경우와 같은 비극을 막을 수 있을지도 모릅니다. 하지만 이대로 계속 침묵하면 비슷한 피해자가 또 생기겠죠."

"아까부터 계속 모른다지 않습니까."

"본인을 위해 숨기는 겁니까, 다른 누군가를 감싸기 위해 숨기는 겁니까? 아니면 사망한 아내분을 위해 숨기는 겁니까?"

"숨기는 거 없습니다."

"시노미야 씨. 그렇게 커다란 명은 못 숨깁니다. 명의 내막 역시 숨길 수 없죠. 지금 무슨 일이 일어나고 있든, 혹은 무슨 일이 일어나려고 하든 그걸 막을 수 있는 사람은 당신뿐일지 모릅니다."

시노미야는 입을 굳게 다문 채 마치 이누카이의 말을 부정하듯 고개를 저었다.

"아내분이 세상을 떠났는데도 슬프지 않습니까? 원통하지도 않습니까?"

그는 다시 고개를 저었다.

"이쿠미 씨가 자살한 건 분명하죠. 그런데 이쿠미 씨를 자살로 몰아넣은 것이 정말 투병 생활이었을까요? 혹시 다른 이유가 있던 건 아닙니까? 명의 비밀을 알려 주시면 이쿠미 씨의 한을 풀어 줄 수도 있습니다."

협박과 회유, 반발과 공감. 상반된 요소를 번갈아 들이밀면 사람은 흔들리기 마련이다. 신념도 감정도 윤리도 뿌리부터 흔들린다. 용의자를 상대할 때 이누카이가 자주 사용하는 기법인데 과연 시노미야에게도 통할 것인가.

"……딱히 거짓말한 적도 없고 숨기는 것도 없습니다. 더 이상 경찰에 협조할 수 없습니다."

대답은 변하지 않았다. 그러나 어느 정도 효과는 있었다고 믿고 싶었다.

그때 시노미야가 급하게 정리하다가 바닥에 떨어뜨린 작은 책자가 눈에 들어왔다. 손을 뻗은 것은 어떤 의도가 있어서가 아니라 그저 떨어진 물건을 줍기 위해서였다.

그런데 시노미야가 뜻밖의 행동을 보였다. 이누카이와 거의 동시에 소책자를 집으려고 한 것이다.

미네히라가 절묘하게 다리를 쭉 뻗어 소책자를 이누카이의 발치로 슬쩍 차 보냈다.

이누카이는 어렵지 않게 소책자를 집어 든 뒤 제목을 확인했다.

『내추럴리 7월호』

추상화 일러스트를 배경으로 한 고딕체 제목. '초여름 건강식품', '더위를 대비하는 7가지 수칙' 등 건강 잡지에서 볼 법한 정보성 문구들이 적혀 있었다.

"어디에서 발행한 홍보 잡지입니까? 제 식견이 좁아서

인지 들어 본 적 없는 잡지네요."

"돌려주시죠."

책자를 빼앗으려던 시노미야의 손이 허공을 갈랐다.

"그건 상관없습니다."

이누카이는 책자를 대충 넘겨본 뒤 시노미야에게 건넸다.

"실례했습니다. 요즘 이런 건강 잡지에 관심이 많아서요. 그럼 시노미야 씨는 이쿠미 씨의 멍에 대해 모른다는 말씀이죠?"

"도대체 몇 번을 말합니까? 더 할 말 없습니다. 이제 그만 돌아가세요."

"알겠습니다."

슬슬 물러날 때라고 판단한 이누카이는 미네히라를 이끌고 자리에서 일어났다. 시노미야는 배웅할 생각도 없이 책자를 소중하게 품에 안고 있었다.

집을 나오고 얼마 지난 후 미네히라가 입을 열었다.

"그 책자 바로 돌려준 거, 잘한 걸까요?"

역시 미네히라도 수상하다고 생각한 모양이다.

"압수할 명목도 없고 억지로 빼앗으려다가 소동이 벌어질 우려도 있습니다. 현 단계에서 문제를 일으키는 건 현명한 선택이 아닙니다."

"거기까지 계산하셨다면 그 책자의 발행처가 어딘지는 파악이 끝나셨나 보군요."

"발행처는 잡지 이름과 같은 '내추럴리'입니다. 주소는 세타가야구였고요. 책자에 실린 내용은 대부분 건강 유지에 대한 글이었고 동양 의학에 대한 기사도 있었습니다. 그런데 주인공이라고 해야 하나, 어떤 인물을 신격화하는 기사가 눈에 띄더군요."

"신격화라니 의미심장하네요."

"오다 호스이라는 인물을 만병통치자로 내세우던데 예전에 참고차 읽었던 소책자가 거의 같은 형식이었다는 점이 마음에 걸립니다."

"전에 읽으셨다는 그 소책자는 뭡니까?"

"지하철 사린가스 살포 사건을 일으킨 사이비 종교 있잖아요. 그 교단에서 정기적으로 발행하던 잡지를 봤을 때 받은 인상과 흡사하군요."

2

 다음 날, 이누카이는 시도와 함께 경찰차인 스바루 임프레자를 타고 쇼노 부부의 집으로 향했다.
 "'내추럴리'에 나오는 오다 호스이요? 그런 사람은 처음 듣습니다."
 운전대를 잡은 시도는 민망한 얼굴로 대답했다.
 "이누카이 형사님은 그 오다 호스이라는 인물이 이번 사건과 관련이 있다고 생각하십니까?"
 "확증도 없고 무슨 연관이 있는지도 전혀 짐작이 가지 않아요."
 시노미야 씨의 집에서 주고받은 대화를 시도에게 전부

전달한 상태였다. 쇼노 유키와 시노미야 이쿠미가 사망한 경위와 멍의 모양. 공통점을 하나씩 언급하자 시도의 얼굴이 순식간에 굳었다.

"들으면 들을수록 냄새가 나네요. 하지만 이 정도 냄새로는 경찰을 움직일 수 없고 상사를 설득하기도 어려워요."

"시도 씨의 상사는 어떤 분입니까?"

"솔직히 말하면 상사로 모시고 싶지 않은 타입입니다."

"쇼노 유키의 사인이 단순한 병사가 아니라면 적극적으로 재수사에 나설 것 같습니까?"

"그런 경찰관은 관리직에 오르지 못하죠."

시도는 비꼬는 말투로 입술을 일그러뜨렸다.

쇼노 부부의 집 현관문에는 아직 '상중'이라고 적힌 종이가 붙어 있었다. 유키가 사망한 지 보름이 지나 슬슬 종이를 붙인 테이프가 벗겨져 있었다.

현관을 나온 사토코는 이누카이를 보고 의아한 표정을 지었다.

"이누카이 형사님? 오늘은 무슨 일로 오셨어요?"

"남편분은 댁에 계십니까?"

"장례식이 끝나서 출근했는데요."

이누카이는 잘됐다 싶었다. 사토코 혼자라면 방해받을

일도 적으리라.

"드릴 말씀이 있습니다."

이누카이가 방문 목적을 밝힌 뒤 시도와 함께 집으로 들어갔다. 사토코가 반발할 틈을 주지 않도록 거의 강압적인 기세였다.

거실에는 선향 냄새가 가득했다. 도코노마의 불단 앞에서 합장한 뒤 사토코를 마주 봤다. 오늘은 시도가 아니라 이누카이가 질문 공세를 펼칠 차례였다.

"얼마 전에 다마가와다이공원에서 한 주부가 숨진 채 발견됐습니다."

이누카이는 시노미야 이쿠미 사건의 주요 내용을 설명했다. 사토코는 별로 관심이 없어 보이다가 이쿠미의 몸에서 발견된 멍 이야기를 듣자마자 당황했다.

"시노미야 이쿠미 씨의 자살과 유키가 무슨 상관이죠? 분명히 말하지만 저와 남편은 시노미야 이쿠미라는 사람을 모릅니다. 본 적도 들은 적도 없어요."

"그러시겠죠. 만약 아는 사이셨다면 제가 이쿠미 씨의 이름을 꺼냈을 때 진작에 반응을 보였을 테니까요. 그런데 사토코 씨가 놀랄 만큼 반응을 보인 부분은 이름이 아니라 멍의 존재였습니다."

"유키의 멍은 아이가 까라지는 몸을 견디다 못해 자해한 흔적이라고 남편이 설명했잖아요."

"그 설명에 설득력이 있다고 생각하십니까? 일반인은 몰라도 경찰에게는 통하지 않습니다."

이누카이는 사토코를 똑바로 쳐다보았다. 남자와 성격이 다른 여자의 거짓을 꿰뚫어 보는 데는 자신이 없지만 사토코와 자신에게는 아픈 자식을 뒀다는 공통점이 있었다. 지금은 같은 아픔을 겪었다는 공감대에 의지할 수밖에 없었다.

"사토코 씨도 아시다시피 제 딸 사야카와 유키는 동갑내기입니다."

"네, 알아요."

"제 입으로 말하기 민망하지만 저는 아빠 자격이 없습니다. 사야카가 초등학생일 때 제 잘못으로 이혼했거든요. 그래서 아직까지 한 번도 아빠 노릇을 못 했습니다. 학교 문제도 그렇고 병도 그렇고, 아빠가 필요한 시기에 곁에 있어 주지 못했죠. 아마 딸은 지금도 저를 용서하지 않을 겁니다. 그래서 그런 것 같습니다. 새삼 딸에게 마음이 쓰여요. 어떻게든 평범한 삶을 살게 해 주고 싶어서 실현 불가능한 해외 장기 이식까지 생각했었습니다."

말하다 보니 가벼운 자기혐오에 빠졌다. 자신이 아버지로서 얼마나 한심한지 잘 안다고 생각했는데 막상 입 밖으로 내뱉고 보니 역시나 자책감이 깊어졌다.

"저도 알아요."

사토코는 이해한다는 반응을 보였다. 경계심은 여전했지만 아픈 아이를 둔 부모의 괴로운 심정은 같았다.

"감사합니다. 그렇다면 사토코 씨, 유키가 결코 편안한 마음으로 세상을 떠난 게 아니라는 걸 아시겠죠. 열다섯 살이었습니다. 아무리 오래 치료를 받았다지만 세상은 불공평하다고 생각했을 겁니다. 아직 하고 싶은 일도 많고 한창 미래를 꿈꿀 나이지 않았습니까."

사토코의 얼굴이 별안간 굳는 것을 보고 이누카이는 기대감과 자기혐오를 동시에 맛봤다. 한 아이의 어머니에게서 가장 취약한 부분을 공격했다. 형사들이 흔히 사용하는 방법이라지만 과연 부모로서 용서받을 수 있는 행동인지는 의문이었다.

"무슨 말씀을 하고 싶으신 거예요?"

"저는 유키의 억울함을 풀어 주고 싶습니다. 그러려면 그와 관련된 모든 정보가 필요한데 정작 사토코 씨와 남편분은 중요한 이야기를 안 해 주시잖아요."

"저나 남편이나 해야 할 말은 다 했어요."

"병사로 처리하는 데 필요한 최소한의 말씀 말입니까? 사토코 씨와 남편분, 그리고 이케가미 경찰서는 그렇게 끝낼 수 있을지 몰라도 유키는 어떨까요? 유키는 이제 아무 말도 못 합니다. 두 분이 대신 입을 열지 않는 한."

"……잔인한 말씀을 하시네요."

"자식의 유지를 존중하지 않는 게 훨씬 더 잔인합니다. 이왕 잔인해진 김에 한마디 덧붙이자면 두 분은 유키가 사망한 뒤에도 유키를 계속 괴롭히고 계십니다."

"무슨 말을 하는 거예요!"

"유키의 억울함을 풀어 주지 않는다면 아이를 계속해서 고통스럽게 하는 것과 다를 바 없어요. 사토코 씨가 여전히 유키를 사랑한다면 숨기고 계신 모든 사실을 저희에게 알려 주셔야 합니다."

같은 부모로서 차마 쓰지 말아야 할 방법까지 동원한 덕분인지 사토코는 크게 흔들리며 망설이는 기색이었다.

이제 한 걸음만 더 가면 된다.

이누카이는 조급한 마음을 억누르며 사토코를 차츰 몰아붙였다.

"유키의 고통을 잠재울 수 있는 사람은 두 분뿐입니다.

부디 진실을 알려 주세요."

이누카이는 상대의 태도가 바뀌기를 기다렸다. 동요에서 망설임으로, 그리고 망설임을 지나 수용으로.

그러나 예상과 달리 사토코는 완고했다.

"몇 번을 물어도 제 답은 같습니다."

무심코 시선을 피하기는 했어도 거절이 분명히 담긴 대답이었다.

"유키는 병마와 계속 싸웠지만 마지막에는 기력이 다했는지 아프다는 소리도 없이 숨을 거뒀어요. 유키 나름대로 편안한 죽음을 맞이했죠. 더 이상 들쑤시면 오히려 그 아이의 영면을 방해할 뿐이에요."

실패했군.

그러나 이누카이가 다 포기한 것은 아니었다.

구석에서 조용히 있던 시도가 행동에 나섰다. 아무래도 목표물을 찾은 듯했다. 이누카이가 사토코를 정면에서 응시하며 시선을 떼지 않은 이유는 그녀가 시도의 움직임을 알아차리지 못하도록 시선을 붙잡아 두기 위해서였다.

시도는 한번 움직이자 매우 민첩했다. 벌떡 일어나더니 곧바로 거실 구석에 쌓여 있던 잡지 더미에서 소책자를 꺼내왔다.

"여기도 있네요."

시도가 들고 온 것은 바로 그들이 찾던 『내추럴리 7월호』였다.

"지금 뭐 하시는 거예요! 왜 멋대로 남의 물건을 만져요!"

사토코가 황급히 빼앗았지만 표지를 확인한 시점에서 이미 끝난 일이었다.

"그렇게 소중한 책입니까?"

이누카이가 더욱 다가섰지만 사토코는 책자를 품에 안고 절대 놓지 않았다.

"지금 그게 문제예요? 당신들이 도대체 무슨 권리로 이래요?"

"억지로 빼앗지 않을 테니 안심하세요. 실은 자살한 주부의 집에서도 그 책자를 발견해서 굳이 압수할 필요도 없습니다. 내용은 확인했거든요. 오다 호스이 씨였나요? 무슨 신통한 치료를 하는 것 같던데 한번 소개해 주실 수 있습니까?"

"저는 몰라요."

책자를 그토록 소중하게 품에 안고 있는 지금에 와서도 사토코는 끝까지 모르쇠로 일관하려는 모양이다. 이는 역설적으로 그것이 그만큼 간절하게 숨기고 싶은 비밀이라는 증거이기도 했다.

"사토코 씨가 그렇게까지 우긴다면 억지 부리지는 않겠습니다. 하지만 '내추럴리'나 오다 호스이 씨를 조사한 뒤에 유키와 관련 있다는 사실이 밝혀지면 다시 찾아오겠습니다. 그때는 전부 털어놓으셔야 할 테고, 저희도 지금보다 더 엄중하게 상대할 겁니다."

아직 할 말이 많았지만 그만뒀다. 이누카이도 부모라는 입장을 이용한 데 죄책감이 들었기 때문이었다.

쇼노 부부의 집을 나와 스바루 임프레자에 타자마자 시도가 입을 열었다.

"마지막에 마음이 약해지신 것 같은데 같은 부모로서 연민을 느꼈기 때문입니까?"

이누카이는 뜻밖에 마음을 들킨 것 같아 겸연쩍었다.

"압박하는 솜씨가 대단해서 마지막에 그렇게 놓아줄 줄 몰랐습니다. 물론 제가 아무리 애썼다고 해도 결과는 마찬가지였겠지만요."

"왜 그렇게 생각하세요?"

"슬프게도 저 역시 한 아이의 부모니까요."

책상 위 컴퓨터에 미네히라가 전달한 시노미야 이쿠미

의 부검 보고서가 들어와 있었다.

검시관의 소견대로 아홉 가지 기준 모두 자살을 뒷받침했다. 부검으로 새롭게 추가된 사실은 췌장 머리 부분과 십이지장, 담낭 일부가 이미 절제된 상태였다는 것이었다. 이는 시노미야 게이고의 증언과도 일치했다. 친절하게도 시노미야 이쿠미가 입원했던 병원에서 입수한 진료 기록부도 첨부되어 있어서 그녀의 투병 과정을 시간 순서대로 파악할 수 있었다.

무미건조한 서류 속에서 시노미야 부부를 서서히 잠식했을 절망이 느껴졌다. 췌장암 판정과 긴급 수술, 반복된 입원과 퇴원, 그리고 재활 치료. 오랜 투병 생활이 이쿠미의 정신을 갉아먹었으리라는 사실은 쉽게 짐작이 갔다.

그렇기에 오히려 시노미야 부부의 집에 '내추럴리'가 있다는 사실이 이해가 가지 않았다. 책자에 실린 글들은 건강한 식습관과 생활 습관을 권장하는 내용으로 시중에 판매되는 건강 잡지들과 별반 다르지 않았다. 특이한 점이라면 주인공 격인 오다 호스이의 존재였지만 자비 출판한 책이라면 이상하지 않았다. 제삼자가 편집하지 않은 자비 출판물은 대개 자아도취의 색채를 띠는 경향이 있기 때문이었다.

"뭘 그렇게 열심히 봐?"

갑자기 들려온 목소리에 화들짝 놀라 돌아보니 아소가 이누카이의 뒤에서 컴퓨터 화면을 들여다보고 있었다.

"다마가와다이공원에서 발견된 여성 시신의 부검 보고서요."

"이케가미 경찰서 사건과 관련이 있다고 의심되는 그 건 말인가."

감춰 봤자 무의미하므로 시도의 연락을 받은 뒤의 상황을 설명했다. 보고를 들은 아소는 컴퓨터 화면 속 부검 보고서를 손가락으로 찔렀다.

"쇼노 유키는 병사, 이번에는 자살. 두 건 모두 계획 살인이라고 볼 만한 정황은 보이지 않는군."

"기분 나쁜 공통점이 있어요. 두 사람 다 오랜 투병 생활 끝에 생계가 어려워져 재택 치료로 전환했습니다."

"흠, 그런 상황에서 '내추럴리'라는 건강 잡지라. 하지만 재택 치료를 하는 환자와 그 가족이라면 식이요법을 신경 쓰는 게 당연해. 그런 잡지를 읽는 게 이상하지 않지."

"그런데 그게 그리 쉽게 구할 수 있는 책자가 아닌 것 같아요. 표지 디자인도 그렇고 두께도 그렇고 서점에서 판매하는 것이 아니라 특정 독자에게 무료 배포하는 책자 같습니다. 그래서 혹시나 해서 쇼노 부부와 시노미야 부부의 주변을 조사했지만 '내추럴리'가 놓여 있는 곳은 전혀 없었습니다. 길가에 흔히 있는 그런 소책자가 아니더라고요. 그래서 결국 이 녀석의 도움을 받았죠."

이누카이는 컴퓨터를 향해 몸을 돌리며 즐겨찾기 해 놓은 사이트를 화면에 띄웠다.

정부 홍보 사이트처럼 딱딱하게 생긴 메인 페이지가 나타났다. 한가운데에는 책자 제목과 같은 고딕체로 '내추럴리'라고 적혀 있었다.

"'내추럴리'는 잡지 이름이 아니라 자연 치유 단체의 이름이었어요. 책자는 무료 배포 책자가 아니라 정기간행물이었고요."

"그러니까 쇼노 유키와 시노미야 이쿠미 모두 '내추럴리'의 회원이었다는 말인가?"

"어쩌면 본인이 아니라 가족이 회원일 수도 있습니다. 아무튼 단체의 회원인 두 사람 모두 몸에 같은 멍이 든 채 사망했습니다. 사인 자체에는 문제가 없다고 해도 이 단체가 수상하다고 의심할 만하죠."

"단체 대표인 오다 호스이에 대한 이야기도 실려 있나?"

"당연하죠."

스크롤해서 화면을 내리자 하단에 오다 호스이와 '내추럴리'의 소개글이 적혀 있었다.

여러분, 안녕하십니까. 오다 호스이입니다. 최근 유명 병원은 모두 최신 의료 시설을 갖추고 환자를 치료합니다. 우리는 의료 선진국인 일본에 자부심을 느낍니다.

그러나 한편으로는 병원 내 사망 사례가 눈에 띄게 늘고 있습니다. '입원해서 수술받자마자 환자의 체력 문제로 사망했다', '보험이 적용되지 않아 치료비 부담으로 생계가 어려워졌다', '최신 의료의 도움을 받고 있지만 병세가 호전되지 않는다'. 이러한 목소리가 우리 내추럴리에도 많이 전해집니다.

결론부터 말씀드리면 현대 의학을 활용한 치료만이 유일한 치료가 아닙니다. 현대 의학은 서양 의학을 의미하며, 최근 동양 의학은 무시되고 있습니다. 하지만 생각해 보세요. 서양 의학이 들어오기 전까지 우리나라는 동양 의학과 민간요법으로 병을 치료해 왔습니다. 그 시대에는 암 발병률도 낮았고 우울증과 꽃가루 알레르기도 존재하지 않았으며, 서민의 건강을 위협하던 질환인 천연두, 홍역, 각기병은 충분히 치료할 수 있었습니다. 그런 시대에 우리 조상님들은 당시의 치료법으로도 병마와 잘 싸워왔습니다.

현대 의학이라고 해서 모든 병을 고칠 수 있는 것이 아니며, 반대로 최신 서양 의학이 아니더라도 치료할 수 있는 병도 존재합니다. 그것은 저 오다 호스이가 지금까지 치료해 온 회원들의 경험담을 보시면 즉시 이해가 가실 것입니다. 민간요법에 대한 의구심도 단번에 사라질 것입니다.

처음이시라면 가입 전 일주일간 체험해 보세요. 어떤 병이든 환자에게 맞는 치료법이 있습니다. 지금 당신에게 가장 적합한 치료법을 함께 찾아보시지 않겠습니까?

총수 오다 호스이

평범한 가입 권유 글이라고 생각했다. 하지만 소개글 옆에 실린 오다 호스이의 사진이 평범한 글에 기묘한 분위기를 자아냈다.

겉보기에는 50대로 추정됐다. 턱이 유난히 길고 머리는 삭발한, 눈빛이 몹시 날카로운 남자였다. 사진 속에서는 입꼬리를 올리고 있지만 마치 보는 사람을 위협하는 듯한 미소였다. 한마디로 체격이 크고 강한 인상이었는데 승복을 입고 있어서 더욱 기묘해 보였다.

의료인이라기보다 정체를 알 수 없는 승려 같은 인상이었다.

"아무리 봐도 남의 병을 고칠 만한 명의로는 안 보이는데."

아소도 이누카이와 같은 생각을 한 모양이다.

"승복을 입어서 그럴듯해 보이기는 하는데 요란한 셔츠를 입으면 그냥 깡패 같게 생겼어."

"확실히 뇌보다 근육이 더 발달한 사람처럼 보이네요."

"사이트에 이 사람 프로필 같은 거 있어?"

"여기요. 헝가리 국립대학교 의학부 졸업. 귀국 후 국립병원에서 근무했으나 일본의 의료기술에 회의를 느껴 '내추럴리'를 설립."

"학력은 대단한데 어디까지 사실일까?"

"반장님은 이 오다 호스이라는 남자를 어떻게 생각하십니까?"

"국립병원을 그만두자마자 민간 의료단체를 설립했다니. 구린내가 진동하는데."

아소는 짓씹듯 말했다.

"애초에 나는 민간요법을 안 믿어. 어른들 말씀은 대부분 옳다고는 하지만 이건 그런 말과는 다른 차원의 문제야. 상처에는 당연히 침보다 소독약을 바르는 게 맞지. 민간요법이 그렇게 효험이 있다면 세상에 의사가 왜 필요하겠어."

민간요법에 대한 아소의 생각은 일본인들의 보편적인 인식과 비슷하리라. 딸이 병원 신세를 지고 있는 이누카이의 생각도 같았다.

뇌전증으로 발작을 일으키면 머리에 짚신을 얹는다.

봄바람을 맞으면 뇌경색이나 심근경색에 걸리기 쉽다.

해파리에 쏘였을 때는 상처 부위에 소변을 끼얹으면 된다.

하나같이 옛날 사람들 사이에 널리 알려진, 당시에는 훌륭한 민간요법이었다. 그러나 의학적인 근거는 전혀 없는, 엄밀히 말하면 미신이었다. 요즘 유행하는 수소수도 마찬가지다. 건강식품이라고 아무리 요란하게 선전해 봤자 의학적 근거가 없다면 미신이나 교묘한 사기일 뿐이었다.

사야카가 데이토대학 부속병원에서 계속 치료받고 있는 만큼 의료 사기 문제에는 민감해질 수밖에 없었다. 이누카이는 이미 오다 호스이가 의심스러운 인물이라고 생각했다.

"그래서 어떻게 할 생각이야?"

"다행히 홈페이지에 '내추럴리' 본부의 주소가 적혀 있습니다."

이누카이가 화면의 한 지점을 가리켰다.

"직접 만나 볼 생각입니다."

"어떤 구실로? 지난번처럼 또 사야카를 이용할 거야?"

"아뇨."

앉아 있던 의자를 휙 돌려 아소를 마주했다.

"두 사건의 중심에 수상한 단체가 있어요. 이건 당연히 수사해야죠."

"정식으로 수사 전환하고 싶다는 말이군."

"반장님도 찜찜한 건 싫으시잖아요. 만약 제 예상이 맞는다면 다음 범죄를 막을 수 있어요. 틀리더라도 밑져야 본전이죠."

아소가 어두운 눈빛으로 이누카이를 노려봤다.

부하의 의견을 마지못해 받아들일 때 보이는 그 눈빛이었다.

3

"요즘 민간요법이 은근히 유행이에요."

세타가야구에 있는 '내추럴리' 본부로 향하는 스바루 임프레자 조수석에서 아스카가 말했다.

"입원 치료를 받던 은퇴한 프리랜서 아나운서나 올림픽에 출전했던 운동선수가 퇴원해 민간요법으로 치료 방식을 바꿔요. 그리고 그걸 하나하나 SNS에 올리죠. 그러니까 팬은 물론이고 팬이 아닌 사람들까지 생전 처음 보는 그런 민간요법에 관심을 가지게 되는 거예요."

"그래서 은근히 유행이라고 한 건가?"

"민간요법 자체는 옛날부터 있었지만 유명인들이 SNS

에 올리면서 갑자기 주목받게 된 셈이죠."

"민간요법은 대부분 의학적 근거가 없을 텐데? 어떻게 그런 게 유행할 수 있지?"

"저 같은 아마추어의 의견도 괜찮으세요?"

아스카는 조심스럽게 물었지만 이누카이는 오히려 그런 비전문가의 의견이 듣고 싶었다. 자신은 병원 신세를 지고 있는 딸을 둔 입장이기도 해서 아무래도 민간요법을 객관적인 시각으로 바라보지 못하기 때문이었다.

"민간요법이 일부에서 인기를 끄는 건 최첨단 현대 의료에 대한 불신 때문인 것 같아요."

"잘 이해가 안 가는데. 최첨단 의료인데 믿지는 못할망정 오히려 불신한다니 이상하잖아."

아스카는 다음 말을 꺼내기 몹시 힘들다는 얼굴로 조심스럽게 대답했다.

"의사가 자랑하는 첨단 의료로도 암 같은 난치병은 치료할 수 없으니까요."

신부전증으로 고생하는 사야카를 의식해서 말을 꺼내기 힘들었나 보다.

"이름은 거창한데 정작 병을 치료하지 못하면 결국 그냥 연구일 뿐이잖아요. 게다가 첨단 의료 치료는 보험 적용도 안 되고요."

"아, 그렇지."

보험에는 고액 요양비 제도가 있다. 월초부터 월말까지 한 달 동안 의료기관이나 약국에서 지출한 의료비가 일정 금액을 넘으면 초과분을 돌려받을 수 있는데, 첨단 의료로 분류되는 항목은 이 혜택에서 제외된다.

"그래서 첨단 의료는 부유층만 받을 수 있다는 이미지가 있어요. 환자들은 대부분 부유층이 아니니까 당연히 멀게 느껴질 수밖에 없죠. 사람은 누구나 자신과 상관없는 걸 쉽게 믿으려고 하지 않잖아요."

"민간요법은 믿을 수 있나?"

"환자나 가족들은 불안할 수밖에 없잖아요. 뭔가에 의지하고 싶지만 첨단 의료에는 기대기 어려운 상황이죠. 그래서 결국 민간요법으로 몰리는 것 같아요. 게다가 인터넷을 통해 빠르게 퍼지고 있고요."

"허위 의료 광고인가. 그런데 그런 허위 광고는 2017년 6월 의료법 개정으로 시정됐을 텐데."

아스카의 설명대로 과거에는 인터넷에 의료 관련 허위·과대 광고가 넘쳐났다.

―병원에 의존하지 않는 암 치료

—최첨단 면역세포 요법으로 완치

—식이요법만으로 완치

—병원에서 알려 주지 않는 요가 치료

—비타민 C가 암을 치료하는 특효약이었습니다

—3,000명의 암을 치료한 약초

하나같이 의학적 근거가 빈약하거나 전혀 없어서 사기 상술이라고 해도 무방한 광고들이었다. 그러한 가짜 광고가 제대로 단속되지 않았던 이유는 그동안 인터넷상의 의료 정보는 광고로 간주되지 않아서 의료 광고 가이드라인이나 약기법(의약품, 의료기기 등의 품질, 유효성 및 안전성 확보 등에 관한 법률) 대상에서 제외됐기 때문이었다. 피해자가 늘고 관계 부처에 항의가 빗발치자 의료법 개정으로 이어졌지만, 허위 의료 광고는 여전히 사라지지 않고 있다.

"민간요법 중에는 기도와 다를 바 없는 몹시 수상한 것도 있다고 들었어."

"사이비 종교는 외부인 입장에서 보면 황당무계한 것들이 많잖아요. 하지만 신도들은 지나치게 진지해서 비판이라도 하면 마치 부모 죽인 원수라도 만난 사람처럼 달려들죠. 저는 민간요법이 일종의 사이비 종교라고 생각해요."

아스카의 의견은 매우 객관적이었는데, 가족 중에 중병

을 앓는 환자가 없어서 감정에 치우치지 않고 분석할 수 있는 것 같았다. 제삼자가 더 정확히 본다더니 그 말이 맞았다.

그에 비해 이누카이는 민간요법이 엉터리임을 머리로는 알면서도 지푸라기라도 잡고 싶은 환자와 그 가족들의 마음을 이해하는 만큼 더욱 괴로웠다. 아스카와 아소 앞에서는 의연하게 행동하려고 애를 쓰지만, 이는 달리 말하면 그런 노력을 하지 않으면 중심을 지킬 수 있을지 확신이 없음을 뜻했다.

"'내추럴리'를 조사하신다기에 저도 사이비 치료에 대해 대략 예습했어요."

"열심히 하네."

"걸림돌이 되고 싶지 않거든요."

아스카는 지기 싫어하는 성격을 감추지 않았다. 처음 콤비가 되었을 무렵 아스카는 이누카이의 언행에 매번 미간을 찌푸렸다. 하지만 이누카이보다 더 괴팍한 형사 기능지도원과 함께 일하게 된 이후로는 예전처럼 거부감을 드러내지 않았다. 이것을 성장했다고 해야 할지 무뎌졌다고 해야 할지는 의견이 갈렸지만 적어도 이누카이에게는 나쁘지 않은 변화였다.

"조사하기 전까지는 이런 사이비에 연관된 사람들은 다 사기꾼인 줄 알았어요. 그런데 그런 광고를 하나하나 확인하다 보니 번듯한 직함을 가진 의사의 이름이 걸려 있어서 깜짝 놀랐지 뭐예요. 하긴 의사들은 비급여진료라고 표현하기는 했지만요."

아스카는 스마트폰을 꺼내 여러 창을 확인했다.

"예를 들어 의사들이 제안하는 암 관련 비급여진료는 크게 두 가지예요. 첫 번째는 비타민 C 요법. 물론 동물 실험 단계에서는 성공한 사례도 있지만 현재 진료 가이드라인에서는 권장하지 않죠. 두 번째는 면역요법. 이것도 눈속임이 심한데, 진료 가이드라인에서 면역요법으로 권장하는 건 림프구 기능을 억제하는 단백질 억제제뿐이에요. 그 외 면역요법은 권장하지 않죠. 펩타이드 백신을 투여해서 면역 반응을 높이는 방식은 한때 큰 기대를 모았지만 안타깝게도 효과를 입증하지 못했어요."

비꼬는 말투가 이어졌다. 아스카가 나열한 비급여진료란 결국 연구 단계에 불과한 치료법을 특효약인 것처럼 포장한 것이었다. 겉으로는 의사일지언정 하는 일은 사기꾼과 다를 바 없어서 아스카가 혐오감을 느끼는 것도 당연했다.

"이런 비급여진료는 거의 예외 없이 비싸요. 병원 치료로 희망을 보지 못한 환자는 지푸라기라도 잡는 심정으로 비싼 치료비를 내는 셈이죠. 하지만 치료한 보람도 없이 환자가 사망해도 유족은 사기당했다고 고소하지 않아요. 치료가 효과가 없었다는 사실을 증명할 수 없고 끝까지 노력했다는 만족감도 느끼기 때문이죠. 법률 개정도 희망이 없어요. 다른 선진국들은 미승인 암 치료에 대해 신고를 의무화하고 있는 반면 일본은 아무런 규제도 없거든요. 의사라는 사람이 비타민 C 치료니 면역세포 요법이니 허울 좋은 말로 떠들어대면 환자와 그 가족들은 좋든 싫든 믿을 수밖에요."

"그렇게까지 자세히 조사했다면 당연히 깨달은 점도 있겠지?"

아스카는 잠시 생각에 잠겼지만 일찌감치 항복을 선언했다.

"어떤 점을요?"

"치료한 보람도 없이 사망해도 사이비 치료라는 걸 증명할 수 없고 유족은 할 만큼 했다는 만족감에 상대를 고소하려 하지 않는다. 병사한 쇼노 유키의 부모도, 자살한 시노미야 이쿠미의 남편도 바로 그런 케이스 아닌가."

"아."

아스카는 이제야 깨달았다는 듯 고개를 크게 끄덕였다.

"물론 이건 가설을 보완하는 재료일 뿐이지만. '내추럴리'의 본부와 총수 오다 호스이를 찾아가는 이유는 가설을 가설에 그치지 않게 하기 위해서야."

"하지만 형사님. 두 가족 모두 피해 신고를 하지 않았잖아요. 만약 '내추럴리'와 오다 호스이가 사이비 치료로 돈을 챙겼다고 해도 처벌할 수 있는 법이 없어요."

"나도 그 생각을 했어. 관할서에서 각각 병사와 자살로 정리 중인 사건이야. 다시 파헤쳐 봤자 관할서의 판단이 뒤집힐 일은 거의 없지. '내추럴리'의 시술이 정상이 아니라는 걸 밝힌들 유족의 마음이 풀어지는 것도 아니야. 반장님께는 다음에 일어날 범죄를 예방할 수 있을 것이라고 그럴듯한 소리를 했지만 시술을 원하는 환자와 가족들이 있는 한 우리가 하는 수사는 부질없는 짓이나 마찬가지야."

아스카의 표정에 점점 불쾌감이 서렸다.

"이번 수사가 헛수고로 끝날 게 눈에 훤해. 그러니까 아스카, 억지로 함께할 필요 없어. 지금 당장 경시청으로 돌아가서 다른 사건에 집중해도 돼."

아스카는 한동안 말이 없었다. 이대로 이누카이를 따를

지 돌아갈지 재는 줄 알았는데 아스카의 대답은 그날 한 말 중 가장 매서웠다.

"형사님의 그런 점이 싫어요."

어딘가 모르게 삐친 듯한 말투에 이누카이는 기시감을 느꼈다.

그래, 사야카의 말투와 비슷했다.

"혼자 결정하고 혼자 밀고 나가고. 다행히 범인을 체포했으니 망정이지 만약 헛수고였거나 오인 체포라도 했으면 어떻게 책임질 생각이셨어요? 형사님이 잘리면 누가 사야카의 병원비를 대냐고요. 헤어진 전 부인이요?"

"거기서 그만해."

이누카이가 낮은 목소리로 대꾸하자 아스카는 입술을 삐죽이며 입을 다물었다.

두 사람이 탄 스바루 임프레자는 세타가야구 교도로 진입했다. 역을 중심으로 상점가가 형성되어 있지만 골목들이 하나같이 좁고 일방통행길이 많았다. 초행길인 사람은 내비게이션이 있어도 헤맬 만한 동네였다. 택시 기사들이 '교도 미로'라고 부르는 이유였다.

상점가를 지나자 유치원과 어린이집이 눈에 띄었는데 이 지역에 젊은 부부가 많다는 증거였다. 밖으로 들려오는 아이들의 목소리 때문에 종종 시끄럽지만 역시 젊은 부부들이라서 그런지 너그러운 마음으로 이해해 줬다.

'내추럴리'의 본부는 유치원 옆에 있었다.

목조 단층 건물로 입구가 유난히 넓었다. 지붕과 벽은 주변 주택들과 같은 것으로 보아 현관만 개조한 듯했다. 현관 미닫이문 위에는 '내추럴리'라는 간판이 당당하게 걸려 있었다.

유치원에서는 아이들의 목소리가, 옆집에서는 TV 와이드쇼 소리가 흘러나왔다. 평온한 일상 속에 존재하는 건물 안에서 사기 행각이 벌어지고 있다는 생각에 이누카이는 순간 현실감이 사라지는 기분이었다.

―누구십니까.

"'내추럴리'라는 책자를 보고 찾아왔습니다. 오다 선생님께 난치병에 대해 듣고 싶습니다."

―잠시만 기다려 주세요.

아스카와 둘이서 기다리자 승복 차림의 여자가 현관문에 나타났다. 총수인 오다의 복장에 맞추어 입은 듯했다.

"사무국 직원 마리야 미쓰구라고 합니다. 저희 기관지는 회원들에게만 배포하는데, 실례지만 어느 분께 소개를 받으셨나요?"

"소개가 늦었습니다. 경시청 형사부 소속 이누카이 하야토라고 합니다. 이쪽은 다카치호 아스카입니다."

건물 안에 들어간 뒤 신분을 밝히기로 미리 정해 놓았다. 세타가야 한복판에 본부를 두고 홈페이지를 운영하는 단체다. 겉으로는 그럴듯하게 꾸며 놓았으니 이쪽도 정공법으로 파고들 생각이었다.

미쓰구는 두 사람이 경찰이라는 사실을 알고도 별달리 놀라는 기색을 보이지 않았다. 애써 아무렇지 않은 척하는 것일 수도 있지만 감정의 기복이 없는 여자 같았다. 길고 가느다란 눈매를 어디선가 본 듯했지만 아무리 기억을 더듬어 봐도 처음 만나는 사람이었다.

"실은 최근 몇 주간 이상한 사건이 연달아 발생했는데 그 피해자가 모두 내추럴리 회원이더군요. 그 일로 오다 호스이 씨와 대화를 나누고 싶습니다."

쇼노 부부와 시노미야 부부가 '내추럴리' 회원이라는 확증은 아직 얻지 못했다. 성급한 감이 있는 인사말이었지만 이 정도 허세는 용인할 수 있는 범위였다.

"회원분 성함을 말씀해 주시겠습니까?"

이누카이가 쇼노 부부와 시노미야 부부의 이름을 말하자 미쓰구는 "잠시만 기다려 주세요"라고 대답한 뒤 안쪽으로 사라졌다.

"괜찮을까요? 저희가 쥔 패를 다 까보여 주는 것 같은데."

"어차피 금방 들켰을 거야. 상관없어."

잠시 후 총수가 미쓰구를 거느리고 모습을 드러냈다. 홈페이지 소개 페이지에서 본 대로 턱이 유난히 긴 얼굴에 키도 보통 사람보다 훨씬 컸다. 2미터는 넘어 보였는데, 키가 큰 편인 이누카이조차 그의 목에도 닿지 않을 것 같았다. 기괴하게 생긴 거구가 승복을 입고 있으니 기묘한 위압감이 풍겨 왔다.

옆에 서 있던 아스카는 반걸음 물러났다. 지금까지 다양한 흉악범을 상대했던 아스카조차도 물러설 정도로 위압감이 대단했다.

"오다 호스이입니다."

거구에 걸맞게 낮고 울림이 좋은 목소리였다. 만약 소리라도 지르면 유리창이 파르르 떨릴 것 같았다. 오다는 가볍게 목례했지만 눈은 전혀 웃지 않았다. 이누카이와 아스카를 번갈아 노려보며 생각을 꿰뚫어 보려는 듯했다.

"저희 회원에 대해 조사하러 오셨다고."

"총수님. 쇼노 유키 씨와 시노미야 이쿠미 씨라고 합니다."

"쇼노 유키와 시노미야 이쿠미? 흠, 이름과 얼굴이 떠오르지 않는데, 사무국장이 확인했다면 회원이 맞겠지. 그래서 경찰은 무엇을 묻고 싶으신가?"

자백한 꼴이었다. 방금 대화로 두 사람이 '내추럴리'의 회원이라는 사실이 입증됐다.

"두 사람 모두 사망했습니다. 모르셨습니까?"

"내가 시술하는 회원이 하루에 열 명이 넘소. 게다가 난 세상 돌아가는 이야기는 잘 모르오. 세간에서 떠들어대는 하찮은 일들에는 별 관심도 없지."

한 사람은 병사, 한 사람은 자살. 그것을 하찮은 일이라고 잘라 말하는 태도에 강한 반감이 치솟았다.

"차근차근 설명하기에 현관은 적절하지 않지. 도장 안으로 들어 오시오."

오다는 몸을 휙 돌려 걸어갔다. 거구지만 몸놀림이 가벼웠다. 상황이 이누카이와 아스카에게 유리하게 돌아가는데도 오다에게 잡혀가는 듯해 기분이 불쾌했다.

그나저나 도장이라니 놀라웠다. 겉으로는 치료를 표방하는 단체에서 쓸 만한 단어는 아니었다. 오히려 무술 도장이나 수상한 종교단체 같은 분위기가 물씬 풍겼다.

예상한 대로 내부 인테리어는 일반 주택과 다를 바 없는 조금 넓은 식당과 거실로 이어지는 좁은 복도가 나타났다.

"내부는 일반 가정집 같군요."

뒤따라가던 이누카이가 물었더니 미쓰구는 돌아보지도 않고 대답했다.

"예전에 총수님께서 시술한 회원분께 치료비 대신 받으신 곳입니다."

"지은 지 오래됐어도 세타가야구 교도에 있는 건물인데, 치료비 대신 넘기기에는 가치가 대단한 것 아닙니까."

"그 회원님은 집이 따로 있으셨거든요. 건물은 오래됐지만 세금이 비싸서 처분하기 딱 좋은 기회라고 하셨습니다."

오다에게 빠진 회원들에게 돈이나 부동산을 갈취하다니 갈수록 수상한 종교 같았다. 이 시점에서 이누카이의 마음은 '내추럴리'가 수상한 단체인 것이 맞다는 쪽으로 완전히 기울었다.

현관만 개조한 것이 아니었다. 안쪽으로 들어가니 갑자기 공간이 넓어지더니 눈앞에 맹장지문 여섯 개가 나타났다. 그 옆에는 '탈의실'이라는 팻말이 걸린 작은 방이 있어서 맹장지문 너머에 도장이 있다는 사실을 짐작할 수 있었다. 아마도 대대적으로 증축한 것 같았는데 현관에서는 이런 구조를 전혀 상상할 수 없었다.

오다와 미쓰구를 따라 도장으로 들어갔다. 15평 정도

크기로 푸른색 다다미가 빈틈없이 깔려 있어서 누가 봐도 도장이라고 할 만한 형태였다. 도코노마에는 칼을 올려놓는 받침대가 있었고 그 위에는 알 수 없는 문자가 가로로 적힌 증서가 액자에 걸려 있었다. 미쓰구에게 물었더니 헝가리 국립대학의 학위증이라고 했다.

"시술 내용을 설명하기에는 이곳이 제격이지. 설명을 듣는 사람도 이해하기 쉬울 테니. 자, 앉으시오."

오다가 먼저 책상다리로 앉았고 이누카이와 아스카도 따라 앉았다. 미쓰구는 오다의 뒤에 섰지만 오다의 앉은키와 별로 차이가 없었다.

"쇼노 유키와 시노미야 이쿠미의 진료 기록부를 주게."

그 명령에 미쓰구가 언제 준비했는지 두 사람의 파일을 오다에게 건넸다.

"쇼노 유키는 피브로넥틴 사구체병증, 시노미야 이쿠미는 췌장암. 아, 이 두 사람이었군."

오다는 기억이 완전히 떠오른 듯 파일을 미쓰구에게 다시 건넸다. 그 태도에서도 고인에 대한 존중이 느껴지지 않아 이누카이는 다시 화가 치밀었다.

"두 사람 모두 성실하게 진심으로 시술에 임했소. 하지만 소년의 체력은 병마와 싸우기에는 역부족이었지. 주부는 조금만 더 단련하면 반드시 차도를 보였을 텐데 스스로 끝을 내고 말았소. 참으로 통탄스러운 일이야."

연극처럼 과장된 말투에 진심은 느껴지지 않았다. 이누카이는 짜증을 억누르고 오다에게 물었다.

"두 사람의 죽음이 계획적인 살인이 아니더라도 두 사람이 이곳의 회원이었다는 사실은 결코 무시할 수 없습니다."

"우리 단체가 두 사람의 죽음에 관련이 있다는 뜻이오?"

"그런 뜻은 아닙니다. 하지만 '내추럴리'가 두 사람에게 어떤 시술을 시도했는지는 저희도 알아야 합니다. 시술이 두 사람의 죽음과 무관하다는 것을 확인하려는 의미도 있고요."

"시술 내용에 대해서는 기꺼이 설명해 드리지. 좋아요, 내가 말씀드리겠소. 이누카이 형사님이라고 하셨나? 형사님은 본디 사람에게는 자연 치유력이 있다는 사실을 아시오?"

"베인 상처가 저절로 아물고 감기도 푹 쉬면 낫는다. 뭐, 그런 종류의 이야기입니까?"

"그렇다고 말하고 싶지만 부족하군. 플라시보 효과라고 해서, 평범한 전분을 약이라고 속여 환자에게 투여했을 때 설사나 불면증을 낫게 하거나 심지어는 진통 효과까지 보인 사례도 있소. 실제 의료 현장에서도 이런 가짜 약이 활용되고 있지."

"의사가 가짜 약을 사용한다고요?"

"예컨대 신약 테스트가 그런 것이지. 신약을 투여하는 그룹과 가짜 약을 투여하는 그룹으로 나누어 약효를 비교한 뒤 가짜 약보다 뛰어난 효과를 보이지 못한 신약은 출시가 취소된 사례도 적지 않소. 병은 마음먹기에 달렸다는 말도 있듯, 이 사례만 봐도 인간의 타고난 자연 치유력은 실로 경이롭지. 상황에 따라서는 첨단 의료를 연구하는 의료진이 개발한 신약의 효능을 능가하기도 하니까. 잘 생각해 보면 시중에 유통되는 약들은 결국 사람이 지닌 자연 치유력을 인공적으로 만든 것에 불과하오. 그런데!"

오다의 목소리가 별안간 커졌다. 이누카이와 아스카가 깜짝 놀라 어깨를 들썩거렸을 정도였다.

"의사가 권하는 약, 시중에 판매되는 약은 정도는 달라도 부작용이 있소. 이는 자연 치유력을 모방하려다가 결국 실패한 현대 의학의 한계지. 자연 치유력이라면 일으키지 않을 부작용이 발생한 시점에서 이미 약이라는 건 가짜 약보다도 못한 존재임을 스스로 증명하는 셈이오."

오다의 말에는 한 치의 망설임도 없었고 어조에는 자신감이 흘러넘쳤다. 과연, 이런 태도와 말로 심신이 약해진 사람을 설득하면 검은색을 흰색이라고 믿게 할 수도 있을 것 같았다. 오다를 향한 의심이 더욱더 짙어졌다.

"첨단 의료라고 칭송받는 것들 역시 믿을 게 못 되오. 암을 극복할 수 있다고 큰소리치는 자도 있지만 실제로는 암을 조기 발견해서 제거해도 전이가 반복되다가 결국 죽음에 이르지. 첨단 의료 중 하나인 양성자선 치료는 어떠한가. 암세포를 아무리 정밀하게 제거하더라도 미세하게라도 남아 있으면 언젠가 반드시 재발하오. 간혹 암이 완치됐다고 자랑하는 환자들도 있지만 그건 완치된 게 아니라 아직 재발 조짐이 없다는 뜻일 뿐. 나, 오다가 단언하지. 첨단 의료는 대증요법일 뿐, 병의 원인을 뿌리째 제거하는 건 아니오."

"그러면 '내추럴리'에서는 병의 근원을 없앨 수 있다는 말입니까?"

"원통하도다. 근원을 없앨 수는 없소."

오다는 선선히 인정했다.

"내가 사기꾼도 아니고, 자연 치유력만으로 암세포를 모조리 제거하는 건 불가능하오. 하지만 극복은 할 수 있지."

"완전히 없앨 수는 없지만 극복할 수 있다는 말은 모순 같습니다만."

"완전히 없앨 수 없소. 하지만 재발을 억제할 수는 있지. 병의 근원이 몸 깊숙이 있어도 발병하지 않고 평온하게 일상생활을 할 수 있다면 그 상태가 곧 극복인 셈이오. 게다가 자연 치유력을 이용해 그렇게 된 것이라면 부작용도 없으니 나중에 걱정할 필요도 없소."

"그럼 오다 씨의 시술은 구체적으로 어떤 방식입니까?"

"외부 압력을 이용해 자연 치유력을 증폭하는 것이오. 사무국장, 끈기봉을."

"네."

미쓰구는 도장 구석에 있는 도코노마로 걸어갔다. 특별 제작된 것으로 보이는 칼 장식대에는 막대기 열 개가 나란히 놓여 있었다. 미쓰구는 그중 하나를 빼 들고 자리로 돌아와 오다에게 공손히 바쳤다.

길이는 야구 방망이 정도였고 전체적으로 해초처럼 짙은 녹색을 띠었으며 이누카이가 있는 곳까지 약 냄새가 은은히 풍겼다.

"끈기봉이라고 하오. 이 봉으로 온몸을 구석구석 마사지하는 것이 시술이지."

"약 냄새가 나는군요. 막대기에 약을 발라 놓았습니까?"

"그렇소. 위령선, 오두, 황벽, 갈근, 길경, 행인, 계피, 오미자, 목단피 등 약 서른 종에 이르는 한방 약초를 각 병증에 맞게 배합해 사용하오. 약초가 배어든 봉으로 온몸을 정성껏 눌러 근육, 혈관, 지방, 피막, 내장에 약효가 스며들게 하지. 그렇게 체내에 잠들어 있던 자연 치유력을 자극해 점점 활성화시키며 병의 원인을 몰아내는 구조요."

이누카이는 막대기를 보자마자 쇼노 유키와 시노미야 이쿠미의 몸에 남아 있던 무수한 멍이 떠올랐다. 폭이며 형태며, 이 막대기가 두 사람의 몸을 멍들게 한 도구가 분명했다. 아스카도 같은 생각을 한 듯 오다가 손에 쥔 끈기 봉을 뚫어져라 응시했다.

"오다 씨가 직접 봉을 드니 환자도 분명 든든하겠네요."

오다의 팔뚝을 본 이누카이가 말했다. 거구에 어울리는 굵은 팔은 이누카이의 다리 굵기와 비슷했다.

"아니. 내가 봉을 잡는 일은 드물지. 기본적으로 환자를 마사지하는 사람은 가족이고 나는 보조 역할을 하는 것으로 정해져 있소."

"오다 씨가 직접 치료하지 않는데 시술이라고 부릅니까?"

"개개인의 증상에 맞춘 약초 배합. 그게 바로 시술의 핵심이고, 마사지는 단순한 육체노동에 불과하오. 물론 마사지 강도와 부위는 우리가 지시하지."

이누카이는 속으로 이를 갈았다. 경미한 멍을 들게 하는 것이 폭행이나 상해에 해당하는지도 모호한데 게다가 오다가 직접 손을 대지 않았다면 실행범으로 인정받기 어려워진다. 강요나 교사 혐의로 체포하려고 해도 애초에 실효성이 불확실해서 입건 가능성 자체가 불투명했다.

"내 설명이 충분히 납득이 갑니까?"

오다는 끈기봉으로 자신의 어깨를 두드리며 말했다. 도발하려는 의도라는 것을 알기 때문에 이누카이는 애써 평정을 가장했다.

"문외한은 이해하기 어려운 이론이군요."

"이해하지 못해도 납득했으면 그걸로 충분하오. 형사님은 방송국에서 송출한 전파가 어떤 원리로 TV 화면에 영상으로 나오는지 설명하지 못하잖소. 그래도 일상에서 편리함을 누리고 있지. 그것과 똑같소. 혜택을 누린다고 해서 세상의 모든 이치를 다 이해할 필요는 없소."

그럴듯하게 포장했지만 결국 생각할 기회를 빼앗는 논리에 불과했다. 환자에게 스스로 판단할 여지를 주지 않고 결과만 얌전히 받아들이라고 강요하는 셈이었다.

"비용에 대해 묻겠습니다. 쇼노 유키와 시노미야 이쿠미를 치료하는 데 청구한 치료비는 얼마였습니까?"

오다가 턱짓하자 미쓰구가 파일을 열었다.

"쇼노 유키 님 385만 9천 엔, 시노미야 이쿠미 님 426만 8천 엔입니다."

지금까지 침묵을 지키던 아스카의 목에서 희미한 소리가 흘러나왔다. 서민이 쉽게 마련할 수 있는 금액이 결코 아니었다. 아니, 두 가정을 방문했던 이누카이는 그 돈이 얼마나 뼈아픈 지출이었을지 잘 알았다.

"민간요법치고는 상당히 비싸군요."

"그건 형사님이 죽음과 같은 고통을 겪은 적 없기 때문이오. 생각해 보시오. 지금도 전국 각지의 병실에는 한없이 더딘 치료와 차도가 전혀 없는 병세에 절망해 눈물을 흘리는 환자들이 수백, 수천 명에 이르오. 그들은 그 고통에서 해방될 수만 있다면 기꺼이 전 재산을 내놓지. 빚을 마다하지 않는 사람도 있을 것이오. 현대 의학은 그들을 구원할 수 없소. 나처럼 철학과 각오를 가진 치료자만이 그들을 구원할 수 있지."

오다의 설명을 듣고 확신했다. '내추럴리'는 대체 의학을 내세우지만 본질은 악질 사이비 종교와 같았다. 몸과 마음이 피폐해진 환자와 가족에게 선량한 얼굴로 다가가 매혹적인 논리로 현혹한 뒤 자신만 믿으면 행복해진다고 설파한다. 종국에는 얼마 없는 돈과 물건을 갈취하지만 빼앗긴 사람은 오히려 감사해할 뿐 상대를 고소할 생각은 조금도 하지 않는다.

본래 사기를 비롯한 각종 지능범죄는 수사2과에서 담당한다. 그러나 이누카이는 마음 깊은 곳에서 끓어오르는 분노를 참을 수 없었다. 자신의 감정에 솔직한 아스카는 말할 것도 없었다. 당장에라도 오다에게 달려들 것 같은 얼굴이었다.

"형사님이 내 설명을 이해하지 못하는 이유는 건강하기 때문이오. 언젠가 병들었을 때 병원 치료가 아무런 도움이 안 된다고 느끼면 언제든 우리를 찾아오시오. 물론 형사님의 가족도 환영하오."

더 이상 대화를 나누다가는 이누카이의 인내심이 끊어질 것 같았다.

"친절하게 설명해 주셔서 감사합니다. 나중에 다시 찾아뵐지도 모르겠습니다."

"그럼 그때 또 뵙겠소."

아스카에게 신호를 보내며 일어서는데 아스카는 분을 삭이지 못한 얼굴로 오다를 노려보고 있었다.

미쓰구의 안내를 받아 왔던 길을 되돌아가 본부 밖으로

나왔다. 아스카는 스바루 임프레자 조수석에 몸을 싣자마자 날을 세운 목소리로 쏘아붙였다.

"그렇게 헛소리를 떠들어대는데 참 잘도 참으시던데요?"

"저런 놈들은 원래 헛소리하는 게 직업이야. 논리적으로 반박당하는 걸 제일 싫어하니까 한마디 반박하면 열 마디가 되돌아오지. 그 독선적인 헛소리를 계속 듣고 싶었던 건 아니겠지?"

"그건 그렇고 나중에 다시 찾아오겠다고 하셨잖아요."

"내가 치료 목적으로 다시 오겠다고 한 적 있나?"

시동을 걸었지만 아스카는 여전히 초조한 듯 손톱을 깨물었다.

"2과에 협조 요청을 하면 어떨까요?"

"지금 상황에서는 증거가 너무 빈약해. 2과에 들고 가봤자 위로나 받거나 비웃음이나 사겠지."

"설마 쇼노 부부와 시노미야 씨가 억울함을 참고 넘어가야 한다는 말씀이세요? 유키 군과 이쿠미 씨의 억울함을 풀어 줄 수 없다는 말씀이시냐고요."

"기분 나빠 보이네."

"당연하죠."

"그럼 그 폭발할 것 같은 에너지를 다른 곳에 쏟아부어.

지금 터뜨리면 아깝잖아."

이누카이는 액셀을 밟으며 던진 그 충고가 결국 스스로에게 하는 말이라는 것을 알았다.

"저도 알아요. 아까 그 교리를 생각하면 그 남자는 의료인이 아니에요. 당당한 사기꾼이지."

당당한 사기꾼이라는 말이 우습고도 이상했지만 한편으로는 오다에게 어울리는 표현이라는 생각도 들었다.

"놈이 사기꾼이라면 우리도 다 대처 방법이 있죠. 오다에 대해 좀 알아보고 싶은 게 있어요."

4

나흘 뒤, 이누카이가 다른 사건의 수사를 마치고 돌아오자 아스카가 달려왔다. 보고하고 싶은 내용이 있어서 견딜 수 없다는 표정이 얼굴에 그대로 나타났다.
"무슨 보고를 하려고?"
"오다 호스이의 신상이요."
"좀 알아보고 싶다던 게 이거였군."
"오다 호스이라는 이름, 누가 봐도 가명이잖아요. 그래서 '내추럴리'의 법인등기부 등본을 확인했죠."
아스카는 의기양양하게 말했다.
"제 예상이 맞았어요. 등기부 등본에는 본명이 기재되어 있었어요. '오다 도요쓰구'라고. '내추럴리'는 유한회사로 등록되어 있고 오다는 대표이사로 등록되어 있어요."

"오다의 본명을 알아낸 건 좋은데, 그래서 그놈에 대해 뭘 더 조사하려고? 전과 기록이라도 검색해 볼 생각이야?"

"당연히 전과 기록도 조사했지만 아쉽게도 데이터베이스에 없었어요. 하지만 처음부터 제 목적은 그게 아니었죠."

아스카는 손에 들고 있던 A4 종이를 내밀었다. 내용을 확인하니 영문으로 적힌 서류였다.

"이걸 읽으라고?"

"제가 번역할게요."

"너, 대학에서 중국어 전공하지 않았어?"

"제2외국어로 영어도 공부했어요. 이건 대학에서 발행한 문서라서 어렵지 않거든요. 발행해 준 대학은 헝가리어를 쓰지만."

"헝가리어?"

"제가 헝가리 국립대학에 조회를 요청했어요. 그 학교 의대 졸업생 중에 오다 도요쓰구라는 사람이 있냐고."

진짜 목적은 그것이었구나.

"이게 대학에서 보내온 답변이야?"

"'존경하는 경시청 담당자님'……. 인사말이 나오고 곧

바로 답변입니다. '문의하신 오다 도요쓰구라는 사람은 저희 대학 졸업생 명단에 없습니다. 의대를 포함한 모든 학부를 조사했지만 결과는 같았습니다. 아울러 해당 인물의 재학 기록도 확인되지 않았습니다'."

학력 위조. 그 수상한 분위기를 생각하면 이해가 갔다.

"그런데 도장에 학위증이 걸려 있었잖아."

"그 점에 대해서도 대학에 문의했죠. 다음과 같이 답변이 왔습니다. '졸업생이 아닌 사람에게는 학위증을 발급하지 않습니다. 최근 비슷한 문의가 잦아서 저희 대학에서도 조사를 시작했습니다'."

"학력 사칭에 학위증 위조까지?"

"위조를 전문으로 하는 사이트가 있어요. 비용이 1백 달러에서 2백 달러 정도 드는데 학위증부터 성적 증명서까지 위조해 주죠. 신청 절차는 간단해요. 사이트에 회원 가입한 후 학교명, 졸업 연도, 전공, 학위와 본인의 이름만 작성하면 되죠. 제작 기간은 보통 일주일에서 열흘이고."

"꽤 간단하네."

"요즘 대학들은 검증을 철저하게 해서 유학이나 편입할 때 이런 위조문서로 속이는 건 거의 불가능하다고 해요. 하지만 일반인들을 속이는 데는 충분하죠."

개인병원 중에는 의대 학위증을 자랑스럽게 걸어놓은 곳도 있다. 의료와 권위가 만나면 위조 학위증도 힘을 발휘한다는 말인가.

"귀국 후 국립병원에서 근무했다는 경력도 의심스러웠어요. 그 남자가 지껄이는 말은 도무지 의사가 할 만한 이야기가 아니었거든요."

"그것도 조사했겠지?"

"후생노동성 사이트에서 '의사 등 자격 확인' 검색을 통해 알아봤죠. 예상한 대로였어요. 오다 도요쓰구는 의사면허를 취득한 적이 없어요. 놈은 가짜 의사예요."

"그런데 경력 사칭은 법적인 의미에서는 범죄가 아니야. 학위증 위조는 사문서위조죄에 해당하지만, 사문서위조라고 해도 무인 위조*는 1년 이하 징역 또는 10만 엔 이하 벌금, 유인 위조**는 3개월 이상에서 5년 이하 징역에 해당해. 죗값이 크지는 않아."

"비록 단기 징역으로 잡혀 들어간다고 해도 복역하는 동안에는 활동할 수 없겠죠. 게다가 오다가 체포됐다는 소문

---

*   타인의 인장, 서명 등을 사용하지 않은 사문서위조.
** 타인의 인장, 서명 등을 사용한 사문서위조.

만 나도 '내추럴리'에 의존하는 환자를 줄일 수 있어요."

"아니, 그건 너무 낙관론이야."

이누카이는 딱 잘라 부정했다.

"'내추럴리'는 의료단체 형태를 갖추고는 있지만 실상은 종교적인 색채가 아주 강해. 시술이라고 해도 오다 본인이 직접 끈기봉을 들고 환자를 치료하는 일은 거의 없다고 했지. 다시 말해 오다가 사라져도 시술은 계속할 수 있다는 말이야. 소문이 돌아도 그 영향은 크지 않을 거야. 종교적인 성격이 강하면 교주가 체포되거나 구속되는 것이 오히려 순교처럼 되어 버리거든. 자칫하면 오다나 '내추럴리'에 대한 소속감과 믿음을 더 굳건하게 만들 수도 있어. 무엇보다 송치했을 때 검찰에서 기소할지 어떨지도 장담할 수 없고."

이누카이가 반박을 쏟아내자 아스카의 표정은 순식간에 어두워졌다. 조금 가혹했나 싶었지만 애초에 입건조차 쉽지 않은 상황에서 오다를 붙잡으려면 더 확실하고 치명타가 될 만한 무기가 필요했다.

"하지만 오다의 이력을 거기까지 파헤친 건 잘했어. 그놈이 사기꾼이라는 증거 중 하나니까."

"이런 건 단순한 문의와 인터넷 검색만으로 알아낼 수

있어요."

아스카는 불만스러운 얼굴로 입을 댓 발 내밀었다.

"귀여운 척할 나이는 지난 거 알지?"

"그거 성희롱이에요."

"대꾸할 기운이 남아 있다니 다행이네. 자, 나가자."

돌아온 지 얼마 안 된 이누카이는 다시 문을 향해 걸어갔다. 아스카는 뒤를 따르며 짚이는 바가 있는지 목적지를 묻지 않았다.

두 사람을 태운 스바루 임프레자가 히가시마고메에 있는 쇼노 부부의 집에 도착했다. 현관문에 여전히 붙어 있는 '상중' 종이가 바람에 펄럭이고 있었다.

오늘도 집에 있는 사람은 사토코뿐이었다.

"또 오셨어요?"

현관 앞으로 나온 사토코는 지긋지긋하다는 얼굴이었지만 그런 것을 신경 쓸 여유는 없었다.

"약속하지 않았습니까."

그렇게 대답한 이누카이는 사토코가 강하게 반발하지 않는 틈을 타 주저 없이 거실로 밀고 들어갔다. 현관에서 대화하면 집 안으로 피할 수도 있다. 그러니 유키의 영정

앞에서 퇴로를 차단한 뒤 사토코의 진의를 끌어낼 생각이었다. 아스카도 뒤를 따랐다.

"무슨 약속이요?"

"'내추럴리'와 유키가 관련 있다는 사실을 밝혀내면 다시 찾아뵙겠다는 약속 말입니다. 사토코 씨, 당신과 기이치로 씨, 그리고 유키는 모두 '내추럴리'의 회원이었죠."

이누카이의 태도로 미루어 짐작했으리라. 사토코는 상처를 찔린 사람 같은 눈빛으로 이누카이를 바라봤다.

"대체의학이던가요? 유키는 퇴원 후에 '내추럴리'에서 시술을 받았죠. 여러 가지 약초를 바른 막대기로 환자 몸을 쉴 새 없이 눌러댔습니다. 약초 성분이 사람의 자연 치유력을 활성화시켜 암세포를 제거한다던데. 오다 호스이가 그런 교리를 열성적으로 설명하더군요. 사토코 씨, 유키의 몸을 직접 누른 사람은 바로 쇼노 씨 부부라고 들었습니다."

"남보다 가족이 시술해야 환자가 편안하거든요. 실제로 시술하는 동안에도 유키는 고통을 전혀 호소하지 않았어요."

"저도 전문가는 아니지만 내장 질병에 대해 나름대로 공부했습니다. 그런데 오다가 떠드는 논리는 의료 상식을 무시한 헛소리에요. 사기꾼이나 마찬가지입니다."

"오다 선생님의 기술을 사기라고 매도하지 마세요."

사토코는 처음으로 노기를 드러냈다.

"저희 세 가족이 상의한 뒤 오다 선생님의 힘을 빌리기로 결정했어요. 오다 선생님은 정말 친절하게 우리 이야기를 들어주셨고 며칠 동안 유키의 증상에 맞는 약을 조제해 주셨죠. 오다 선생님은 신 같은 분이세요. 아무리 이누카이 형사님이라도 오다 선생님을 사기꾼이라고 욕하는 것은 용납할 수 없어요."

"경력 위조는 엄연한 사기입니다. 사토코 씨는 오다 호스이가 경력을 위조했다는 사실을 아십니까? 그는 외국 대학을 졸업하지도 않았고 의사면허도 없는 사람입니다."

"……네?"

"그 남자가 졸업했다는 헝가리 국립대학에 확인한 결과 졸업은 고사하고 입학한 적조차 없다는 사실이 드러났어요. 의사면허 취득 여부는 후생노동성 사이트에서 확인할 수 있고요. 그자의 경력은 오로지 거짓과 기만으로 가득 차 있을 뿐이죠. 사토코 씨는 그런 자의 사이비 교리를 진심으로 믿습니까?"

"거짓말하지 마세요. 오다 선생님은 인격이 훌륭한 분이세요. 허위니 기만이니, 도대체 무슨 소리를 하는 거예요?"

"385만 9천 엔."

이누카이가 금액을 말하자 사토코의 얼굴이 굳었다.

"치료비로 쓴 돈을 기억하시는 것 같군요. 385만 9천 엔, 터무니없는 금액입니다. 실례지만 일반 가정에서 쉽게 마련할 수 있는 돈이 아니지 않습니까. 두 분은 그 돈을 어떻게 마련하셨습니까? 집을 담보로 대출이라도 받으셨나요?"

아직 마음을 추스르지 못한 사토코를 다그치는 데는 그럴 만한 이유가 있었다. 경찰이 오다를 체포할 수 있는 죄목이 사문서위조죄 정도였기 때문이다. 하지만 오다의 사이비 치료에 속은 유족이 고소하면 상황은 달라진다. 형사소송이 안 된다면 민사로 손해배상청구소송을 하는 방법도 있었다. 어쨌든 오다를 법정에 세워야 법이 그자를 심판할 수 있었다.

속았다는 절망감, 큰돈을 사기당했다는 억울함. 두 가지 감정을 자극해 오다를 향한 사토코의 분노를 이끌어 내려는 작전이었다.

그러나 사토코의 증오는 엉뚱한 방향으로 튀었다.

"의사면허가 없는 게 뭐가 어때서요. 그게 어쨌다는 거예요?"

"오다가 사토코 씨와 만났을 때 자신을 의료인이라고 소개했을 겁니다. 그 순간 이미 여러분은 속으신 거예요."

"직함이 뭐가 중요해요. 데이토대학 부속병원의 선생님들도 의사라는 번듯한 직함이 있지만 유키의 병을 치료하지 못했잖아요."

아차 싶었다.

사토코는 이미 이성적인 판단을 할 수 없는 상태였다. 감당할 수 없는 절망과 분노가 자제력과 판단력을 무너뜨렸다. 그렇게 마음속에 쌓인 감정은 결국 어떻게든 터져 나올 수밖에 없었다. 그 결과 분노의 화살이 엉뚱한 대상에게 향했다.

"오다 선생님은 마지막까지 최선을 다해 주셨어요. 분명 유키도 여한이 없을 거예요. 유키의 평안을 위해 낸 돈이라면 아무리 비싸도 후회하지 않아요."

"그래도 그건 아니죠."

"우리 부부가 어떤 마음으로 대출을 받았는지, 사야카를 키우는 이누카이 형사님이라면 짐작할 수 있을 거예요. 아이를 살리기 위한 희생이었으니 오히려 행복할 거라는 생각은 안 드나요?"

후회하지 않는다는 사토코의 말은 스스로에게 하는 거짓말이었다.

지금까지 계속 병원비를 대느라 쇼노 가족의 경제 사정은 빠듯했다. 그런 상황에서 무려 4백만 엔이나 되는 돈을 새로 마련하기 얼마나 힘들었을지 짐작이 갔다. 그래서 돈을 시궁창에 버렸다는 사실을 인정하고 싶지 않은 심리가 작용하는 것이다. 그 지출은 옳았다, 내 판단은 틀리지 않았다고 스스로 세뇌하지 않으면 죽은 유키와 자신들은 결코 지옥에서 빠져나오지 못하리라 생각하는 것이다.

스스로를 속이면서까지 안식을 얻으려는 자에게 손해배상청구소송을 요구하기란 어려웠다.

"유키가 세상을 떠난 지금도 여전히 오다와 '내추럴리'에 감사합니까?"

"당연하죠. 오다 선생님은 우리 가족에게 안식을 주셨어요."

"그러면 마지막으로 하나만 더 묻겠습니다. 사토코 씨에게 '내추럴리'를 추천한 사람, 혹은 오다 호스이를 소개한 사람은 누구입니까?"

"인터넷에 민간요법이라고 검색했더니 '내추럴리'가 나왔어요. 그래서 가족끼리 상의했죠."

"유키를 퇴원시킬 때 사토코 씨는 제게 재택 치료를 할 거라고 하셨죠. 그런데 믿는 구석이 없다면 집에서 치료하겠다는 생각은 보통 안 합니다. 퇴원하기 전에 이미 '내추럴리'에 가입했죠?"

사토코는 대답하지 않았다. 지금까지 부정하는 말을 늘어놓은 점을 감안하면 침묵은 긍정을 의미했다.

"병원 치료에서 민간요법으로 바꾸려면 나름대로 큰 결심과 각오가 필요합니다. 시술하는 사람도 유키의 증상을 확인해야 시술 계획을 세울 수 있으니 유키를 오다에게 데리고 갔을 겁니다. 그런데 인터넷에서 우연히 발견한 의료단체에 그리 쉽게 아들의 목숨을 맡기기로 결정했다니 말이 안 됩니다. 제 말이 틀립니까?"

"아무리 뭐라고 해도 오다 선생님을 소개해 준 사람은 없습니다. 이제 됐죠? 어서 돌아가세요."

"하지만 사토코 씨."

"제발요."

갑자기 울음소리 같은 절규가 터져 나왔다.

"더는 그 아이 때문에 힘들기 싫어요. 유키가 고통스러워했다고 생각하고 싶지 않다고요. 제발 저희 좀 내버려두세요. 이렇게 부탁할게요."

울먹일 뿐 아니라 사토코의 눈에는 눈물이 고여 있었다. 간신히 버티고 있던 마음이 무너져내리기 직전이었다.

'조금만 더'라는 속삭임과 '이쯤에서 물러나야 해'라는 경고가 동시에 들렸다.

그 순간, 아스카가 이누카이의 팔을 붙잡았다.

"형사님, 이제 그만 하세요. 나가시죠."

팔을 붙잡으면서까지 말하니 거부할 수 없었다. 이누카와 아스카는 불단 앞에서 힘없이 무너져 내린 사토코를 뒤로한 채 맥없이 돌아설 수밖에 없었다.

두 사람이 다음으로 향한 곳은 가미이케다이에 있는 시노미야 씨의 집이었다.

홀몸이 된 시노미야 게이고는 오늘도 재택근무를 하는지 인터폰을 눌러 방문 목적을 알리자 마지못한 모습으로 나타났다.

"또 오셨어요? 이번에는 도대체 무슨—"

"426만 8천 엔. 시노미야 씨 부부가 '내추럴리'에 지불한 금액이라더군요."

말을 끝맺기도 전에 금액부터 말했다. 불시에 기습을 당한 시노미야는 말문이 막힌 듯 입을 다물었다.

"치료비 금액과 끈기봉을 사용하는 방식 전부 조사했습니다. 아직 대출금도 남아 있는데 그만한 돈을 마련하시느라 힘드셨겠습니다."

"남의 집안 형편에 관심 끄세요."

"문제가 없다면 저희도 참견하고 싶지 않습니다. 시노미야 씨 부부가 평생을 일해 모은 돈을 어떻게 쓰든 경찰이 무슨 상관이겠습니까."

"그럼."

"그런데 시노미야 씨, 오다 호스이라는 인물이 의사면허도 없고, 헝가리 국립대학 출신도 아니라는 사실을 아십니까?"

그 말을 들은 시노미야의 반응은 사토코와 매우 비슷했다. 순간 어안이 벙벙해졌다가 믿었던 신에게 배신당한 표정을 지었지만 곧 마음을 고쳐먹고 이누카이를 향해 돌아섰다.

"경찰이 조사했으니 사실이겠죠. 그런데 그게 무슨 상관입니까? 비록 의사면허는 없어도 오다 선생님은 훌륭한 의료인입니다. 집사람이 그분의 치료를 받아 감사할 뿐 저는 후회하지 않습니다."

"시노미야 씨는 그렇겠죠. 그런데 스스로 목숨을 끊은 이쿠미 씨도 과연 그럴까요? 투병 때문에 가족들에게 짐이 되고 있다, 이렇게 사는 게 죽는 것보다 더 고통스럽다. 이쿠미 씨는 유서에 이렇게 적었습니다. 이건 후회하지 않는 사람이 남길 수 없는 유서입니다. 정말로 후회가 없었다면 마지막 순간에 그런 한 맺힌 말을 남길 게 아니라 가족에게 감사 인사만 전했겠죠."

"안 겪어 봤으면 말하지 말아요. 심각한 병에 걸려 절망해 본 적도 없으면서."

"제 딸 또한 오랫동안 입원 치료를 받고 있습니다. 유일한 치료법은 장기 이식이지만 아직 적합한 기증자를 찾지 못했죠."

시노미야가 멈칫했다.

"……정말입니까?"

"당사자인 딸에 비할 바는 아니지만 저 역시 투병의 고통과 절망을 잘 압니다. 시노미야 씨, 지금 억지로 버티고 계신 거 아닙니까? 이제 와 오다를 부정하면 그동안 거액을 쏟아부은 자신과 투병을 포기한 아내의 명예를 부정하는 셈이 된다고 생각하니까요. 그래서 솔직히 말할 수 없으시죠?"

시노미야는 한동안 현관 앞에 선 채 입술을 달싹거리기만 했다. 마음이 흔들린다. 무너져 내리기 직전이었다. 하지만 여기서 서두르면 쇼노 사토코 때처럼 실패한다. 이누카이는 시노미야의 마음에 울림을 주길 바라며 말을 골랐다.

"이쿠미 씨를 사랑하셨다면 아내분의 절망과 후회를 조금이라도 달래 줘야 하지 않겠습니까. 정신적 고통을 겪고 큰돈을 빼앗긴 것은 사실 아닙니까. 오다를 고소할 생각은 없으십니까?"

시노미야는 망설이는 듯했다. 오다를 고소하면 결국 자신들의 상처만 다시 헤집는 꼴이다. 하지만 그냥 내버려 두면 사망한 아내의 한을 묻어 버리고 스스로를 속인 채 살아가야 한다. 어느 선택을 하든 후회할 것이 뻔했다.

잠시 후 시노미야는 결정을 내린 듯했다.

"돌아가세요."

"시노미야 씨."

"저는 이제 지쳤습니다. 이쿠미는 이제 지치고 싶어도 지칠 수 없고요. 저희도 딸이 있습니다. 더는 우리 가족을 들쑤시지 마세요."

이곳마저 실패인가…….

포기하려는 찰나 옆에 서 있던 아스카가 처음으로 입을 열었다.

"따님은 만족하시나요?"

시노미야는 뜻밖의 지적에 허를 찔린 듯했다.

"이쿠미 씨가 후회에 빠져 가족에게 사과하면서 죽어야

했던 건, 마지막으로 붙잡은 지푸라기가 거짓과 체념으로 가득했기 때문 아닌가요? 만약 제가 따님이었다면 마지막으로 받은 시술이 정말 옳았는지 철저히 검증할 겁니다."

"……형사님과 내 딸은 다른 사람입니다. 그런 가정을 해 봤자 아무 의미가 없어요."

그리고 조용히 문이 닫혔다.

문전박대를 당하다시피 한 이누카이와 아스카는 꼬리를 만 개처럼 물러날 수밖에 없었다.

4
교리

1

"유키의 사인은 병사였어."

이누카이의 말에 침대에서 상체를 일으키던 사야카는 이해할 수 없다는 듯 입꼬리를 축 늘어뜨렸다.

"그럼 그 소름 끼치는 멍은 뭐였어?"

오다 호스이의 비급여진료는 수사 기밀이 아니었지만 쇼노 부부가 '내추럴리'의 회원이라는 사실은 개인정보에 해당했다. 그래서 단체 이름을 밝히지 않은 채 치료 내용만 설명해야 했다.

그런데 끈기봉이라는 막대기로 몸을 눌러 자연 치유력을 높였다는 말을 듣자마자 사야카의 표정이 싸늘해졌다.

"뭐야, 그게. 누가 봐도 사기잖아."

"그 의료단체의 총수는 굉장히 거창한 논리를 내세웠어."

"정말? 유키는 정말 그런 사이비 치료를 믿었대?"

"유키 본인에게 확인할 방법은 없지."

"그러면 유키네 엄마랑 아빠는 그걸 받아들였어?"

사야카가 사나운 기세를 몰아 쇼노 부부를 비난할까 싶었지만 다행히 그런 상황은 벌어지지 않았다.

"대체의학이라고 주장하는 그건 그냥 사기지?"

"일단 아빠는 그렇게 생각해."

"그럼 사기죄로 체포하면 되잖아."

"그러려면 아빠처럼 그 치료가 사기라고 생각하는 사람이 피해를 입어야 해."

"그게 무슨 말이야?"

"대체의학 요법으로 치료를 받은 환자들은 그 총수를 원망하기는커녕 감사해하거든. 즉 피해 신고자가 없으면 경찰도 움직일 수 없다는 말이야."

"하지만 사기는 범죄잖아."

"네가 이해하기 쉽도록 설명하자면 사기죄가 성립하기 위해서는 네 가지 구성요건이 필요해."

이누카이는 사기죄의 구성요건을 이해하기 쉽게 설명

했다.

(1) 사람을 속이는 행위(기망 행위)가 있어야 한다.
(2) 피해자가 기망 행위에 속아야 한다(착오에 빠져 사실과 다르게 인식해야 한다).
(3) 피해자가 재산을 넘겨주거나 처분하는 행위로 가해자에게 재산상 이득이 발생해야 한다.
(4) 위 (1), (2), (3) 사이에 인과관계가 성립해야 한다.

"유키의 경우, 치료하는 측에서 병이 완치될 거라고 보증하지도 않았고 치료받는 측도 반드시 병이 나을 거라고 믿지 않았어. 완치되기를 바라는 실낱같은 희망을 걸었을 뿐이지. 그렇게 주장하면 (2)와 (4)가 성립되지 않아."
"그건 그냥 핑계일 뿐이잖아."
"치료한 쪽의 발뺌에 불과해도 환자를 잃은 가족 본인들이 속았다고 생각하지 않으면 열심히 노력했는데 결과가 나빴다는 체념과 감사만 남지."
논리로 제압당해서 분한지, 아니면 오다 호스이의 사이비 치료가 사기죄에 성립되지 않는다는 사실에 화가 났는지, 사야카는 분노를 주체하지 못했다.

피해자가 존재하지 않는 범죄를 과연 범죄라고 할 수 있는가. 회원들이 '내추럴리'를 얼마나 맹신하는지 안 순간부터 끊임없이 자문했다. 그러나 피해자가 존재하든 존재하지 않든 불법 행위가 입증되면 분명한 범죄다. 피해자가 없다는 것은 어디까지나 표면적인 주장이며, 아무리 가벼운 불법 행위라도 그로 인해 누군가가 피해를 입었다는 사실은 분명했기 때문이다.

수긍할 만한 논리지만 한편으로는 경찰을 독려하기 위한 방편일 수도 있었다. 수사관들의 시야에 피해자가 없으면 아무래도 의욕이 잘 생기지 않기 때문이다. 이번 사건이 바로 그런 사례였다. 쇼노 유키와 시노미야 이쿠미. 허망하게 죽었지만 유족들은 오다 호스이를 원망하지 않으며 오히려 고마워한다. 게다가 자신들 때문에 경찰이 '내추럴리'라는 성역을 짓밟을까 봐 두려워하는 것처럼 보였다.

당황한 이누카이가 생각에 잠기자 사야카가 못마땅한 목소리로 침묵을 깼다.

"아빠, 그래도 아빠잖아."

"그게 무슨 소리야?"

"유키가 몸에 그런 멍을 남긴 채 죽었는데 유키의 부모님이 정말 그 사람에게 고마워할까? 그럴 리 없잖아."

"하지만 아빠한테는 분명 그렇게."

"아빠, 분명 형사로서 질문했지? 만약 유키의 부모님이 사기꾼을 감싸고 있다면 경찰에게 사실을 털어놓을 리 없잖아. 자기 자식이 죽었는데 고맙다니 그게 말이 되냐고."

이누카이는 말문이 막혔다.

사야카의 주장은 타당했고, 이누카이도 몇 번이나 자문한 내용이었다. 두 유족 모두 후회할 것이다. 그러나 자신들도 할 만큼 했다고 믿고 싶으니 진심을 마음속에 숨기고 있었다.

사실 오다와 '내추럴리'의 진정한 죄는 바로 이것이었다. 사기나 다름없는 치료에 터무니없는 금액을 지불하고서도 끝내 가족을 잃었지만 이 모든 것이 그들 스스로 한 선택이었기 때문에 긍정할 수밖에 없다. 시술을 받은 것이 잘못이었다고 인정하는 순간, 자신들이 한 선택을 송두리째 부정하는 것과 같기 때문이었다.

그야말로 종교였다. 교리를 믿고 교주를 숭배한 것이 잘못된 행동이었고, 자신의 말과 행동이 경솔하고 이성적이지 않았다는 사실을 인정하는 것이 두려워 견딜 수 없는 것이다. 무엇보다 사랑하는 가족이 죽었다. 달리 말하면 어리석은 자신 때문에 가족이 죽은 것이나 다름없다고 생각하기 때문에 어쩔 수 없이 점점 더 공포와 자기혐오에 빠져들었다.

"유키의 부모님이 그런 생각 때문에 힘들어한다고 해도 상을 치른 지 얼마 되지도 않은 시기에 외부인이 가서 시끄럽게 떠들어대면 오히려 마음의 문을 닫을 거야. 사야카 너도 힘들 때 누가 잔소리하면 싫잖아. 그것과 마찬가지야."

사야카는 찔리는 구석이 있는지 마지못해 고개를 끄덕였다.

"네 화난 심정은 이해하지만 지금 단계에서는 경찰도 손을 쓸 수 없어."

예전 같았으면 무조건 해결하라며 떼를 썼겠지만 요즘은 철이 들었는지 더 이상 따지지 않았다.

하지만 받아들이지 못한 기색은 여전했다.

피해자가 없으면 경찰도 손을 쓸 수 없다. 그러나 상대의 동향을 살필 수는 있었다. 뜻밖에도 아스카가 감시역을 자진했는데 많은 사건을 담당하는 탓에 정신없는 이누카이를 배려한 선택인 듯했다.

이누카이 일행이 '내추럴리' 본부를 방문한 직후였던 만큼 오다도 경계심을 품고 몸을 사릴 것이라고 예상했지만 상황은 전혀 예기치 못한 방향으로 흘러갔다.

"이누카이 형사님. '내추럴리'가 전면에 등장했어요."

숨을 헐떡이며 형사부실로 뛰어 들어온 아스카가 곧바로 이누카이에게 달려갔다.

"왜 그렇게 놀랐어? 무슨 일인데 그래?"

"지금 그런 말 할 때가 아니에요. 형사님, 점심 뉴스 못 보셨어요?"

사건이 발생하면 언론보다 경시청 통신지령실에 가장 먼저 소식이 들어온다. 새삼스럽게 웬 호들갑인가 싶어서 황당해하는데 아스카는 사건 보도가 아니라고 했다.

"연예 뉴스요, 연예 뉴스."

"내가 연예인 가십을 왜 봐."

"그런 말씀을 하시니까 사야카와 말이 안 통하는 거예요. 공통된 화제가 있어야 좀 더…… 아, 이게 아니라 가구라자카46이라는 아이돌 아세요?"

"이름은 들어 봤어."

요즘 연예계가 아이돌 시대라는 사실은 사야카와 나누는 대화나 거리에 넘쳐나는 뮤직비디오를 봐서 안다. 물론 아이돌이 인기가 많다는 정보만 알 뿐 아이돌 그룹의 멤버들 이름이나 얼굴은 전혀 몰랐다.

"그럼 영원한 센터 사쿠라바 리노는요?"

"이름만 들어 봤어."

그 순간 아스카는 질린 표정을 했다.

"사쿠라바 리노 스물여섯 살, 그룹에서 인기가 가장 많은 멤버이자 여고생들의 패션 리더인데."

"아이돌 프로필에는 관심 없어. 요점만 말해."

"그 사쿠라바 리노가 두 달 전부터 투병 때문에 활동을 중단했거든요. 자궁경부암에 걸려서 치료에 전념하고 싶다고 발표했죠."

나이가 든 탓인지 전문 지식과 경험이 쌓일수록 그 밖의 정보는 자동으로 삭제되고는 했다. 연예계 소식에 어두운 이누카이를 위해 아스카가 다음과 같이 설명했다.

아이돌 그룹 '가구라자카46'의 리더 같은 존재인 사쿠라바 리노가 자신의 투병 사실을 발표한 시기는 골든위크 연휴가 지난 5월 중순이었다. 그때까지 병에 대해 한마디도 하지 않았던 그녀가 갑자기 기자회견을 열고 자궁경부암에 걸려 치료를 받고 있다고 고백한 것이다.

―자궁경부암 환자의 생존율은 해마다 높아지고 있다고 합니다. 하지만 결코 방심해서는 안 된다고 의사 선생님이 당부하셨죠. 그런데 바쁜 스케줄을 이어가다 보니 이대로

연예계 활동을 계속하면 병원에 다닐 시간조차 내기 어렵겠다는 판단이 들었습니다. 그래서 치료에 전념하기 위해 당분간 활동을 쉬기로 결정했습니다.

사쿠라바 리노의 무기한 활동 중단 선언에 연예계는 발칵 뒤집혔다. 억대 수입을 올리던 아이돌 그룹의 미래와 소속사의 대처, 활동 중단을 둘러싼 팬과 안티들의 논쟁이 연일 뉴스를 뜨겁게 달궜다. 한편 사쿠라바 리노는 떠들썩한 세간을 뒤로하고 서둘러 도립 병원에 입원해 치료받기 시작했다.

"갑작스러운 일이라 모두 당황했지만 투병을 시작하자 완치를 바라는 목소리가 압도적이었죠."

"그랬겠지."

유명인의 말과 행동에는 으레 비판과 비난이 따라붙는다. 관계자도 아니면서 사사건건 트집을 잡고 싶어 하는 심리는 자신의 마음에 들지 않는 존재는 철저히 없애고 싶어 하는 병적일 정도로 편협한 마음 때문이리라.

"사쿠라바 리노는 SNS에 정기적으로 투병 기록을 올렸는데 6월 초부터는 업데이트가 끊겼어요. 위독한 상태거나 사망했으면 당연히 기획사에서 발표했을 텐데, 업데이트가 끊긴 뒤로 팬들과 연예부 기자들이 그녀의 근황을 쫓았죠. 그런데 조금 전에 사쿠라바 리노가 기획사를 통해 긴급 기자회견을 열었어요."

"어떻게 치료받고 있는지 경과보고라도 했나?"

"퇴원 발표라고 해야 하나, 완치 발표였어요. 사쿠라바 리노의 말에 따르면 자궁경부암이 완치되었고 전이되지도 않았으니 복귀하겠대요."

예전에 담당했던 사건 때문에 전문의에게 자궁경부암에 대해 들은 적이 있어서 이누카이도 조금은 지식이 있었다. 자궁경부암은 자궁경부 점막에서 발생하는 암으로, 자궁 근육에 서서히 침투해서 질과 자궁 주변, 골반 림프절로 전이된다. 늦게 발견하면 방광, 직장, 폐, 간, 뼈까지 전이될 수 있다. 사쿠라바 리노가 기자회견에서 말한 대로 생존율이 높아졌다고는 하나 결코 안심할 수 없는 병이었다.

"조기에 발견했으니 완치됐겠지. 잘된 일 아닌가."

"그런데 사쿠라바 리노는 처음 입원했던 병원에서 진작에 퇴원하고 병원 치료도 일찌감치 중단했대요."

"아니, 설마."

"설마가 사람 잡는다잖아요. 사쿠라바 리노는 병원에서 치료를 받아도 좀처럼 낫지 않자 대체 치료로 바꿨어요. 그런 그녀가 문을 두드린 곳이 바로 '내추럴리'고요."

자신도 모르게 엉덩이가 들썩였다.

"그 사이비 치료를 받고 자궁경부암이 완치됐다고? 무슨 그런 말도 안 되는."

"저도 믿을 수 없어요. 하지만 사쿠라바 리노는 건강한 모습으로 기자회견을 했다고요. 적어도 암 환자처럼 수척한 모습은 아니었어요."

아스카는 자신의 핸드폰으로 기자회견 장면을 검색했다. 잠시 후 찾아낸 사진을 보니 아이돌 같은 여성이 클로즈업되어 있었다. 병을 앓고 난 뒤라 그런지 아직 몸이 약해 보이기는 했지만 병마의 그림자는 찾아볼 수 없었다.

이누카이의 머릿속에 오다 호스이의 거만한 얼굴이 떠올랐다. 처음 만났을 때 몹시 수상하다고 느꼈지만 만약 정말 오다의 시술에 암을 낫게 하는 치유력이 있다면 줄곧 자신들이 품었던 의심은 순전히 오해였던 셈이었다.

그런데 막대기로 전신을 눌러 암세포를 제거한다는 것이 정말 가능한 일일까?

갑자기 발밑이 무너져 내리는 기분이었다. 지금까지 믿어왔던 상식이 와르르 무너져 내렸다.

"형사님, 왜 그러세요?"

"아니……, 아무것도 아니야. 그런데 완쾌했다는 건 본인의 착각이거나 뭔가 잘못 안 거 아닐까?"

"퇴원한 도립 병원에 가서 검사 후 완치 판정을 받았다고 해요. 사쿠라바 리노는 '내추럴리'의 치료 덕분이라며 입이 마르도록 찬양했어요."

"기자회견 영상은 있어?"

아스카가 재빨리 검색해 영상을 찾아냈다.

—여러분, 감사합니다. 이렇게 또다시 무대 위에 설 수 있게 될 줄 몰랐네요. 정말 기쁩니다. 저는 도립 병원에서 자궁경부암 1기 판정을 받았습니다. 꾸준히 방사선 치료를 받았지만 부작용 때문에 힘들기만 하고 암세포는 사라지지 않았어요. 이러다가 2기로 진행되면 자궁을 적출해야 할 수도 있다는 말을 들었죠. 아이돌로서 이런 말을 해도 될지 모르겠지만, 저는 나중에 꼭 엄마가 되고 싶거든요. 자궁 적출만큼은 절대로 안 된다고 생각했습니다.

사쿠라바 리노는 정면을 바라보며 말했다. 자궁 적출만큼은 반드시 피하고 싶었다는 마음은 자연스러운 감정인데 요즘에는 그런 당연한 감정조차 비난거리로 삼는 사람이 있고, 특히 아이돌에게는 더욱 가혹했다. 사쿠라바 리노의 비장한 얼굴에는 비난을 기꺼이 감수하겠다는 결연한 의지가 엿보였다.

―그렇게 고민에 빠졌을 때, 한 병원 관계자분이 자궁을 적출하지 않고도 자궁경부암을 치료할 방법이 있다고 알려 주셨어요. 설명을 들어 보니 이미 그 치료법으로 완치된 분들이 많이 계시더라고요. 그래서 병원을 퇴원하고 '내추럴리'라는 의료단체에서 치료를 받았습니다. '내추럴리'의 치료는 정말 훌륭했어요. '내추럴리' 덕분에 저는 다시 이 자리로 돌아왔습니다!

사쿠라바 리노를 향해 플래시가 요란하게 터졌다.

원피스 소매 밖으로 드러난 팔뚝에 희미하게 보이는 멍 자국을 이누카이는 놓치지 않았다.

"이 팔 부분 확대할 수 있어?"

영상을 일시정지한 뒤 화면을 확대했다. 짐작한 대로 쇼노 유키와 시노미야 이쿠미의 시신에 남아 있던 것과 같은 멍이었다.

―저는 가구라자카46에 복귀해 앞으로도 계속 노래와 연기에 도전하고 싶습니다. 팬 여러분, 그리고 저의 쾌유를 빌어 주신 여러분, 정말 감사합니다.

회견장에서 박수가 터져 나왔다. 계획된 연출인지 우연한 타이밍에 터진 박수인지는 모르겠지만 기자회견의 분위기를 극적으로 만드는 데 더할 나위 없이 효과적이었다.

"'내추럴리'의 시술에 대해 전문가 의견은 안 나왔어?"

"현재까지는 없어요. 회견을 한 지 30분밖에 안 됐거든요."

"암 치료 전문의들이 부정적인 의견을 내놓기만을 바라야겠군."

"그랬다가는 아마 난리가 날걸요."

"전문의의 의견인데 왜?"

"의사가 아무리 병원 치료의 정당성을 주장한들 실제로 대체의학 요법으로 암을 극복한 사람이 대중 앞에 서 있잖아요. 심지어 지금 가장 인기 있는 아이돌 그룹의 인기 멤버가. 사쿠라바 리노와 '내추럴리'를 비난하는 순간 엄청 욕먹고 인터넷에서 조리돌림당할 거예요."

아스카의 목소리에서 초조함이 느껴졌다. 그럴 만했다. 자신들이 쫓는 범죄자들이 오늘을 기점으로 암 환자를 구원한 구세주가 되다 못해, 단숨에 세간의 주목을 받는 유명 인사가 되었으니 말이다.

지금도 오다 호스이의 시술을 신봉하는 환자들이 존재한다. 그러나 그 수는 얼마 되지 않아 아는 사람만 아는 정도였다. 하지만 사쿠라바 리노의 완치 기자회견을 계기로 '내추럴리'의 이름이 전국에 알려졌다. 조회 수 수십만 회를 기록하는 아이돌이 훌륭한 홍보 모델이 되어 준 셈이었다.

등줄기에 소름이 돋았다.

대중은 무책임하고 팬은 쉽게 과열된다. 그들에게 사쿠라바 리노의 암 극복 스토리는 미담이겠지만 한편으로는 '내추럴리'의 과대평가에 기름을 들이붓는 명분이 된다. 쇼노 유키와 시노미야 이쿠미를 무참히 외면하고 유가족들의 절박한 소원을 짓밟은 오다 호스이를 아무렇지 않게 영웅으로 만든다.

그 수상한 교주가 영웅이라니. 상상만으로도 분노가 몹시 치밀었다.

"이거 보세요. '내추럴리'가 곧바로 입장을 발표했어요."

아스카가 내민 휴대폰 화면에 '내추럴리' 홈페이지가 표시되어 있었다.

오늘 우리 단체 회원인 사쿠라바 리노 씨의 완치 발표 회견이 열렸습니다. 자궁경부암 1기를 앓던 사쿠라바 씨는 오다 총수의 헌신적인 치료로 기적처럼 건강을 되찾았습니다. 눈부신 성과. 찬란한 미래. 일본의 엔터테인먼트 업계는 오다 총재와 '내추럴리' 덕분에 새 생명을 얻었습니다. 이 영광과 희망은 당연히 모든 회원이 함께 누려야 합니다. 이제 암은 불치병이 아닙니다. 저희 '내추럴리'는 여러분의 희망입니다.

오다의 시술을 받으면 '반드시' 완치된다고 적어 놓지 않은 점이 교묘했다. 사쿠라바 리노라는 홍보 모델을 얻고도 사기로 비칠 만한 말을 하지 않으려고 극도로 조심했다. 점점 더 만만하지 않은 상대라는 느낌이 들었다.

"앞으로 어떻게 되는 걸까요?"

아스카 역시 불쾌했는지 말 한마디 한마디에 혐오감과 경계심이 묻어났다.

"동영상 조회 수도 그렇고, 어차피 연예 매체들이 가만히 있지 않을 거야. 물론 회의적인 의견도 함께 내보내겠지만 일단 사쿠라바 리노의 완쾌를 축하하고 '내추럴리'에 취재 요청을 하려고 줄을 서겠지. 결국 오다 호스이와 '내추럴리'는 돈 한 푼 안 들이고 어마어마한 광고 효과를 얻는 셈이야. 지금쯤 분명 기자회견을 보며 웃고 있을 거야."

"어떻게 그런 엉터리 치료가 버젓이 활개를 칠 수 있죠?"

"사기죄 구성요건이 충족되지 않으면 임의 동행도 어려워. 입건할 수 없으면 그런 사기 같은 짓거리도 사회에서 당당히 인정받아 사기가 아니게 되는 거야."

입맛이 썼다. 눈에 보이는 것도, 귀에 들리는 것도 하나같이 거슬리고 짜증이 났다.

오다 호스이와 '내추럴리'는 분명 위법에 가까운 의료

행위를 자행하고 있다. 분명 쇼노 가족과 시노미야 가족 외에도 속고 있는 환자들이 있을 터다. 환자와 가족들은 침묵을 지키고 있는데 오다 일당은 맹목적인 믿음과 인내를 짓밟고 점점 더 세력을 키워갔다. 그래도 경찰은 속수무책으로 지켜볼 수밖에 없었다.

이누카이는 경찰 조직과 자신의 무력함에 화가 나서 견딜 수 없었다.

이누카이의 예상대로 그날 바로 암 전문의들이 '내추럴리'의 대체의학 요법에 대한 부정적인 의견을 발표했다. 앞장선 사람은 사쿠라바 리노에게 의사 자격이 없다고 낙인을 찍은 도립 병원 주치의일 것이다. 그는 자신의 블로그에 대체의학 요법의 위험성을 상세히 설명했다.

가장 먼저 말씀드리고 싶은 내용은 사쿠라바 리노 씨처럼 대체의학 요법으로 치료받는 환자가 적지 않다는 사실입니다. 후생노동성 암 연구 조성금 연구팀이 조사한 바에 의하면 암 환자 3,100명 중 무려 45퍼센트에 달하는 1,382명이 하나 이상의 대체의학 요법으로 치료받은 경험이 있습니다. 이처럼 이용자가 많다는 것은 그만큼 수요가 있다는 사실을 증명합니다. 그런데 대체의학 요법 중 일부는 과학적으로 검증된 치료법도 있지만 대다수는 경험에 의존한 것이나 민간 신앙에 가까운 것입니다.

대체의학 요법에 관해 미국 연구자들의 흥미로운 보고가 있습니다. 유방암, 대장암, 전립선암, 폐암 환자들 중 대체 치료를 받은 280명과 병원에서 기존의 표준 치료를 받은 560명의 5년 생존율을 비교한 결과, 대체 치료를 받은 환자들의 사망률이 표준 치료를 받은 환자들보다 무려 2.5배나 더 높다는 사실이 밝혀졌습니다.

주목할 점은 대체 치료를 받은 환자들이 미신이나 인습에 속은 사람들도 아니고, 입원비를 감당하지 못할 정도로 경제적으로 어려운 사람들이 아니라는 사실입니다. 그렇습니다. 대체 치료를 받은 환자들은 대부분 학력이 높고 수입이 좋은 사람들이었습니다.

왜 이런 현상이 생겼는지 의사인 저로서는 추측할 수밖에 없지만 그중 하나는 '치료가 어려운 병일수록 비용이 많이 든다'라는 인식 때문인 듯합니다. 실제로 가격이 비싼 대체 치료를 받는 사람 중에 유명인이나 운동선수가 많습니다. 소문에 따르면 사쿠라바 리노 씨가 '내추럴리'에 지불한 치료 비용은 도립 병원에 지불한 것의 두 배가 넘는다고 합니다. 그러나 지금은 첨단 의료를 제외한 고액 의료는 보험 적용 대상이 되어서 '치료가 어려울

수록 치료비 부담이 심해진다'라는 공식은 성립하지 않습니다.

분명히 말씀드리지만 효과가 검증되지 않았음에도 고액의 치료비를 요구하는 치료는 의심하시기 바랍니다.

주치의의 주장은 정당하고 설득력이 있었지만 인터넷 반응은 역시 이누카이가 예상한 대로였다.

―기득권인 의사들의 오만한 소리일 뿐이야.

―웃긴다, 소중한 환자를 빼앗기지 않으려고 안간힘을 쓰네.

―어떤 치료법이 적절한지 선택하는 건 환자의 권리잖아, 어이없어.

―병원 치료가 병을 고치지 못하니 대체 치료를 찾는 거야. 자업자득이지.

―어차피 5년 생존율이 낮아서 위험한 건 잘나가는 인간들 뿐이니까 우리 같은 서민들과는 상관없는 이야기야.

―사쿠라바 리노가 실제로 살아 돌아왔잖아. 인정하라고, 돌팔이 의사 양반.

물론 주치의의 주장을 옹호하는 다른 의사들도 있었다.

사쿠라바 리노 씨가 '내추럴리'의 대체의학 요법으로 자궁경부암을 극복했다는 보도는 검증이 필요합니다. 진료 내용이 명확하지 않아서 검증하기 어렵지만 치료법을 바꾸자마자 암세포가 사라졌다는 것은 비현실적입니다. 치료 효과는 보통 시간차를 두고 나타나기 때문입니다. 사쿠라바 리노 씨가 도립 병원에서 받은 치료의 효과가 퇴원 후 나타났을 수 있습니다. 효과가 나타나기 직전 대체의학 요법으로 바꾼 탓에 사쿠라바 리노 씨가 오해했을 가능성도 충분히 있다고 봅니다.

그러나 이 지원 사격도 사쿠라바 리노의 팬을 자처하는 게시글 작성자들에 의해 산산이 부서졌다.

전문 지식과 깊은 경험을 쌓은 전문가의 의견이 감정적이고 단편적인 비전문가의 주장에 박살 나는 것. 이는 병원 치료가 대체의학에 조롱당하는 것과 똑같은 상황이었다.

2

 다음 날, 이누카이와 아스카는 스바루 임프레자를 타고 사쿠라바 리노의 소속사로 향했다.
 "사쿠라바 리노를 만나는 것까지는 좋은데 만나서 무얼 물어보실 생각이세요?"
 "오다 호스이에게 어떤 치료를 받고 어떤 사상을 주입받았는지."
 "그건 쇼노 부부와 시노미야 게이고 씨에게 들었잖아요."
 "쇼노 유키와 시노미야 이쿠미는 사망했지만 사쿠라바 리노는 살아 있어. 그것만으로도 조사할 가치가 있지. 나중에 오다 호스이와 '내추럴리'를 사기죄로 입건하려고 할 때 사쿠라바 리노의 증언이 돌파구가 될지도 몰라."

"기자회견 때 모습을 보면 사쿠라바 리노는 오다에게 푹 빠져 있는 것 같던데요. 우리에게 유리한 증언을 끌어낼 수 있을까요?"

"상황의 유불리는 언젠가 바뀌게 되어 있어. 이야기를 들어 보기도 전에 단정 짓지 마."

아스카에게는 그렇게 말했지만 사쿠라바 리노의 증언이 수사에 도움이 될 것이라고 기대하지 않았다. 열성 신자가 교주를 욕하기를 바라는 격이었기 때문이다.

뜻밖에도 가구라자카46 멤버들이 모두 같은 기획사 소속은 아닌 듯했다. 아스카가 입수한 정보에 따르면 사쿠라바 리노의 소속사는 '라이징 선'이라는 중견 기획사였다.

기자회견 이후 취재 요청이 물밀듯이 밀려오고 있을 테지만 경시청의 요청만큼은 거절하지 못한 듯했다. 소속사는 매니저가 동석하는 조건으로 만남을 수락했다.

소속사 사무실의 한 회의실에서 기다리기 15분, 마침내 사쿠라바 리노가 매니저 같은 남자와 함께 모습을 드러냈다. 팔꿈치 아래가 드러난 원피스를 입고 있었다.

"만나서 반갑습니다. 사쿠라바 리노의 매니저 가시와기라고 합니다."

가시와기는 만나서 반갑다면서 경계심을 숨기지 않았다. 아이돌을 외부의 위협으로부터 지켜야 하는 일이니 경찰에게도 쉽게 마음을 열지 않는 것은 당연했다.

테이블을 사이에 두고 사쿠라바 측과 이누카이 측이 대치하는 모양새였다. 가시와기의 경계심은 좀처럼 누그러들지 않았다.

"기자회견 이후 취재 요청이 끊이지 않습니다만, 설마 경시청에서 연락을 주실 줄은 상상도 못 했습니다."

"기자회견 자체는 매우 훌륭했습니다. 같은 병으로 고통받는 여성들에게 희망을 주지 않았을까 생각합니다."

'마음에도 없는 소리를 한다'라는 눈빛으로 아스카가 이누카이를 흘겨봤지만 초면부터 공격적으로 나갈 필요는 없었다.

"'내추럴리'의 치료에 대해 듣고자 찾아왔습니다."

그 이름을 꺼낸 순간 사쿠라바의 눈빛에 단번에 경계심이 드러났다.

"제가 받은 치료에 대해 경찰이 무슨 이야기를 듣고 싶다는 거죠?"

이누카이 일행을 쏘아보는 그녀의 눈빛은 누가 봐도 교주를 지키려는 신자의 그것이었다.

"회견에서도 말했지만 저는 '내추럴리'의 치료 덕분에 완치됐어요. 형사님 말씀대로 같은 병을 앓고 있는 여성들에게 희망이 되었다고 자부하죠. 여기에 문제 될 만한 점이 있나요?"

신자의 눈빛을 한 사람에게 이성적으로 설명해 봤자 반발만 살 뿐이었다. 사쿠라바를 오다의 세뇌에서 벗어나게 하는 일은 자신들의 역할이 아니라고 마음을 다잡을 수밖에 없었다.

이누카이는 옆에 앉아 있는 아스카에게 눈짓했다. 사전에 정해 둔 상황에 아스카는 당황하지 않고 입을 열었다.

"사쿠라바 씨는 손이 참 예쁘네요."

성별이 같은 형사가 갑자기 말을 걸자 사쿠라바의 경계심이 순간 풀린 듯했다.

"네? 네. 무대에서 손발을 노출할 때가 많아서 유독 신경 써서 관리하고 있어요."

"입원하셨을 때는 관리하기 힘들었겠어요."

"제대로 씻지도 못했을 정도라 피부 관리는커녕 세수조차 아예 못 했어요. 게다가 방사선 치료 부작용이 너무 심했거든요."

"기자회견에서도 말씀하셨죠."

"방사선 숙취라고 하던데, 종일 나른하고 계속 토할 것 같았어요. 대체의학 요법으로 바꿨더니 구역질도 사라지고 식욕도 돌아와서 기뻤죠."

"'내추럴리' 덕분인가요?"

"당연하죠. 게다가 오다 총수님의 말씀도 큰 힘이 됐어요. 병은 전부 외부의 나쁜 기운에서 비롯된다. 그러니 우리가 태어날 때부터 지닌 자연 치유력만 높이면 대부분의 질병은 약을 쓰지 않고도 고칠 수 있다. 약은 인체가 지닌 자연 치유력을 모방해 만든 것이지……."

끝없이 이어지는 말을 듣던 이누카이는 마음이 불편했다. 사쿠라바가 자랑스럽게 늘어놓는 이야기는 처음부터 끝까지 오다가 설파하던 교리였다. 마치 오다가 사쿠라바의 입을 빌려 말하는 것 같아 섬뜩했다.

"조금 더 자세히 보고 싶은데요. 잠깐 손 좀 내밀어 주시지 않겠어요?"

팬의 요청에 익숙한지 사쿠라바는 주저 없이 오른팔을 뻗었다. 아스카는 사쿠라바의 손목을 잡자마자 그녀의 소매를 단번에 걷어 올렸다.

사쿠라바가 비명을 지를 새도 없었다. 드러난 팔뚝에는 눈에 익은 멍이 선명하게 남아 있었다.

가시와기도 처음 보는 자국인지 휘둥그레진 눈으로 사쿠라바의 팔을 뚫어져라 쳐다봤다.

"지금 뭐 하시는 거예요!?"

사쿠라바가 팔을 거둬들였을 때는 이미 세 사람이 멍 자국을 똑똑히 눈에 새긴 뒤였다. 그 멍은 틀림없이 쇼노 유키와 시노미야 이쿠미의 몸에 남아 있던 것과 똑같은 자국이었다.

"실은 사쿠라바 씨 외에도 '내추럴리'의 회원이었던 인물들을 수사하고 있습니다. 그 회원들의 몸 전체에 사쿠라바 씨의 팔에 있던 것과 똑같은 멍이 있었거든요."

곧바로 반응을 보인 사람은 가시와기였다.

"있었다고요? 왜 과거형이죠?"

"그 회원들은 사망했습니다. 한 사람은 병사, 한 사람은 자살이라는 차이는 있지만 두 사람 다 '내추럴리'의 치료를 받다가 세상을 떠났습니다."

"그게 무슨 말이에요?"

사쿠라바는 숨기고 있던 멍을 들키자 완전히 평정심을 잃었다.

"'내추럴리'의 치료가 꼭 만능은 아니며, 오히려 치료 효과가 거의 없다는 증거입니다. 사쿠라바 씨는 완치된 것처럼 보이지만 그게 정말 '내추럴리'의 치료 덕분일까요?"

"당연하죠. 병원에서 치료를 받을 때는 방사선 부작용만 있고 조금도 낫지 않았어요."

"사쿠라바 씨의 회견 후에 암 전문의 몇 명이 의견을 내놓았습니다. 방사선 치료의 효과는 개인차가 있어서 효과가 금방 나타나는 환자도 있지만 그렇지 않은 환자도 있죠. 사쿠라바 씨의 암이 완치된 건 '내추럴리'의 치료 덕분이 아니라는 의견도 있습니다. 단지 방사선 치료의 효과가 늦게 나타난 것이라는 거죠."

"아니에요. 제 암은 오다 총수님이 낫게 해 준 거예요. 분명해요."

"'내추럴리'의 치료에는 자궁경부암을 없앴다는 과학적 근거가 없습니다. 사쿠라바 씨가 착각했을 수도 있어요."

"거짓말, 거짓말이에요, 다 거짓말이야!"

사쿠라바는 자리에서 벌떡 일어나 소리쳤다.

"오다 총수님은 신 같은 분이에요! 그런 분이 베푼 치료가 가짜일 리 없어요!"

"진정하세요. 사쿠라바 씨. 저희는 사쿠라바 씨를 비난하러 온 게 아닙니다. 사쿠라바 씨는 기적적으로 병이 나았지만 다른 환자들은 병세가 전혀 호전되지 않는데도 아무 의미 없는 행위를 계속하는 셈이잖아요. 오다 호스이가 사쿠라바 씨에게 한 치료는 각종 약초를 스며들게 한 끈 기봉으로 온몸을 세게 누른 행위뿐이었을 겁니다. 설마 그런 단순한 행동으로 암세포가 사라졌다고 진심으로 믿는 건 아니죠?"

순간 사쿠라바는 입을 다물었다. 이누카이는 그 틈을 놓치지 않았다.

"사쿠라바 씨는 운이 좋았을 뿐입니다. 하지만 모든 환자가 다 그렇지는 않죠. '내추럴리'에서 시술을 받는 동안 다른 환자를 본 적 있습니까? 혹시 환자 중에 아는 사람이 있었습니까?"

"그런 걸 알아서 뭘 하시려고요?"

"경고할 겁니다. 모두가 사쿠라바 씨처럼 운이 좋을 거란 보장이 없으니까요. '내추럴리'의 치료를 받더라도 반드시 병원 치료도 병행하라고요."

사쿠라바의 표정이 갑자기 음험하게 일그러졌다.

"얼굴을 아는 사람이 있었어요."

"누구입니까?"

"형사님은 모르시는 게 좋을걸요."

사쿠라바는 의미심장한 말만 남긴 뒤 더는 입을 열지 않았다.

"가시와기 씨, 더 할 말 없으니 형사님들을 배웅해 주세요."

"사쿠라바, 하지만."

"지금 당장요!"

"사쿠라바가 이렇게 말하니, 오늘은 그만 돌아가 주시겠습니까?"

사쿠라바의 성화에 가시와기는 이누카이 일행에게 돌아가 달라고 요구했다. 이누카이와 아스카는 일단 그 말에 따를 수밖에 없어 가시와기의 뒤를 따라 회의실을 나왔다.

회의실에서 나온 지 얼마 지나지 않아 가시와기의 태도가 변했다.

"우리 아티스트가 실례를 범해서 정말 죄송합니다."

사뭇 달라진 태도에 이누카이와 아스카도 덩달아 고개를 숙였다.

"설마 사쿠라바의 몸에 그런 멍이 있을 줄은……. 복귀 기자회견 직후에 사쿠라바가 몸을 노출해야 하는 촬영은 당분간 피하고 싶다고 회사에 요청했다고 들었습니다. 그 이유가 설마 멍 자국 때문이었을까요? 사망하신 분들의 몸 전체에 멍이 있었다고 하셨는데 사쿠라바도 그런 상태입니까?"

"'내추럴리'의 시술을 받았다면 아마 그럴 겁니다. 하지만 심각한 멍은 아니라서 그냥 두어도 될 거예요. 일부라면 컨실러나 문신 가리개로 가릴 수 있고요. 하지만 수영복 차림은 당분간 피하는 게 좋겠네요."

"사쿠라바가 완치되어 복귀한다는 소식에 저를 비롯한 회사 사람들 모두 뛸 듯이 기뻐했는데, 설마 저렇게 변했을 줄이야. 말투가 마치 사이비 종교의 신자 같잖아요."

"사쿠라바 씨와 가까운 분이 알아차리셨다니 다행이네요."

"사쿠라바가 그토록 맹신하는 '내추럴리'라는 곳이 그렇게 위험한 단체인가요?"

"적어도 사쿠라바 씨가 그 단체의 홍보 모델처럼 이용된다면 추후 스캔들에 휘말릴 수 있습니다. 당장은 아니더라도 그 단체와 서서히 거리를 둬야 한다고 생각합니다."

"친절하게 답변해 주셔서 감사합니다."

"무슨 일이 있으면 연락 주세요."

이누카이와 아스카는 가시와기에게 명함을 건넨 뒤 기획사를 나왔다. 사쿠라바가 의미심장하게 남긴 말의 의미를 짐작할 수 없었지만 그때만 해도 대수롭지 않게 여겼다.

하지만 지금 생각해 보면 사쿠라바의 말은 시한폭탄이

었다. 사쿠라바를 만나고 온 다음 날, 사태는 예상치 못한 방향으로 흘러갔다.

사쿠라바 리노 때처럼 이번에도 갑작스러운 기자회견이었다. 다만 이번 주인공은 정치인이었기 때문에 아이돌 같은 화려한 분위기는 아니었다.

여당인 국민당의 최대 계파인 스고우파. 그중에서도 중견 의원들의 중심에서 중간 역할을 하며 독특한 존재감을 과시하는 구가야마 데루유키 의원. 14선의 중진 의원인데 거침없는 화법을 구사하는 인물이라 시원시원해서 좋다는 사람도 많고, 진중하지 못해서 싫다는 사람도 많았다.

그런 구가야마 의원이 긴급 기자회견을 연다고 하니 당연히 각 언론사의 정치부 기자들이 몰려들었다. 내각부 부대신을 지낸 구가야마가 새 파벌을 창설하려는 것인지, 아니면 탈당계라도 제출하려는 것인지 기자들은 다양한 추측을 내놓았다.

그런데 회견 내용은 모두의 예상을 빗나갔다.

―이 자리를 빌려 고백합니다. 저는 작년부터 투병 생활을 해오고 있으며 병명은 식도암입니다. 현재 2기 판정을 받았습니다.

놀라는 소리와 함께 카메라 플래시가 연이어 터졌다.

식도암은 초기 자각 증상이 거의 없어서 발견하기 어려운 암 중 하나다. 흡연이나 알코올 섭취가 주요 원인으로 꼽히며 발병률과 사망률 모두 남성이 여성보다 훨씬 높다.

─식도암 2기면 외과 수술을 받아야 합니다. 그래서 수술을 받았지만 암이 전이되어 완치되지 않았습니다.

 늘어선 기자들 대부분은 구가야마의 설명을 듣고서 상황을 이해한 눈치였다. 올해 초, 구가야마는 건강 이상을 이유로 몇 달간 쉬었는데 지금 생각하면 그때 이미 병원에서 치료를 받았던 것이다.

─방사선 치료도 병행했지만 상태가 좋지 않았습니다. 치료 효과가 클수록 부작용도 심했죠. 매일 몸이 너무 무겁고 구토감이 가라앉지 않았습니다. 위원회에 출석해도 제대로 답변 한마디 하는 것조차 힘들더군요.

 기자 중에는 '원래도 답변은 제대로 못 했잖아'라고 몰아붙이려다가 그만둔 사람도 있었다. 구가야마의 표정이 그 어느 때보다 절박해 보여서 차마 입을 뗄 수 없었다.

─이제 병원 치료는 그만뒀습니다. 방사선 치료 부작용 때문에 너무 힘들어서 포기한 셈입니다. 하지만 치료를 중단해도 암은 계속 진행됩니다. 목소리가 쉬고 가슴과 등의 통증 때문에 괴롭습니다. 그래서 저는 민간요법으로 치료

받기로 했습니다. 한 사람의 정치인으로서 민간요법에 의존한다는 사실이 부끄러워서 그간 함구했습니다. 그런데 얼마 전 저는 용기 있는 여성의 기자회견을 봤습니다. 사쿠라바 리노 씨의 연예계 복귀 발표 기자회견이었습니다.

회견장이 술렁였다. 근엄한 국회의원과 20대 아이돌에 어떠한 접점이 있는지 짐작할 수 없었기 때문이다.

―딸뻘인 아가씨가 민간요법, 대체의학 요법 치료에 도전해 당당하게 병을 이겨냈다는 사실을 조금도 부끄러워하지 않고 발표했습니다. 사쿠라바 씨를 본 저는 스스로의 편협함과 소심함에 부끄러웠습니다. 그래서 뒤늦게나마 저도 민간요법의 도움을 받고 있다는 사실과, 저 역시 사쿠라바 씨처럼 오다 호스이 씨가 운영하는 '내추럴리'의 회원이라는 사실을 밝힙니다.

또다시 플래시 세례가 쏟아졌다. 마침내 드러난 예상치 못한 두 사람의 공통점에 놀라는 분위기였다.

―오다 호스이 씨는 뛰어난 의료인이자 보기 드문 인격자입니다. 앞으로 저와 사쿠라바 리노 씨가 받은 치료에 대해 외부에서 이런저런 소리가 들리겠지만 저는 그러한 잡음을 모두 비난으로 간주하겠습니다. 의학의 발전을 바라는 의원으로서, 또 저 자신의 건강이 회복하기를 바라는

한 사람의 국민으로서 무책임한 비난이나 의료 행위에 대한 방해를 가만히 두고 보지 않을 겁니다. 오늘은 이 점을 분명히 밝히며 기자회견을 마치겠습니다. 이상입니다.

형사부실에서 구가야마의 기자회견을 보던 아스카는 굳은 얼굴로 이누카이를 바라봤다.

"사쿠라바 리노가 봤다던 아는 얼굴이 구가야마 의원이겠죠?"

"설마 정치인이 회원일 줄이야."

사쿠라바가 얼굴을 아는 사람이 있었다고 하길래 동종 업계 연예인이겠거니 예상했던 이누카이는 구가야마의 기자회견을 보고 아연실색했다. 오다가 운영하는 '내추럴리'는 정계 쪽에도 인맥을 두고 있던 것이다.

"구가야마 의원이 회원이라면 앞으로 수사에 영향이 있을까요?"

"모르겠어."

아스카에게는 그렇게 대답했지만 구가야마는 국민당 내에서도 실질적인 권력을 쥐고 있는 인물이었다. 이누카이를 비롯한 경찰들이 오다의 주변을 맴돌고 있다는 사실을 알면 조만간 무언가 조치할 것은 분명했다.

당하기 전에 선수를 치자. 이누카이는 서둘러 구가야마

를 소환해 조사하려는 계획을 세웠지만 바로 그때 아소가 이누카이에게 조용히 다가왔다.

"둘 다 잠깐 와봐."

미간을 찌푸린 채 작은 소리로 중얼거렸다. 마치 체육관 뒤로 따라오라는 듯한 말투에 불길한 예감이 들었다.

"오다 호스이와 '내추럴리'에 대한 공개 수사는 당분간 중단하도록 해."

이누카이는 지시 내용보다 지시가 내려온 속도에 놀랐다. 방금 막 구가야마의 기자회견이 끝났는데 숨 돌릴 틈도 없이 압박이 들어왔다. 물론 기자회견을 열기 전에 미리 경찰청이나 경시청 쪽에 손을 써놨으리라.

"의원실에서 압박이 들어왔습니까?"

"몰라."

아소는 정말 모르는지 씁쓸한 표정을 지었다.

"모르긴 해도 대충 짐작은 가. 국가공안위원 다섯 명 중 한 명이 구가야마 데루유키와 막역한 사이거든. 아마 그쪽 라인에서 경찰청에 연락을 넣었겠지."

아소는 중간 관리직이면서도 윗선을 상당히 못마땅해했다. 정확히 말하면 윗선의 기회주의적인 성향을 혐오하는 듯했다.

"그건 추측이 아니라 정답이잖아요."

"'내추럴리'에 가입한 정치인 회원이 구가야마 한 사람뿐이라면 정답이겠지."

"설마."

"그래. 구가야마 말고도 정치인 몇 명이 끈기봉 신세를 지고 있어. 속은 시커멓게 썩었고 겉은 온통 멍 자국이라……. 어쩌면 정치인이라는 족속들의 특징을 암시하는 비유일지 몰라."

"의원 여럿이 회원이라는 정보는 어디서 나왔습니까?"

"관리관에게 들었다는 말밖에 못 해. 얼굴을 보니 관리관도 구체적인 이름은 통보받지 못한 것 같지만. 국회의원이 병원의 표준 치료를 중단하고 민간요법을 쓴다니, 세간의 비판을 받을 게 뻔하잖아. 일본의사회를 지지 기반으로 둔 국민당도 탐탁지 않아 할 테고. 하지만 회원인 국회의원이 여러 명이라면, 그리고 그 사람들이 유권자보다 오다 호스이를 더 중요시한다면 이야기는 달라져."

"들을수록 속이 뒤집히네요."

"그럼, 더 끔찍한 이야기도 하나 해 주지. '내추럴리'의 회원 중 높으신 분은 국회의원만 있는 게 아니야. 권력이 아니라 돈을 쥔 패거리 중에도 오다의 추종자가 존재하는 것 같아."

"……재계에도요?"

"구가야마만 그런 게 아니야. 매일 몸과 지갑에 해로운 걸 드시는 양반들이잖아. 흡연율도 높은 편이라 병원 신세를 지는 양반들이 많다고 들었어. 병원 치료는 믿음이 안 간다며 '내추럴리'로 달려갔어도 이상하지 않지. 그들의 가족이 회원일 수도 있고."

"경찰은 언제부터 기업의 개가 됐을까요. 국가권력의 개인 것만으로도 문제인데."

"상대는 일본 경단련에도 이름을 올리는 대기업이야. 일본의사회보다 막강한 지지 기반이니 국가공안위원회도 열심히 꼬리를 흔들 만하지."

돈과 권력. 그 두 가지가 뒤에 버티고 있다고 생각하면 오다 호스이의 거만한 태도도 이해가 갔다. 오다는 분명 자신이 전지전능하다는 생각에 도취된 얼굴이었다.

"라스푸틴 같네요."

아스카가 중얼거렸다.

"생긴 것도 괴이한 게 범상치 않고. 20세기 초에 혈우병 환자였던 러시아 황태자를 치료한 공적으로 황제 부부의 신임을 얻어 궁에서 권력을 휘두른 괴승, 라스푸틴이요.

오다의 얼굴을 봤을 때 누구를 닮은 것 같다고 생각했는데 라스푸틴이었어요."

아스카는 휴대폰으로 사진을 검색해 이누카이와 아소에게 내밀었다. 그리고리 라스푸틴의 사진이었다. 기이할 정도로 긴 얼굴과 위협적인 눈빛. 확실히 오다 호스이와 닮았다.

"라스푸틴은 원래 러시아 정교회의 수도사였는데 병을 치료하면서 주교와 상류층의 주목을 받게 됐고 그렇게 궁으로 들어갈 수 있었어요. 치료 내용은 지금은 정확하게 알 수 없지만 기도를 하는 것과 비슷했다는 이야기가 전해지죠."

라스푸틴의 이야기라면 이누카이도 어느 정도 알았다. 궁에서 권력을 잡은 라스푸틴은 러시아 정치에도 영향력을 행사했다. 그는 발칸 제국의 분열을 조장하고 내정에 간섭해 러시아 제국 붕괴의 빌미를 제공했다.

오다 호스이가 라스푸틴이라면 정재계 인맥으로 언젠가 세상에 나와 권력을 휘두른다는 말인가.

농담치고는 질이 나쁘다는 생각에 이누카이는 피식 웃을 수조차 없었다.

3

 사전을 찾아보면 아이돌은 원래 '숭배의 대상'이라는 뜻이다. 다소 의역하자면 '교주' 같은 존재인데, 사쿠라바 리노 같은 인물은 말하자면 신자 수십만 명을 거느린 현대의 교주라고 할 수 있다.

 그 교주가 '내추럴리'의 치료는 병원 치료보다 효과가 좋다고 선전한 데다 집권당의 중진 의원까지 나서서 보증하니 신자들의 관심은 나날이 높아졌다.

 사쿠라바 리노의 투병 기록에 어떤 댓글들이 달렸는지 아스카가 꾸준히 지켜본 덕분에 이누카이는 인터넷을 하지 않고도 신봉자들의 반응을 파악할 수 있었다.

그 반응을 한마디로 표현하면 '부활에 대한 환희'였다. 한번 쓰러졌던 교주나 영웅이 기적적으로 되살아난다는, 예수 그리스도를 떠올리게 하는 부활 서사는 언제나 사람들의 마음을 뒤흔들었다. 사쿠라바의 SNS와 복귀 기자회견 영상은 꾸준히 조회 수가 올라, '내추럴리'와 '오다 호스이'라는 키워드가 곧바로 실시간 트렌드에 반영됐다.

'내추럴리'와 오다 호스이의 대체의학 요법은 TV에서도 연일 보도됐고 매일같이 현직 의사나 후생노동성 출신 인사들이 방송에 출연했다. 갑론을박이 오가는 가운데 의사와 후생노동성 관계자들은 당연히 대체 치료에 대해 부정적인 입장이었지만 그 외 인물들, 특히 연예인들은 대부분 사쿠라바 리노를 옹호했다. 논리를 떠나서 완치된 환자가 존재하니 믿을 수밖에 없다는 주장이었다.

이누카이는 의학이나 의료 전문가의 설명보다 아이돌의 말을 더 믿는 현상이 이상하다고 생각했다. 이것도 요즘 유행하는 반지성주의인가 의심스러웠지만 곰곰이 생각해 보니 부화뇌동하는 사람들이 신중했던 적은 단 한 번도 없었다. 결국 그들은 사쿠라바 리노가 완치됐다는 사실을 구실 삼아 기존의 권위를 깎아내리고 싶을 뿐이었다.

이토록 세간의 이목이 집중되는 상황에서도 '내추럴리'

와 오다 호스이는 언론에 모습을 거의 드러내지 않았다. TV 요청이 빗발쳤을 텐데도 노출을 자제하는 의도를 알 수 없었지만 모습을 드러내지 않기 때문에 오히려 대중의 관심은 커져만 갔다. 만약 그것조차 계산된 전략이라면 오다 호스이는 매우 치밀한 전략가였다. 아스카가 역사 속의 괴물 라스푸틴에 비유한 것도 어쩌면 적절할지 모른다.

어쨌든 '내추럴리'와 오다 호스이의 존재감은 날로 커져만 갔고 그와 동시에 대체의학 요법 광고도 더욱더 판을 쳤다. 기회를 놓치지 않는 민첩한 업자와 일부 의료인들은 이때다 싶어서 언론 매체에 광고비를 쏟아붓기 시작했다. 허위 광고를 금지한 의료법 따위 안중에도 없는 행태였지만 현재로서는 이를 단속하려는 움직임도 감지되지 않았다.

바로 그런 시기에 이누카이는 사야카를 만나러 병실에 갔다.

"아빠 왔다."

인사와 함께 문을 열자 침대에 상체를 일으킨 채 앉아 있던 사야카가 손에 들고 있던 물건을 황급히 등 뒤로 숨겼다. 하지만 완전히 다 숨길 수 있다고 생각했다면 아직 어린아이였고, 그것이 무엇인지 굳이 확인하고 싶어 하는 이누카이도 어른답지 못하다는 생각이 들었다.

"뭘 그렇게 숨겨?"

"아무것도 아니야."

사야카답지 않게 당황한 기색이라 더욱 마음에 걸렸다.

"아빠에게 알려 줄 수 없는 거라면 굳이 안 보여 줘도 돼."

그렇게 끝낼 생각이었는데 이누카이의 말투가 마음에 들지 않았는지 사야카는 반항적인 눈빛으로 대꾸했다.

"그런 식으로 아빠의 입장과 형사의 입장을 구분하는 것 같아서 너무 싫어."

"이상한 소리 하지 마. 어떤 아빠라도 직장과 가정에서의 얼굴은 달라."

"그러니까 아빠 편할 대로 어떨 땐 형사, 어떨 땐 아빠로 행동하잖아."

최근에는 완전히 사라졌던 날카로운 말투가 되살아났다. 이누카이는 오래전 느꼈던 불쾌감과 두려움을 느끼며 한 손을 내밀었다.

"아빠에게 보여 줄 수 없다면 형사에게는 보여 줄 수 있겠지? 자, 꺼내 봐."

이대로 계속 실랑이해 봤자 기분만 나빠질 뿐이라고 생각했는지 사야카는 마지못해 감추고 있던 것을 앞으로 꺼냈다. 손에 든 물건은 휴대폰이었지만 화면에 표시된 내용은 어처구니없게도 '내추럴리' 홈페이지였다.

이누카이가 화면을 바라보자 반항심이 점점 사라진 사야카는 겸연쩍은 표정을 지었다.

"이제 됐지?"

새침하게 말하며 이누카이의 손에서 휴대폰을 빼앗아 가져갔다.

"새삼 왜 그런 사이트를 보고 있어?"

"내 마음이지."

"'내추럴리'는 누가 봐도 엉터리에 사기라며."

"그렇게 말하긴 했는데. 그래서 그게 뭐? 생각이 바뀔 수도 있지. 생각이 바뀌었다고 혼이라도 나야 해?"

민망한 마음을 감추려고 아이처럼 유치하게 말하는 듯했다. 그렇게 생각하자마자 짜증과 불안이 조금은 가라앉았다.

"누구나 생각이 바뀔 수는 있어. 그런 걸로 뭐라 하면 두 번 이혼한 아빠는 뭐가 되겠어."

자조 섞인 말투로 건넨 농담에 사야카의 표정이 조금 누그러졌다.

"뭐야, 그런 자기 비하는. 딸 앞에서 바람둥이라고 자랑하다니 최악이야."

"그래, 아빠로서는 최악이지. 그래도 형사로서는 제법 괜찮아."

드디어 대화의 문을 연 이누카이는 조심스럽게 사야카의 속마음을 두드렸다.

"생각이 바뀌었다고 했지? 대체 치료에 관심이 생겼어?"

"사쿠라바 리노의 완치 기자회견을 본, 병에 걸린 아이들은 모두 관심이 있을걸?"

"뭐야, 너도 사쿠라바 리노의 팬이야?"

"딱히 팬은 아니지만 아이돌, 그것도 사쿠라바 리노의 영향력은 어마어마하거든. 소속사에서는 사쿠라바 리노가 SNS에 상품명이나 브랜드 이름을 언급하는 것도 금지한대."

"왜?"

"그 사람이 어쩌다 한마디만 해도 사람들이 스텔스마케팅인 줄 알아서."

처음 듣는 용어였다. 뜻을 물어보지 않으면 대화에 방해될 것 같아서 사야카에게 물었다.

"스텔스마케팅은 마치 자신이 좋아해서 추천하는 것처럼 광고가 아닌 척 홍보하지만 사실은 기업에게 돈을 받는 마케팅을 말하는 거야. 누가 봐도 이상하잖아. 그래서 자칫하면 이미지만 나빠질 수 있어."

"흠. 그러니까 스텔스마케팅을 엄격하게 관리하는 아이돌이 칭찬할 정도니까 '내추럴리'는 믿을 만하다는 인식이 생기는 건가?"

"나는 아직 백퍼센트 믿지는 않지만. 유키 일도 있고. 하지만……."

"하지만, 뭐?"

"완치 사례가 저렇게 등장하니까 무시할 수도 없잖아."

이누카이는 말문이 막혔다. 자신이 수사하면서 알게 된 대체의학 요법에 대한 회의적인 의견을 말해 봤자 이미 '내추럴리'에 관심을 보이는 딸에게 괜히 반감만 살 수 있기 때문이었다.

"그리고 엄마도 '내추럴리'에 관심 있대."

갑자기 뒤통수를 얻어맞은 기분이었다.

사야카의 어머니인 나루미와는 벌써 몇 년째 만나지 않았다. 지금까지 존재조차 잊고 살았는데, 아니 잊으려고 했는데.

이누카이에게는 청천벽력 같은 이야기였지만 나루미가 딸의 치료법에 관심이 많은 것이 당연한 마당에 세간의 화제인 '내추럴리'에 관심을 보이지 않을 리 없었다.

"엄마가 뭐라고 그랬는데?"

"병이 나을 가능성이 조금이라도 있다면 시도해 볼 만하대. 하지만 치료비가 얽혀 있으니까 아빠랑 상의해야 한다고."

이혼 조정을 할 때 정한 조건은 아니지만 사야카의 병원비는 모두 이누카이가 부담하고 있다. 나루미는 양육비 대신이라고 여기겠지만 이누카이는 딸과의 인연이 소중했다. 나루미가 사야카에게 한 대답을 삐딱하게 바라보면 입원비를 대고 있는 이누카이에게 결정을 맡겨 놓고 혹여나 '내추럴리'의 치료로 잘못되기라도 하면 책임을 회피하려는 계산이겠다는 생각도 들었다.

아니. 이누카이는 즉시 부정했다.

지금은 이혼했지만 나루미는 그렇게 계산적인 사람은 아니었다. 애초에 이혼 사유는 이누카이의 불륜이 아니었던가. 나루미가 사야카에게 그렇게 말한 의도는 병원비를 대는 전남편에 대한 존중으로 받아들이는 것이 맞았다.

그러나 나루미의 배려라고 생각하자 이누카이는 더욱 난감했다.

우선 아버지로서 완치될 희망이 조금이라도 있다면 어떤 치료법이든 시도하고 싶은 마음은 나루미와 같다. 아니, 자식이 건강해지기를 바라는 마음은 세상 모든 부모의 바람이리라. 하지만 만약 대체의학 요법이 병을 악화시킨다면 아마 이누카이는 스스로를 용서하지 못할 터다. 게다가 쇼노 유키와 시노미야 이쿠미, 두 사람 모두 완치되지 못한 채 세상을 떠났다는 사실을 알기에 사야카를 '내추럴리'에 선뜻 맡길 수 없었다.

경찰로서는 더욱 난감했다. 두 사건을 수사하는 과정에서 이누카이는 오다 호스이가 수상한 인물이라고 판단했다. 비록 지금 당장 입건할 법적 근거는 부족해도 조건만 갖춰지면 언제든 그의 손목에 수갑을 채울 작정이었다. 그런 자에게 사야카를 맡긴다니 악마의 제단에 산 제물을 바치는 꼴이나 다름없었다. 게다가 '내추럴리'와 오다 호스이는 아직 수사 대상이었다. 사야카를 맡기는 순간 이누카이는 냉정한 판단을 할 수 없게 될 것이다.

아버지로서든 경찰로서든 어떤 입장에서 판단하더라도 이누카이는 사야카를 '내추럴리'에 맡기는 데 강한 거부감을 느꼈다. 이것 또한 책임 회피인가 자문하면서 사야카의 의중을 확인했다.

"네 생각은 어때? '내추럴리'의 치료를 받고 싶어?"

그 물음에 사야카는 대답하기 곤란한 듯 우물거렸다.

"나는 치료비 낼 돈도 없고……."

"돈에 대해 물은 게 아니야. 받고 싶은지 아닌지만 대답해."

"모르겠어."

몹시 불안한 마음이 느껴지는 대답이었다.

"얼마 전까지만 해도 그런 가짜 치료 같은 건 다 사라졌으면 좋겠다고 생각했어. 그런데 사쿠라바 리노가 자궁경부암을 이겨냈다는 말을 들으니까 마음이 너무 흔들려서……. 나도 내가 얼마나 우유부단한지 알아."

"사람 목숨이 달린 일이잖아. 성공한 사람의 사례를 들으면 당연히 마음이 흔들리지."

"정말, 아직 잘 모르겠어."

사야카도 갈피를 잡지 못했다. 스스로 결정하지 못하는 나약한 자신에게 화가 난 듯했다.

수상한 사이비 의료라고 생각하면서도 고작 성공 사례가 한 건 나왔다는 이유만으로 금세 마음이 술렁였다. 제삼자의 눈에는 우스워 보일지 모르지만 병마와 싸우는 환자와 그 가족에게는 생사가 걸린 문제였다.

비웃을 테면 비웃어 보라지.

이누카이는 아직 마음을 다잡지 못했다. 그러나 사야카에게 해 줄 말은 이것밖에 없었다.

"그럼 고민해 봐. 하루 이틀 사이에 대답하지 않아도 되니까. 네가 대체 치료를 받고 싶다면 아빠는 묵묵히 너를 지원할게."

"아빠 입장이 곤란해지는 거 아냐? 지금 '내추럴리' 수사 중이잖아."

"네 말대로 아빠일 때와 형사일 때를 구분해야지."

사야카는 미심쩍은 눈빛으로 이누카이를 바라봤다.

"왜?"

"아빠, 그렇게 융통성 있는 사람 아니잖아."

그 말에 대꾸하려는데 이누카이의 휴대폰이 울렸다. 상대는 아스카였다.

"네, 이누카이입니다."

―이누카이 형사님을 만나고 싶다고 본부로 찾아온 손님이 있어요. 복귀를 서둘러 주세요.

"누구지?"

―사쿠라바 리노의 매니저 가시와기 씨요.

그 사람이 왜 찾아왔는지 의문이었지만 그쪽에서 일부러 찾아왔다면 만날 수밖에 없었다. 서둘러 사야카와 헤어진 뒤 수사본부로 향했다.

아스카가 대기실에서 가시와기를 응대하고 있었다. 처

음 만났을 때 보이던 경계심은 어디 갔는지 지금의 가시와기는 길을 잃은 아이처럼 몹시 초췌해 보였다.

"지난번에는 저희 아티스트가 실례가 많았습니다."

"괜찮습니다. 그보다 오늘은 무슨 일로 오셨습니까?"

"이누카이 형사님께 실례되는 행동을 한 입장에서 이런 부탁을 드리기에 몹시 민망하지만 염치 불고하고 찾아왔습니다."

뒤통수가 보일 만큼 고개를 푹 숙인 가시와기를 보자 최선을 다해 도와주고 싶은 마음이 들었다. 사쿠라바 리노가 아이돌 그룹의 대표 멤버로 군림하는 이유도 인덕이 있는 가시와기 덕분 아닐까 하는 생각이 들었다.

"도대체 무슨 일이십니까?"

"실은 지난번 기자회견 후에 사쿠라바의 주변 움직임이 수상해서 경찰의 보호가 필요한 상황입니다."

"자세히 말씀해 보시죠."

"기자회견 직후 사쿠라바의 SNS 접속자가 급증해 그룹 안에서도 독보적인 상태거든요."

"잘된 일 아닙니까."

"조회 수가 급증하면 악플도 그만큼 많아집니다. 이건 인기로 먹고사는 사람의 숙명인데 바꿔 말하면 안티가 없는 연예인은 거품처럼 사라지죠. 저희에게는 필요악 같은 존재입니다."

가시와기의 말은 이해가 갔다. 어떤 대상을 좋아하는 사람이 있는가 하면 같은 이유로 싫어하는 사람도 있다. 인기를 얻는다는 것은 그 개성을 싫어하는 사람보다 좋아하는 사람이 훨씬 많다는 뜻일 뿐이다. 외모나 말 한마디 한마디가 그대로 노출되는 연예인들에게는 그런 경향이 더욱 뚜렷하게 나타날 수밖에 없다.

"그 안티 속에 심상치 않은 무리가 눈에 띄었습니다. 자기는 오다 호스이에게 고액 치료비를 사기당했는데 너는 사이비 의료를 광고하냐며, '내추럴리'한테 돈을 얼마나 받았냐고요. 끝내는 오다 호스이와 이상한 관계 아니냐고 의심하는 사람까지 가세해서 온갖 비난이 난무하고 있어요."

"있을 법한 일이군요."

"네, 진저리가 날 정도죠. 그런데 비난 정도라면 그나마 나아요. 요즘 소문 같은 건 그리 오래가지 않거든요. 문제는 협박입니다."

아스카는 협박이라는 단어를 듣자마자 엉덩이를 들썩였다.

"'내추럴리'와 오다 호스이에게 속았다는 환자 혹은 그 가족이 사쿠라바를 습격하겠다고 예고했어요."

"문서로요? 아니면 전화였습니까?"

"SNS에 댓글로 올렸어요. 스크린샷을 저장해 뒀습니다."

가시와기는 자신의 휴대폰을 이누카이에게 내밀었다.

—리노. 완쾌 축하해. 건강해지면 널 처리하겠다는 내 소원을 하늘이 들어줬네. 힘들게 회복한 자궁을 도려내 줄 테니 질이나 닦아 놓고 기다리도록 해.

—넌 병을 고쳐서 행복하겠지만 너의 완치는 수백 명의 실패 위에 이루어진 성공이야. 원한에 사무친 저주를 받고 죽어 버려.

—넌 예전부터 사기꾼 같았어. 침대에서 끙끙 앓던 때가 좋았다는 걸 뼈저리게 느끼게 해 주마.

—뭐가 그렇게 잘났어? 세상 모든 행복을 독차지한 기분이다, 이건가? 짜증 나네. 집에 불을 질러 버릴 거야. 너네 집 주소 다 알거든? 나 농담하는 거 아니야.

스크롤을 내려도 끝이 없었다. 하나같이 자극적이고 위협적인 댓글로 가득했다.

"대충 세봤는데 어제 기준으로 비슷한 댓글이 254건 올라왔습니다. 아마 지금도 늘어나고 있을 거예요."

"바로 피해 신고부터 하세요."

이누카이가 입을 열기도 전에 아스카가 상체를 내밀며 말했다.

"충분히 협박죄가 성립됩니다. 댓글 작성자도 찾아낼 수 있을 거예요."

"감사합니다. 찾아온 보람이 있네요. 이걸로 사쿠라바가 조금이라도 안정을 찾을 수 있으면 좋겠는데요."

말투가 묘하게 마음에 걸렸다.

"가시와기 씨. 사쿠라바 씨에게 무슨 일이 있습니까?"

"아이돌이라는 직업은 보기보다 훨씬 힘들어요. 인기 장사라고 하면 쉬워 보이지만 그룹 내 라이벌 경쟁은 물론이고 스폰서 눈치도 봐야 하고 골치 아픈 팬도 매일같이 상대해야 하죠. 사쿠라바는 그룹을 대표하는 멤버로 유명하지만 그렇기 때문에 내외부로 받는 압박도 상당해요. 그런 상황에서 최근 몇 달은 암으로 치료까지 받았어요."

산전수전 다 겪은 중년조차 견디기 힘든 압박인데 하물며 사쿠라바 리노는 아직 20대 여성이었다. 그녀의 마음고생은 짐작조차 할 수 없을 것이다.

"예전에도 질투 댓글이나 안티들의 비난 댓글은 있었지만 이번처럼 살인 예고를 한 적은 없었습니다. 사쿠라바는 꼼꼼한 성격이라서 댓글을 거의 다 확인하는데 이 협박성 댓글 몇 개를 읽은 후부터 컨디션이 무척 나빠졌어요."

가시와기는 불안한 목소리로 말했다. 지난번 대화에서도 느꼈듯 가시와기는 사쿠라바 리노를 마치 딸처럼 아꼈다. 매니저로서 당연할 수도 있겠지만 왠지 모르게 그런 그에게 정이 갔다.

"협박성 댓글을 단 사람을 모두 송치할지는 차치하더라도 피해 신고를 했다고 발표하는 것만으로도 큰 효과가 있을 거예요."

"그럴까요?"

불안해하는 가시와기에게 아스카가 설명을 덧붙였다.

"과격한 댓글은 작성자가 감정적이라는 걸 의미하죠. 그런 사람들은 거의 본능적으로 키보드를 두드리는 경우가 많아서 경찰 이야기가 나오면 바로 꼬리를 내리고 도망갈 거예요."

"그랬으면 좋겠네요. 하지만 요즘은 아이돌 팬 사인회에 흉기를 들고 오는 위험한 사람도 있어서 결코 안심할 수 없어요. 경고 효과는 있겠지만 실제로 체포되어 실명이 공개되고 법적, 사회적 제재가 가해지지 않는 한 그런 사람들은 사라지지 않을 테죠."

가시와기의 발언이 다소 날카로운 이유는 과거에 비슷

한 사건을 겪었기 때문이리라. 무슨 일이 벌어진 뒤에는 너무 늦다. 아이돌이라는 소속사의 자산을 지키기 위해 철통같은 방어벽을 만드는 것은 도리어 당연했다.

"그런데 저의 고민은 또 있습니다."

가시와기는 다시 보호자의 얼굴로 하소연했다.

"지난번에 사쿠라바가 마치 사이비 종교의 신자 같다고 했는데, 상태가 점점 더 심각해지고 있어요."

"자세히 말씀해 보시겠어요?"

"오다 호스이 씨가 축하한다는 명목으로 사쿠라바를 '내추럴리' 본부로 초대했습니다. 그게 다라면 그나마 나을 텐데 그쪽에서 사쿠라바를 '내추럴리'의 명예 회원으로 삼고 싶다고 제안했어요."

"사이비 종교에서 자주 있는 일이군요. 그래서, 사쿠라바 씨는 승낙했습니까?"

"본인은 적극적이었지만 제가 설득해서 대답을 보류했습니다. 자궁경부암 완치가 대체 치료 덕분이라고 말하는 것 정도라면 괜찮지만 특정 단체의 홍보 모델이 되는 건 최대한 피하고 싶거든요."

"그건 가시와기 씨나 소속사가 '내추럴리'를 사이비 종교 같은 단체라고 보기 때문입니까?"

"저는 그 단체가 수상하다고 생각하는데, 소속사는 처음부터 리스크를 제거하려는 의도일 겁니다. 정부 산하의 공공기관이라면 모를까, 민간 의료단체는 보통 어떤 문제가 생겨서 대중의 뭇매를 맞고는 하잖아요. 그때 저희 소속사 연예인이 휘말리면 큰일이니까요."

"단순히 휘말린 정도라면 큰 영향은 없을 것 같은데요."

외부에서는 협박, 내부에서는 사쿠라바 리노의 심리적 동요. 그야말로 내우외환이었다.

"연예인은 결국 이미지가 가장 중요해요. 팬들이 생각하는 이미지에서 반 발짝 정도 벗어나는 건 괜찮아요. 오히려 활동 영역을 넓히는 데 도움이 되니까. 하지만 지금까지 쌓아온 이미지를 완전히 뒤엎는 건 안 돼요. 그건 팬들을 배신하는 행위고 배신당한 팬들은 애정이 깊었던 만큼 몇 배로 더 미워하게 되거든요. 한 가지 예를 들면 거칠고 불량한 이미지인 연예인은 마약 소지로 잡혀가도 이미지에 타격이 크지 않아서 형을 마치고 출소하면 복귀하기도 쉽죠. 하지만 청순가련 이미지로 활동하던 연예인이 마약 사건에 연루되면 끝이에요. 복귀는 물 건너갔다고 보면 돼요."

"팬들이 멋대로 만든 이미지 아닙니까."

"그런 이미지를 만들어서 팔아온 건 기획사니까요. 예전에 뉴스에 자주 보도됐던 원산지 등 식품 정보를 속여 판매한 사건과 본질적으로 비슷하다고 생각합니다. 소비자들은 자기 믿음이 배신당하는 걸 가장 싫어하니까요."

사쿠라바 리노에게 자신만의 이미지를 품은 팬은 수십만 명에 달한다. 그중 배신감을 느껴 분노하는 팬이 10퍼센트만 되어도 수만 명이다. 하지만 사쿠라바를 지켜 줄 사람은 매니저 가시와기 단 한 사람뿐이었다. 이런 상황을 생각하면 가시와기가 절박한 심정으로 경찰을 찾은 것도 이해가 갔다.

"SNS 댓글로 협박한 사건은 피해 신고 접수 후 수사를 시작하겠습니다."

가시와기의 곤혹스러운 마음에 공감했는지 아스카는 열성적으로 말했다. 하지만 머리가 차갑게 식은 이누카이는 아스카가 다음 말을 하기 전에 먼저 입을 열었다.

"하지만 사쿠라바 리노 씨를 경찰이 직접 보호할 수는 없습니다. 사쿠라바 씨 집의 경호는 경호업체에 의뢰하시죠."

"네, 그건 그렇죠."

경찰의 경호를 받을 수 있을 것이라 기대했는지 실망한 듯했다.

"이제 저희가 드리는 질문에 대답해 주시기 바랍니다.

사쿠라바 리노 씨와 '내추럴리' 혹은 오다 호스이 사이에 어떤 접점이 있습니까?"

"접점은 딱히 없습니다."

"접점이 없다니, 이해할 수 없군요. 사쿠라바 리노 씨가 '내추럴리'의 사이트를 들어가 봤다거나 오다 호스이가 어떤 형태로든 접촉해 왔을 겁니다. 아무런 정보도 없이 사쿠라바 씨가 '내추럴리'의 치료를 받을 수는 없습니다."

"그것에 관해서 예전에 한 번 사쿠라바에게 물어본 적이 있습니다. 사쿠라바의 SNS에 '내추럴리'를 소개하는 댓글이 달렸다더군요. 아주 열성적으로 추천하기에 별생각 없이 '내추럴리' 사이트에 들어갔다가 관심이 생겨 가입했다고 했습니다."

이누카이와 아스카는 피해 신고서를 받은 뒤 가시와기를 배웅했다. 아스카가 책망하듯 쳐다봤다.

"피해 신고를 접수한 것만으로 사쿠라바 리노의 신변을 보호할 수 없는 건 맞지만 좀 더 부드럽게 말할 수도 있었잖아요."

"그 말밖에 떠오르지 않았어. 사쿠라바 리노의 집과 소속사 주변, 그리고 이동할 때 경호업체가 사쿠라바를 지킬 거야."

"그렇게까지 남에게 맡기다니."

"기자회견을 마음에 들지 않아했던 놈들이 사쿠라바 리노를 건드릴 수 없다는 사실을 알아차린다고 금방 포기할 것 같아? 매니저가 말했던 위험한 놈들이라면 그럼 어디를 노릴 것 같아?"

"설마 사쿠라바 리노의 안티가 '내추럴리'를 공격하도록 할 속셈이세요?"

말을 꺼낸 아스카보다 이누카이가 더 놀랐다. 어디까지나 '내추럴리'와 오다 호스이를 외부에서 흔들려고 했을 뿐 타인을 선동해 그들을 해칠 생각은 조금도 없었기 때문이다.

그러나 상식을 벗어난 안티라면 자폭 테러 같은 흉악 범죄를 일으킬 가능성도 있었다. 평소답지 않게 어리석은 결정을 내린 자신이 믿기지 않았다.

"세상과 언론의 주목을 받는 시기야. 오다 호스이도 나름대로 경계하고 있을 테니 그런 일은 어지간하면 일어나지 않을 거야."

"아, 네. 안티들이 얌전한 수준으로 민폐를 끼칠 테니 우리는 오다 호스이의 신고만 기다리면 되겠네요."

아스카는 평소답지 않게 냉소적인 말투로 대꾸하며 이누카이에게 항의했다.

4

관계자 여러분께

평소 저희 소속 연예인 사쿠라바 리노에게 보내 주시는 관심과 응원에 깊이 감사드립니다.

얼마 전 기자 회견에서 발표했듯이 사쿠라바를 괴롭혔던 병마는 의료진 여러분의 도움으로 깨끗이 사라졌으며 현재는 무사히 재활에 힘쓰고 있습니다. 사쿠라바 리노의 SNS로도 많은 축하와 응원의 메시지를 받고 있습니다.

그런데 일부 악의적인 댓글과 비방도 발견됐습니다. 심지어 사쿠라바 리노를 향한 명백한 협박으로 보이는 글도 있습니다.

저희는 소속 연예인 보호 차원에서 범죄성이 있는 게시글을 좌시하지 않겠습니다. 따라서 정신적 또는 신체적으로 위해를 가할 수 있는 게시글에 대해서는 경찰에 피해 신고를 접수하고 단호하게 대처할 방침입니다.

여러분의 양해를 부탁드립니다.

가시와기가 경시청을 방문한 다음 날, 사쿠라바 리노의 소속사 '라이징 선'은 공식 사이트에 사쿠라바의 SNS에 협박성 댓글이 올라온 사실과 그에 대한 대응 방침을 발표했다.

경찰에 피해 신고를 접수하겠다는 발언이 유효했는지 그날을 기점으로 협박성 댓글은 완전히 자취를 감춘 듯했다. 솔직히 계산된 발표 내용이었지만 분위기에 휩쓸린 사람이나 구경꾼을 정리하는 데는 도움이 된 듯해 의외로 효과적이었다.

한편 아소가 이누카이와 아스카를 호출했다. 기획사에서 공식적으로 발표한 직후라 어떤 용건으로 부르는지 대략 짐작이 갔다.

"안티들의 화살을 전부 오다 호스이에게 돌릴 심산이야?"

아소가 가장 먼저 꺼낸 말은 놀랍게도 아스카의 말과 똑같았다.

"'라이징 선'이 계약 중인 경호업체에 특별 경호를 의뢰했대. 사쿠라바 리노가 사는 맨션과 소속사를 거의 24시간 경호해 달라는 내용이었다더군. 이걸로 수상한 놈들의 화살은 '내추럴리'를 향할 거야. 이제 적당한 시점에 '내추럴리'나 오다 호스이에게 무슨 일이 생기면 경찰도 당당하게 '내추럴리'의 본부로 들어갈 수 있겠어."

아소는 의미심장한 시선으로 이누카이와 아스카를 바라봤다.

"당분간 대놓고 수사하지 말라니까 바보들을 선동할 방법을 생각해 냈나 본데. 제법 노련해졌군."

"설마요. 거기까지 생각하지는 않았어요."

"흥. 퍽이나."

"그런데 어째서 '라이징 선'과 경호업체가 주고받은 내용이 이쪽으로 누설된 거예요?"

"경호업체 임원 중에 경시청 출신이 있거든. 정보가 샐 수밖에 없지."

"정재계는 계속 조용합니까?"

"수사 개입 이후 별다른 움직임은 없어. 연예 기획사의 공지문도 상식적인 내용이라서 트집 잡을 곳이 없지. 그래서 '내추럴리'가 공격 대상이 된다고 해도 무슨 사건이 일어나지 않는 한 경찰이 개입할 수는 없어."

"그쪽은 그쪽대로 경비업체에 의뢰하면 되잖아요."

"민간이라고는 해도 일단은 의료단체잖아. 건물 주위를 경비원으로 둘러싼 진료소라니, 누가 봐도 수상하지. 어차피 거기까지 예상하고 매니저한테 조언한 거 아니야?"

"그렇게까지 머리가 돌아가지 않아요. 그래서 '내추럴리' 분위기는 어때요? 위기감을 느끼는 것 같아요?"

"그쪽에서 들어오는 정보는 전혀 없어. 사쿠라바 리노를 통해 뭔가 알고 있을 줄 알았는데 현재로서는 아무 움직임도 없어. 위기감을 느낄 여유조차 없는 모양이야."

아소는 화가 난 기색으로 말했다.

"너희도 알잖아. 사쿠라바 리노의 기자회견 이후 '내추럴리'에 가입 희망자가 쇄도하고 있다는 걸. '내추럴리' 입장에서는 물 들어올 때 노 저어야 할 테니 섣불리 경비를 세우지 않겠지."

가입 희망자가 많다는 사실은 이누카이도 아스카에게 들었다. '내추럴리'의 홈페이지에는 열람자와 회원 수도 함께 표시된다. 그 수가 사쿠라바 리노의 기자회견 직후부터 순식간에 불어났다. 아스카의 보고에 따르면 기자회견

전까지만 해도 두 자릿수였던 회원이 지금은 세 자릿수라고 했다.

"그런데 회원이 갑자기 늘어나면 감당이 되나? 시술은 오다 호스이 혼자 할 텐데."

"오다는 시술을 하지 않아요. 스스로 손을 더럽혀 실행범이 되는 걸 피해야 하니까요. 끈기봉을 가족의 손에 쥐여 주고 본인은 지시만 할 뿐이죠. 회원이 세 자릿수로 늘어도 당분간 운영에 차질은 없을 겁니다."

이누카이는 15평 정도 되는 '내추럴리'의 도장을 떠올렸다. 다다미 서른 장이 깔린 방이었으니 백 명이면 다다미 한 장에 환자 세 명이 눕는 셈이었다. 도장 가득 회원들이 누워 있는 모습을 상상하니 실소가 터져 나왔다.

"정말 구역질 나는 이야기군."

아소는 짓씹듯 말했다.

"누가 봐도 수상한 종교단체인데 사정을 모르는 사람들은 줄줄이 몰려들잖아. 딱 그런 꼴이야. 우린 그걸 멀뚱히 지켜볼 수밖에 없고."

수사를 중단하라는 지시는 윗선의 뜻이었을 뿐, 아소의 본심은 아니었다. 오랫동안 아소 밑에서 일했으니 직속상관의 인품 정도는 잘 안다. 경찰이라는 수직 사회에서 겉으로는 순종적으로 행동하는 것 같지만 범죄자를 증오하는 마음은 이누카이보다 더 강한 사람이었다. 그런 사람이 무고한 이들이 속수무책으로 희생양이 되는 것을 두 눈 뜨고 지켜만 봐야 하니, 얼마나 분할지 쉽게 짐작이 갔다.

"남의 불행을 이용하는 놈들은 종교단체든 의료단체든 다 못된 놈들이야. 약자의 피와 살과 재산을 탐하는 하이에나일 뿐이야."

오다 호스이가 그런 하이에나 중 한 마리라는 사실을 알면서도 현재의 법체계로는 손도 댈 수 없었다. 이번 사건은 모든 것을 빼앗긴 회원들이 정작 피해를 당했다고 인식하지 않는다는 점에서 더욱 악질이었다.

"네가 사쿠라바 리노의 주변만 경호를 세운 건 탁월한 판단이었어. 우리끼리 이야기지만 이제 바보 한 명이 '내추럴리'에서 한바탕 말썽을 일으켜 주기만 바랄 뿐이야."

아소는 어느새 이누카이를 대단한 책사처럼 여겼다. 오다 호스이가 버티고 선 '내추럴리'를 상대하려면 그 정도로 교활하게 처신하라는 뜻일지도 몰랐다.

책사라면 다음은 어떤 계획을 세워야 할까 생각하는데 이누카이의 휴대폰이 울렸다. 발신자를 확인하니 뜻밖에도 이케가미 경찰서의 시도였다.

"네, 이누카이입니다."

―안녕하세요, 시도입니다. 형사님, 쇼노 사토코 씨가 자살을 기도했습니다.

순간 상황을 이해할 수 없었다.

―방금 남편인 기이치로 씨가 신고했습니다. 욕실에서 손목을 그었다더군요.

이상하게도 유키의 얼굴이 떠올랐다.

"사망했습니까?"

―지금 집으로 출동하는 중입니다. 구급차가 먼저 도착할 것 같은데, 이누카이 형사님에게도 소식을 전하는 게 좋을 것 같아서 연락드렸어요.

"감사합니다. 저도 곧 가겠습니다."

서둘러 전화를 끊고 통화 내용을 보고했다. 아소의 미간 주름이 한층 더 깊어지더니 분을 삭이지 못하고 자신의 책상을 주먹으로 내리쳤다.

"쇼노 부부 집에 다녀오겠습니다."

"저도 같이 가요."

이누카이가 뛰기 시작하자마자 아스카가 뒤를 따랐다.

쇼노 부부의 집 앞에는 구급차와 경찰차가 세워져 있었

다. 이누카이와 아스카가 탄 스바루 임프레자가 목적지에 도착하자마자 마치 기다렸다는 듯 집에서 구급대원들이 쏟아져 나왔다. 그들이 밀고 있는 스트레처 위에는 사토코가 고정된 채 누워 있었다. 구급대원들은 훈련으로 다져진 민첩한 움직임으로 스트레처를 차에 싣고 붉은 경광등을 켜며 현장을 떠났다. 그 뒤로 경찰차 한 대가 호위하듯 뒤따랐다.

쇼노 기이치로와 시도가 현관 앞에 서서 구급차를 배웅하고 있었다. 기이치로는 이누카이 일행을 발견하자마자 면목 없다는 듯 고개를 숙였다.

"또 폐를 끼치네요."

"아내분은 괜찮으십니까?"

이번에는 시도가 나서서 설명했다.

"운 좋게 빨리 발견해서 다행히 큰일은 없었습니다. 의식이 돌아오지 않아서 긴급 이송했지만 출혈량은 많지 않아요. 지금 기이치로 씨에게 사건 정황에 대해 듣고 있었습니다."

원래라면 기이치로도 구급차에 동승했을 터다.

"아무래도 하시고 싶은 말씀이 있는 것 같군요."

기이치로는 긍정의 표시로 고개를 끄덕이고는 세 사람

을 집 안으로 이끌었다. 집 안에는 이케가미 경찰서의 경찰관 몇 명이 돌아다니고 있었다.

거실에 자리 잡은 이누카이가 서둘러 입을 열자 기이치로가 머뭇머뭇 말을 꺼냈다.

"퇴근해서 집에 돌아왔는데 사토코가 보이지 않았습니다. 장을 보러 나간 줄 알았는데 현관에 신발이 있더군요. 이상하다는 생각에 찾아 보니 손목을 그은 팔을 욕조 물에 담근 자세로 욕실에 쓰러져 있었어요. 저는 황급히 지혈한 뒤 119에 신고했습니다. 부엌에 있던 식칼로 손목을 그었어요. 칼은 욕조 옆에 떨어져 있었고요."

자살에 자주 사용되는 익숙한 도구였다. 계획적인 행동 같지는 않았다.

"아무리 자살을 결심했다고 해도 충동적인 선택 같군요. 기이치로 씨, 혹시 짚이는 것이 있습니까?"

"아마도 이것 때문인 것 같습니다."

기이치로는 테이블 위에 놓여 있던 봉투를 가져왔다. 이누카이는 재빨리 장갑을 끼고 봉투를 건네받았다.

별다른 특징이 없는 하얀 봉투에 집 주소와 받는 사람인 '쇼노 사토코 씨'가 적혀 있었다. 인쇄된 글씨였다.

소인은 우시고메 우체국, 보내는 사람은 알 수 없음. 봉투

속에는 새하얀 편지지 한 장이 들어 있었다. 내용은 다음과 같았다.

쇼노 사토코 님

사쿠라바 리노의 기자회견을 보셨나요?

사쿠라바 리노는 오다 호스이의 치료를 받고 자궁경부암을 극복했습니다. 그녀에게는 앞으로도 찬란한 미래가 기다리고 있을 겁니다.

유키에게는 미래가 없는데.

똑같은 치료를 받았지만 사쿠라바 리노는 기적적으로 살아났고 쇼노 유키는 비참하게 죽었습니다. 어떤 차이 때문이라고 생각하시나요?

바로 돈입니다.

사쿠라바 리노는 톱 아이돌입니다. 치료에 필요하다면 소속사에서 얼마든지 돈을 마련해 주죠.

그런데 당신은 어땠습니까?

아이의 목숨은 돈으로 환산할 수 없을 정도로 소중할 텐데 그에 비해 너무 인색했다고 생각하지 않습니까?

오다 호스이는 치료하는 장사꾼입니다. 치료비에 따라 환자를 대하는 태도에 차이가 나는 것은 당연합니다.

유키 군은 병마에 진 것이 아닙니다.

가난에 진 것이죠.

오다 호스이가 아니라 당신의 가난을 원망하세요.

편지에 적힌 글도 모두 인쇄된 글씨였다.

편지를 다 읽자 이누카이는 구역질이 났다.

인간의 악의에 대한 혐오감이 유발하는 구토였다.

"……너무하군."

편지를 다 읽은 시도가 중얼거렸다. 아스카는 소리조차 낼 수 없는 듯했다.

"저도 그걸 다 읽고 나서 속에 천불이 났습니다. 유키가 그렇게 된 데는 죽을 때까지 후회해도 모자란 심정이죠. 그래도 그 아이의 명이 짧았던 것이라고 스스로를 다독이며 어떻게든 이해하려고 노력했습니다. 사토코도 마찬가지고요. 경찰에게 오다 선생님이 경력을 위조했다는 사실과 '내추럴리'가 불법 단체라는 말을 들었을 때도 입을 다물었던 이유는 최소한 오다 선생님이 유키를 치료하는 데 최선을 다해 주셨다는 믿음이 있었기 때문이에요. 그런데 그걸 이런 식으로 부정하면 자식 잃은 엄마는 어떻게 살겠습니까. 저 역시도 참담하고 절망스럽습니다."

기이치로는 목소리를 눌러 죽였지만 원통한 심정이 생생하게 전해졌다.

편지글을 다시 읽는 것조차 꺼려졌다. 이것은 쇼노 부부의 응어리진 한을 끄집어내는 글이었다. 두 사람이 애써 덮어두려 했던 후회와 죄책감을 다시 끄집어내는 저주였다. 병으로 먼저 보낸 아들을 이용한 방식에 이누카이도 평정심을 유지하기 몹시 힘들었다. 이누카이는 간신히 마음을 가라앉힌 뒤 의심스러운 부분을 하나씩 분석했다.

"기이치로 씨. 제 질문에 침착하게 대답해 주세요. 우선 유키가 '내추럴리'에서 치료받았다는 사실을 저희 말고 다른 사람에게 말한 적 있습니까?"

"아니요······. 딱히 그런 적 없습니다."

"사토코 씨도요?"

"집사람은 어땠는지 확답을 드릴 수는 없지만 누가 일부러 묻지 않는 한 결코 말하지는 않았을 겁니다."

사토코에 관해서는 의식을 되찾는 대로 확인하면 된다.

"이 편지에 우시고메 우체국 소인이 찍혀 있습니다. 신주쿠구에 거주하는 친척이나 지인이 있습니까?"

"아뇨······, 없습니다."

"이 편지는 익명인 데다 모든 글자가 인쇄되어 있습니

다. 일단 경찰에서 가져가 조사하겠습니다."

겉보기에는 봉투도 편지지도 어디서나 구할 수 있는 평범한 제품이라 최종 구매자를 추적하기는 어려울 것 같았다. 필적 감정까지 고려했을 정도로 신중한 자라면 분명 지문 하나 남기지 않도록 주의를 기울였을 것이다. 그래도 일단 감식반에 보낼 가치는 있었다.

"자, 여기요. 조사가 끝나면 그냥 버리셔도 됩니다. 더는 안 보고 싶군요."

기이치로는 마치 더러운 것을 밀어내듯 편지를 앞으로 내밀었다.

"사쿠라바 리노 씨의 기자회견을 봤을 때 솔직히 심란했습니다. 완쾌한 건 당연히 축복받아 마땅한 일이죠. 그런데 사쿠라바 씨의 표정이 밝아지면 밝아질수록 마음 한편에는 불쾌한 감정이 솟구쳤습니다. 스스로도 비뚤어진 마음이라는 걸 알면서도 그 감정을 억누를 수 없었어요. 딱히 누가 미워서가 아니라 감정을 어디에 쏟아내야 할지 모르겠더군요. 유키가 그렇게 가고, 사토코는 저보다 더 상심했습니다. 사쿠라바 씨의 회견을 보고 잘됐다며 축하했지만 마음속에는 저보다 더 큰 한이 맺혔을 거예요. 그 와중에 이런 편지를 받은 겁니다. 사토코는 자책감 때문에 그런 행동을 한 것 같아요."

고작 딱지를 떼는 수준이 아니었다. 상처 부위를 사정없이 후벼 파는 행동이었다. 편지를 보낸 자는 이름을 감추는 데는 아마추어일지 몰라도 남을 자극하는 데는 프로였다. 내가 사토코였더라도 아무렇지 않게 넘기기 어려웠으리라.

그렇다 하더라도 이누카이라면 자해를 선택하지는 않았을 것이다. 오히려 '내추럴리'에게 한 방 먹이려고 하지 않았을까.

그 순간 문득 한 가지 생각이 머리를 스쳤다.

"사토코 씨의 의식이 돌아오면 뒷일을 부탁할게요."

이누카이는 시도에게 그 말만 남기고 아스카와 함께 황급히 자리를 떠났다. 스바루 임프레자를 몰고 향한 곳은 가미이케다이에 있는 시노미야 씨의 집이었다.

현관에서 얼굴을 마주했을 때 시노미야 게이고는 무언가 깨달은 표정으로 이누카이를 바라봤다.

"갑자기 찾아와서 죄송합니다."

"이제는 익숙합니다."

"확인할 게 있어서 왔습니다. 최근에 오다 호스이와 관련된 이상한 편지를 받으신 적 없습니까?"

질문을 듣는 순간 시노미야는 고통을 참으려는 듯 웃어 보였다. 말없이 집 안으로 들어갔다가 다시 나왔을 때는 손에 편지 봉투를 들고 있었다.

"오늘 막 받았습니다. 정말 타이밍 한번 기가 막히네요."

"내용 좀 확인해도 되겠습니까?"

"그러려고 오신 거 아닙니까."

이누카이는 현관에 서서 봉투를 살폈다. 흰색 바탕에 인쇄된 주소와 받는 사람의 이름. 쇼노 부부가 받은 편지와 똑같았다.

편지지의 양식도 같고 심지어 내용까지 거의 같았다. 시노미야 이쿠미를 자살로 몬 것은 병이 아니라 무능한 남편이라고 비난하는 내용이었다.

"저를 바로 찾아오신 이유는 비슷한 편지가 다른 집에도 갔기 때문이겠죠?"

"네. 그 편지를 받은 사람은 자해까지 했습니다."

"자해라니······. 죄책감이 심해지면 스스로를 공격하는 성격이겠죠."

"시노미야 씨는 어떻습니까?"

"형사님들이 오지 않았다면 어떻게 되었을지 모르겠습니다. 흉기라도 사러 철물점에 갔을 수도 있겠네요."

시노미야는 힘없는 목소리로 대답한 뒤 현관 마루 턱에 털썩 주저앉았다.

"감사합니다. 형사님들 덕분에 제정신으로 돌아왔네요."

"누가 편지를 보냈는지 짐작이 가십니까?"

"아니요. 아내가 대체 치료를 받았다는 건 동네 사람들도 알지만 그렇다고 오다 선생님의 이름까지 말하지는 않았거든요."

"방금 철물점에 흉기를 사러 갔을지도 모른다고 하시지 않았습니까."

"저도 모르게 욱했습니다. 공격 대상을 정했던 건 아니었어요. 하지만 분명 '내추럴리' 본부로 쳐들어갔을 겁니다. 거기 말고는 떠오르는 곳이 없거든요."

그 말을 듣자 소름이 돋았다. 만약 시노미야가 격분에 휩싸여 '내추럴리'에 난입했다면 그것이야말로 아소가 바라던 결과가 되었을 테니까. 이누카이에게는 그야말로 최악의 전개였다.

"이누카이 형사님에게 털어놓은 이상, 오다 선생님에게 무슨 일이 생기면 제가 제일 먼저 의심받겠네요. 그런 의미에서도 형사님들이 저를 찾아와 주신 건 감사한 일이에요."

"부디 섣부른 생각은 하지 마세요."

"제가 그런 마음을 먹으면 딸은 혼자 남게 됩니다. 그 정도 판단은 할 수 있어요. 괜찮습니다."

"오다 호스이와 '내추럴리'를 고소할 마음은 여전히 없으십니까?"

시노미야는 조용히 고개를 저었다.

"모순되지만 그래도 그 사람에 대한 고마움은 여전합니다. 사쿠라바 리노의 기자회견은 저도 봤습니다. 축하하고 싶은 마음과 아내에 대한 죄책감이 뒤엉켜서 풀어놓을 수가 없네요. 사쿠라바 리노가 환하게 웃는 얼굴을 볼 때마다 가슴이 미어집니다."

시노미야를 내려다보고 있으니 어쩔 수 없는 허무감이 밀려왔다. 본인은 아니라고 하지만 시노미야도 스스로를 탓하는 성격이 분명했다. 아니, 가족을 잃고 나면 누구나 어느 정도 죄책감을 느끼기 마련이다.

이누카이는 복잡한 마음을 안은 채 시노미야의 집을 뒤로했다. 시노미야 게이고의 비극적인 행동을 미연에 막을 수 있었다는 사실이 그나마 작은 위안이었다.

하지만 그 위안도 오래가지 못했다.

이틀 뒤 오다 호스이가 숨진 채 발견됐기 때문이었다.

5 순교

1

7월 21일 아침 8시를 조금 넘긴 시간, 파출소 순경이 기타자와 경찰서에 신고했다.

―세타가야구 교도에 위치한 '내추럴리'의 한 방에서 총수 오다 호스이가 사망했다.

순찰을 돌던 기동수사대와 기타자와 경찰서 강력계가 현장에 급히 출동해 사건성을 확인, 즉시 경시청에 연락해 수사1과 아소반이 사건을 맡게 됐다.

현장으로 향하는 이누카이는 마음이 어수선했다. 병원 치료를 향한 회의감과 대체 치료의 급부상, 그리고 반지성주의. 지난 한 달 사이에 정신없을 정도로 수많은 동조와 반발이 있었지만 그 소용돌이의 중심에는 항상 오다 호스이가 있었다. 그런 오다 호스이가 사망할 줄은 상상조차 하지 못했다.

"이 일로 상황이 좀 진정되면 좋겠는데요."

조수석에 앉은 아스카가 조용히 말했다. 그 말이 무슨 뜻인지 바로 이해했다.

"'내추럴리'는 오다를 교주로 숭배하는 사이비 종교 같은 단체예요. 그런데 교주를 잃었으니 '내추럴리'는 자연스럽게 사라지겠죠."

"오다에게 자식은 없는 것 같고 후계자가 있다는 말도 들은 적 없어. 시술의 주체는 환자의 가족이라고 해도 그것도 오다의 지도가 있어야 가능한 일이지. 그런데 영향을 안 받을 수는 없겠지만 그렇다고 그 단체가 자연스럽게 사라질 거라고 보는 건 너무 낙관적인 생각이야."

잠시 생각에 잠겼던 아스카는 고개를 살짝 끄덕였다.

"그렇긴 하죠. 이걸로 모든 일이 원만하게 끝날 리 없겠죠."

평소답지 않게 신중한 말투에 이누카이는 조금 놀랐다.

"이슈가 너무 커지면 정작 사건 당사자는 뒷전으로 밀리니까요. 아니, 어쩌면 오다의 죽음 때문에 오히려 더 시끄러워질지도 모르겠네요."

"그게 그렇게 나쁜 일만은 아니야."

"왜요?"

"이렇게 마침내 '내추럴리' 본부를 수사하러 들어갈 수 있으니까."

'내추럴리' 본부 앞에는 경찰차 여러 대가 무리 지어 세워져 있었다. 출입 금지 테이프를 지나 본부 안으로 들어가자 현관 근처에서 마리야 미쓰구를 발견했다. 새하얗게 질린 얼굴로 관할서의 여성 수사관과 함께 있었다. 미쓰구는 곧바로 이누카이 일행을 알아봤다.

"이누카이 형사님 맞으시죠?"

"무슨 일이 있었습니까?"

"강도가 들었어요."

쥐어 짜낸 목소리가 갈라졌다.

"어젯밤에 자고 있는데 누가 덮치더니 손발을 묶고 눈가리개를 채우고 재갈까지 물렸어요."

"다친 곳은 없습니까?"

"저는 그냥 묶인 채 이불 위에 던져졌을 뿐이라 무사했지만……, 총수님이 도장에서 살해됐어요."

미쓰구는 오다가 살해됐다고 단언했다. 그 근거를 캐물으려던 찰나 여성 수사관이 제지했다.

"아직 혼란스러워서 제대로 대답할 수 있는 상태가 아닙니다."

그렇다면 오다의 모습을 직접 확인할 수밖에 없었다. 이누카이와 아스카는 복도를 오가는 수사관들 사이를 뚫고 도장으로 향했다. 복도 중간부터 감식을 위한 이동 통로가 설치된 것을 보니 벌써 감식 작업이 시작된 듯했다.

잠시 후 도장이 보였다. 맹장지 문 여섯 개 가운데 두 개가 열려 있었다. 그곳에 낯익은 미쿠리야 검시관이 서 있었다.

"왔군."

마치 이누카이를 기다렸다는 듯 말했다.

"방금 끝났어."

"보여 주세요."

이누카이는 아스카와 도장으로 들어갔다.

오다가 알몸 상태로 바닥에 쓰러져 있었다. 설명을 듣지 않아도 사인을 알 수 있었다. 정수리에서 흘러내린 피가 다다미 위에 고여 피 웅덩이를 만들었다. 오른쪽 어깨에는 깊은 타박상과 함께 쇄골 방향으로 기이하게 뒤틀려 있었다. 시반은 복부에 집중된 점으로 보아 오랫동안 엎드린 자세로 있었음을 짐작했다. 흉기도 명백했다. 시신 옆에 피로 얼룩진 끈기봉이 놓여 있었다.

"정수리 부위를 뒤에서 네 차례, 오른쪽 어깨를 한 차례 가격했어. 사인은 두개골 함몰로 인한 뇌타박상. 어깨는 탈구에 그쳤고. 사후 경직 상태와 직장 온도를 기준으로 계산했을 때 사망 추정 시각은 어젯밤 11시에서 새벽 1시 사이야."

이누카이는 도코노마에 놓인 칼 장식대로 시선을 옮겼다. 나란히 놓인 끈기봉 중 가장 위에 있던 것이 사라졌다.

"근처에 이런 물건이 있던 게 화근이 됐군. 물푸레나무로 만든 막대기야. 보통 야구 방망이를 만들 때 쓰는 나무지."

즉 야구 방망이와 같은 흉기로 얻어맞은 셈이었다. 네 번이나 맞았으니 두개골이 함몰될 만했다. 오다의 얼굴은 경악과 공포로 얼룩진 그대로 굳어 있었다.

생각해 보면 끈기봉이야말로 오다가 시술한 대체 치료의 상징이었다. 이 막대기로 수많은 환자의 몸에 멍을 만들었고 대부분은 깊은 실의 속에서 고통받았다. 그런데 그 모든 일의 원흉인 오다가 끈기봉으로 맞아 죽었으니 이토록 아이러니한 일이 또 있을까.

"뒤에서 기습당해 반격조차 못 했을 거야. 머리를 얻어맞은 뒤 어깨를 가격당해 앞으로 고꾸라졌겠지."

"오다는 2미터가 넘는 거구입니다. 뒤에서 정수리를 내리치는 건 조금 무리지 않을까요?"

"피해자는 앉아 있다가 공격을 당했어. 그랬으니 뒤에서 기습했을 때 순간 반응하지 못했겠지. 하지만 그 외에도 주의를 분산시킬 만한 이유가 또 있어."

검시관인 미쿠리야가 말하기도 전에 이미 눈치챘다. 시신의 왼쪽 팔뚝에 주사 자국이 여러 개 있었다. 지난번에는 승복을 입고 있어서 팔이 가려진 바람에 미처 발견하지 못했다. 주사 자국이 검붉은색인 것을 보아 아마추어가 주사한 듯했다.

"오다는 상습적으로 약을 했습니까?"

"공교롭게도 간이 감정 키트는 가지고 오지 않아서 어떤 약물인지는 알 수 없어. 하지만 정상적인 의료기관에서 정상적인 의료인에게 맞은 주사가 아니라면 약물의 정체는 뻔하지. 약 기운이 돈 상태였다면 뒤에서 습격을 당해도 기민하게 움직일 수 없었을 거야."

사이비 종교 중에는 신자를 약물에 중독시켜 복종하게 하는 곳도 있다고 들었지만 교주 본인이 약물 중독자인 사례는 드물지 않을까 싶었다.

"시신은 부검에 보낼 테니 곧 약물의 정체도 밝혀질 거야. 심신상실 상태에서 둔기에 맞아 살해당했다면 고통은 별로 못 느꼈을 수도 있겠네."

이누카이는 다시 도장 내부를 바라봤다. 15평 크기 공간에 높은 천장. 복도 반대편에도 역시 맹장지 문이 달려 있었는데 그 너머에서 차량이 달리는 소리가 들려왔다.

이누카이가 맹장지 문을 열어 보니 예상대로 연결 통로를 사이에 두고 정원이 펼쳐졌다. 건너편에는 2미터 정도 되는 담장이 둘러쳐져 있었는데 외부의 침입을 막기 위해서가 아니라 시선을 차단하기 위해 설치한 듯했다.

시험 삼아 다다미 한 장을 들어내 보니 아무 특징 없는 마룻바닥이 나타났다. 일반적인 일본 가옥이라면 마루 밑에 토대와 동귀틀이 있을 테고, 그 밑은 기초 작업이 되어 있을 것이다.

도장의 맹장지 문은 당연히 잠기지 않았다. 안에 있는 사람의 정신이 혼미한 상태였다면 자신을 공격해 달라고 말하는 것이나 다름없었다.

외부 침입이 쉬운 만큼 범인을 내부 인물로만 한정할 수는 없었다.

"사무국장을 만나러 가자."

아스카와 함께 복도를 되돌아갔다. 미쓰구는 여전히 여

성 수사관의 보살핌을 받고 있었다.

"제가 물어볼게요."

이누카이가 직접 요청했다면 거절당했을 수도 있다. 하지만 같은 여성끼리라면 조금 융통성을 발휘해 줄지도 모른다고 생각했다. 다소 뻔뻔한 기대였지만 다행히 통했고 몇 분 정도는 괜찮다는 조건으로 허가가 떨어졌다.

"어젯밤 11시 지나서 습격당한 것 같아요. 막 잠들어서 비몽사몽한데 갑자기 문이 열리더니 누가 방으로 들어왔어요."

"혹시나 해서 확인하는데, 폐관할 때 현관문은 잠그셨죠?"

"물론이죠. 폐관 시간인 저녁 9시에 열쇠로 문을 잠그고 아침 8시에 다시 여는 것이 제 일과예요."

"습격한 사람은 남자였습니까, 여자였습니까? 키와 체격도 말씀해 주세요."

"정신이 몽롱했던 데다가 바로 뒤로 다가와 눈을 가려 버리는 바람에……, 범인에 대해서는 아무것도 모르겠어요."

"목소리는요? 조용히 하라거나 협박을 하지는 않았습니까?"

"목소리는 전혀 내지 않았던 것 같아요. 저는 재갈이 물리기 전까지는 계속 소리를 질렀는데."

"그것 말고는 해를 입으시지는 않으신 거죠?"

"네."

"이불 위로 쓰러진 뒤에는 무슨 소리 못 들으셨습니까?"

"여기는 현관 바로 옆이고 총수님 집무실과 도장과는 멀리 떨어져 있어서……."

설령 가까운 곳에 있었더라도 오다가 이미 의식을 잃은 상태였다면 비명 한 번 지르지 못한 채 살해당했으리라.

"그러다 아침이 됐는지 8시 치료를 예약한 회원님이 오셨어요. 저는 어떻게든 소리를 내려고 안간힘을 썼죠. 다행히 그분이 저와 총수님을 발견하셨어요. 총수님이 피투성이가 된 채로 쓰러져 있다는 말을 듣고 황급히 도장으로 뛰어가니 그런 모습으로……. 한심한 말이지만 총수님의 몸을 본 순간 정신이 아득해졌습니다. 신고는 회원님이 해 주신 것 같아요."

"오다 씨와 미쓰구 씨 외에 본부에서 숙식하는 사람이 있습니까?"

"아뇨. 총수님과 저 둘뿐이에요. 다른 직원들은 전부 집에서 출퇴근하거든요."

이 넓은 건물 안에 남녀가 단둘이 지냈다는 사실만으로 사람들은 둘 사이를 의심할 법했다. 하지만 미쓰구는 전혀 개의치 않는 듯했다.

밤새도록 눈을 가린 채 묶여 있었다면 더 들을 것도 없었다. 이누카이는 기타자와 경찰서의 고시야마라는 담당자에게 말을 걸었다.

"시신 발견자와 이야기를 나누고 싶습니다."

시신 최초 발견자는 누이메 가즈코라는 주부였는데 예약 날짜에 맞춰 도장을 방문했다고 진술했다.

"8시 정각에 도착해서 인터폰을 눌렀는데 아무 대답이 없더라고요. 그런데 현관문은 열려 있었어요."

밤 9시에 잠갔다고 한 문이 열려 있었다니, 범인이 그 문으로 도주했음을 짐작할 수 있었다.

"이상하다 싶었는데 현관 옆 방에서 신음이 들렸어요. 그래서 맹장지 문을 열었더니 사무국장님이 눈가리개를 하고 재갈까지 물린 채 묶여 있지 뭐예요. 그래서 일단 묶인 걸 풀어 주고 저 혼자 총수님을 찾으러 갔어요. 그런데 도장 문을 열었더니……."

가즈코는 그때 본 광경이 떠올랐는지 갑자기 사그라질 것 같은 목소리로 말했다.

"총수님이, 총수님이……."

어떻게든 말을 이으려고 했지만 입이 딱 달라붙어서 목

소리가 나오지 않는 듯했다.

"그, 그래서 곧바로 휴대폰으로 경찰에 신고했어요."

이누카이는 다시 고시야마를 돌아봤다.

"현관문 잠금장치는 부서져 있었습니까?"

"아뇨. 감식반이 열쇠 구멍을 조사했지만 망가지거나 복제 열쇠를 사용한 흔적은 없었습니다. 담을 넘어서 침입했고 범행을 마친 뒤에는 현관으로 도주한 것으로 보입니다."

"본부 현관 근처에 CCTV가 설치되어 있던 걸로 기억하는데요."

"네, 현관 근처에 한 대, 뒷문에 한 대 있어요. 곧바로 감식이 회수해 갔죠."

그런데 고시야마가 실망스러운 목소리로 말했다.

"하지만 꽝이었어요. 두 대 다 쓸모가 없었죠. 범인이 이미 손을 써 뒀더라고요. 카메라 렌즈 부분을 스프레이 페인트로 완전히 가려 버렸습니다."

그렇게나 용의주도한 범인이라면 카메라의 사각지대를 이용해 침입했을 것이다. 영상을 분석해 봤자 분사 직전의 스프레이 캔만 찍혀 있겠지. 이렇게 되면 범인이 건물 안에 지문이나 체액을 남겼기를 바랄 수밖에 없었다.

"단순 강도일 가능성은 고려하지 않으십니까?"

"미쓰구 사무국장에게도 확인했는데 사라진 금품은 없다고 합니다. 뭔가를 뒤진 흔적도 없으니 분명 단순 절도는 아닐 겁니다."

"미쓰구 사무국장의 자작극은 아닐까요? 어쨌든 오다와 함께 살던 유일한 사람이잖아요."

"묶여 있던 미쓰구 사무국장을 풀어 준 사람이 사망한 오다 호스이를 처음 발견한 사람인데, 결박을 푸는 데 상당히 애를 먹었다더군요. 실제로 매듭을 전부 풀지 못해서 곳곳에 이중 매듭이 남아 있기도 하고요. 절대 스스로 묶을 수 없는 방식이었습니다."

이미 기타가와 경찰서 수사관들이 흩어져 인근을 탐문 수사하고 있다고 들었다. 밤 11시부터 새벽 1시, 이 시간대에 얼마나 많은 정보를 얻을 수 있을지 불안했지만 수사관들의 기동력을 믿을 수밖에 없었다.

물론 남에게 의지하기 전에 자신이 먼저 움직여야 한다는 생각은 변함없었다.

"쇼노 부부의 집과 시노미야 씨의 집으로 간다."

그 한마디로도 충분히 이해한 듯 아스카는 이유를 묻지 않은 채 조수석에 몸을 실었다.

발신인 불명 편지를 받은 쇼노 사토코와 시노미야 게이

고는 그때까지 가슴속에 묻어둔 오다에 대한 증오를 내비쳤다. 오다에 대한 믿음이 흔들린 지금, 그에게 살의를 품는다고 해도 이상하지 않았다.

"사쿠라바 리노의 기자회견 후에 오다에게 불신을 품은 회원도 적지 않겠죠?"

아스카가 마치 이누카이의 생각을 읽은 것처럼 물었다.

"애초에 사기 의료였어. 시술 효과도 없이 죽어간 환자는 쇼노 유키나 시노미야 이쿠미만이 아닐 거야. 가족이 죽었는데 사쿠라바 리노는 살아났지. 오다를 원망하는 유족이 있을 만도 해."

"그런 유족들이 전부 용의자라는 말씀인가요?"

"기타자와 경찰서의 짐작대로 범인이 담을 넘어 침입했다고 가정하면 몸을 최대한 가볍게 만들었을 거야. 게다가 도장에 있던 끈기봉을 흉기로 썼지. 처음 침입한 장소에 그렇게 흉기로 알맞은 물건이 있으리라고는 상상도 못 하겠지. 범인은 분명 도장에 들어가 본 적 있는 사람이야."

쇼노 부부와 시노미야 게이고에게는 모두 범행 동기가 있다. 즉 알리바이가 없다면 그들이 가장 유력한 용의자가 되는 셈이다.

평소 같으면 가슴이 뛸 상황이었지만 이번만큼은 두려

운 감정이 앞섰다. 수사에 사적인 감정을 개입시키면 안 되지만 쇼노 부부와 시노미야 게이고가 아무 관련이 없기를 바라는 마음이었다.

"점점 더 라스푸틴 같네요."

이누카이의 생각을 끊으려는 듯 아스카가 중얼거렸다.

"무슨 말이야?"

"라스푸틴은 주교나 상류층 인사들과 친분을 쌓아 궁으로 들어갔고 결국 정치에까지 개입하죠. 그 와중에 황후와도 친밀한 관계를 맺으면서 교회와 정치권에 적을 많이 만들었어요. 결국 질투심이 문제였죠. 그에게 반감을 품은 귀족들에게 암살당하거든요. 술에 만취한 상태로 총을 여러 발 맞았다고 해요."

아스카의 비유는 그럴듯했다. 만취 상태에서 살해당했다는 점에서 오다와 라스푸틴은 묘하게 비슷했다.

"괴승은 어둠 속에 묻혔다. 해피엔드인가?"

"라스푸틴의 정치 개입이 결국 제정 러시아의 붕괴로 이어졌잖아요. 과연 해피엔드일지……. 누구의 관점에서 보느냐에 따라 다르겠죠."

조심스러운 말투가 마음에 걸렸다.

"뭔가 못마땅한 모양인데?"

"오다가 죽어서 '내추럴리'나 대체 치료 문제가 단번에 해결되면 좋겠지만 오늘날 우리 일본은 제정 러시아보다 훨씬 복잡한 사회잖아요."

"오다가 죽었다고 모든 게 끝나지는 않지."

"옴진리교 교주도 결국 사형됐잖아요. 하지만 그게 끝이 아니었어요. 들리는 말로는 오히려 교주가 그렇게 죽으면서 신자들 사이에서 더욱 신성한 존재가 되었다더라고요."

교리에 목숨을 바친 자는 '순교자'로 추앙받는다. 시대가 달라져도 변하지 않는 사실이었다.

"오다 호스이도 결국 그렇게 신격화될 수 있다는 말인가?"

"생각만 해도 끔찍하네요."

아스카의 불안이 전염된 것은 아니었지만 이누카이도 마음이 편치 않았다. 사쿠라바 리노의 완쾌 기자회견과 구가야마 의원의 발언 때문에 오다 호스이는 단숨에 시대의 인물로 떠올랐다. 적어도 경찰 수사를 방해할 수 있는 정도의 권력을 손에 넣은 듯했다. 그런 오다가 사라졌으니 정치권에서도 어떤 식으로든 파장이 생길 수밖에 없다. 정계와 연예계를 둘러싼 각종 루머와 가짜 뉴스가 난무하고 그에 휘둘리는 사람도 분명히 생길 터였다.

이 혼란을 잠재울 방법은 단 하나, 서둘러 범인을 검거해 사건을 신속히 해결하는 것뿐이었다.

이런 사건은 시간이 지체될수록 변수가 눈덩이처럼 불어나서 결국은 통제할 수 없는 상황에 이르기 때문이다.

쇼노 부부는 집에 함께 있었다. 손목을 그어 응급실에 실려 갔던 사토코도 어제 오후 5시경에 퇴원했다고 한다.

이제 괜찮은지 이누카이가 묻자 기이치로는 아내를 염려하는 눈길로 다행히 상처가 깊지 않았다고 덧붙였다.

"하룻밤 병원 신세를 지고 나니 한결 차분해졌습니다. 이제는 침착하게 대화를 나눌 수 있어요."

기이치로 옆에 앉아 있던 사토코도 힘없이 고개를 끄덕였다. 기력이 떨어져서인지, 아니면 남편인 기이치로에게 미안한 마음 때문인지 짐작하기 어려웠다.

"퇴원 후 외출하신 적은 없습니까?"

"냉장고에 먹을 게 남아 있었고, 무엇보다 집사람 혼자 두고 싶지 않아서 집에 가만히 있었습니다."

"그 사실을 증언해 줄 사람이 있을까요?"

사토코가 퇴원할 때 기이치로가 동행했다고 하니 두 사람의 알리바이는 거의 비슷한 시간대에 맞춰져 있다. 사토코가 퇴원한 시간은 오후 5시, '내추럴리' 본부가 습격당한 시간은 밤 11시부터 새벽 1시 사이. 쇼노 부부의 집에서 본부까지 이동하는 시간을 감안해도 두 사람 모두 충분히 범행을 저지를 수 있었다.

"무슨 사건이 일어났습니까?"

도리어 기이치로가 반문했다. 경찰이 현장에 도착한 지 아직 세 시간도 채 지나지 않았다. 아스카가 차 안에서 확인한 결과 오다가 살해됐다는 소식은 아직 인터넷 뉴스에도 보도되지 않았다.

"지금 저희 알리바이를 확인하시는 걸 보니 혹시 오다 선생님께 무슨 일이 생긴 겁니까?"

만약 기이치로가 범인이라면 제법 능청스러운 연기였다.

어차피 낮이 되면 뉴스로 보도될 테니 굳이 숨길 필요가 없었다.

"'내추럴리' 본부에서 오다 호스이 씨가 숨진 채 발견됐습니다."

그 순간, 기이치로와 사토코의 표정이 순식간에 변했다.

"말도 안 돼."

사토코는 엉덩이를 들썩이며 이누카이를 다그쳤다.

"도대체 왜요? 무슨 불의의 사고를 당하신 건가요? 아니면 누구에게 살해당하셨어요?"

본인은 손목을 그어서 자살을 시도했으면서도 사토코의

머릿속에는 오다가 스스로 목숨을 끊었으리라는 가정은 전혀 없는 듯했다.

"사고와 사건, 두 가능성 전부 열어두고 수사 중입니다. 하지만 타살일 가능성이 훨씬 큽니다."

그 말에 쇼노 부부는 침통한 얼굴로 서로를 바라봤다. 한때는 아들의 회복을 간절히 바라며 모든 것을 의지했던 은인이었다. 비록 사쿠라바 리노의 완쾌 기자회견을 보고 배신감을 느꼈다고 해도 그 은인이 살해당했다니 다양한 감정이 교차하는 것도 당연했다.

"이누카이 형사님, 우리 부부가 오다 선생님을 죽였다고 생각하세요?"

별다른 감정 변화도 없이 기이치로는 슬픈 얼굴로 조용히 물었다.

"평소 같으면 화가 치밀어야 할 상황인데 안타깝게도 그런 기분도 안 드네요. 오히려 의심받는 게 당연하다는 생각마저 듭니다."

"두 분을 의심하는 건 아닙니다. 오다의 시술을 받은 환자와 그 가족이 전부 조사 대상일 뿐입니다."

"그래도 우리는 유키가 사망했으니 더 의심받겠죠."

기이치로가 자학적인 미소를 지었다.

"치료를 부탁했지만 효과가 없어 오다 선생님을 원망한다. 제삼자가 들으면 어처구니없는 복수일 뿐인데 슬프게도 전혀 부정할 수 없네요."

기이치로는 동의를 구하듯 사토코를 바라봤다. 사토코는 금방이라도 쓰러질 것처럼 핏기가 사라진 얼굴이었다.

"저도 남편과 같은 마음이에요."

목소리는 약간 쉬었지만 말끝은 또렷하게 들렸다.

"어쩌면 그 범인이 저였을 수도 있겠네요."

"사토코."

"이런 말을 하면 제가 은혜도 모르는 배은망덕한 사람 같겠지만, 오다 선생님은 사회적 지위에 따라 환자를 가려서 치료하는 것 같다는 생각이 들었어요. 한번 그런 생각이 들자 걷잡을 수 없었죠. 우리 집에 온 편지 내용이 계속 눈앞에 아른거려 이렇게 심장을 움켜쥐는 기분이에요."

"범인에게 공감하는 듯한 말은 삼가는 게 좋습니다."

"알아요. 하지만 이런 말을 이누카이 형사님에게 할 수 있는 건 안심이 됐기 때문이에요. 지금껏 무언가가 가슴을 답답하게 짓누르고 있는 느낌이었는데 이제 훌훌 털어낸 기분이에요."

여전히 기운 없는 목소리였지만 확실히 사토코는 묵직

한 짐을 내려놓은 듯 후련한 얼굴이었다. 기이치로는 기이치로대로 편안해진 아내를 애틋하게 바라봤다.

용의자로 의심하기에는 매우 평온해 보이는 부부였다.

이누카이와 아스카는 시노미야의 집으로 향했다. 정오 무렵에 도착했을 때 시노미야 게이고는 이미 오다가 살해됐다는 사실을 알고 있었다.

"방금 인터넷 뉴스에서 봤어요."

일반인이 살해됐다면 이렇게 빨리 첫 보도가 나오지 않았으리라. 오다 호스이가 그만큼 유명인이라는 증거였다.

"도장에서 살해당했다죠?"

"문을 잠글 수 없는 공간이니까요. 따지고 보면 그렇게 허술한 방도 없습니다."

"담장도 그리 높지 않고. 몸이 가벼운 사람이라면 쉽게 넘을 만한 높이죠."

게이고는 적잖이 흥분했는지 말끝마다 희열이 묻어나왔다. 그러더니 이내 경솔하다고 느꼈는지 잠시 불편한 듯 눈을 내리깔았다. 만약 오다를 살해한 흉기가 끈기봉이라는 사실을 알면 어떤 표정을 지을지 궁금했다.

"실례했습니다. 수사의 최전선에 계신 형사님께 할 말은 아니었습니다."

"심정은 이해합니다."

"너무 잘 이해해 주셔서 오히려 저를 용의자로 의심할까 봐 무섭네요."

"어젯밤 11시부터 어디에서 무얼 하셨습니까?"

"평소와 같았어요. 밤 9시에는 잠들었습니다. 말할 것도 없지만 집사람이 죽고 나서는 혼자 살고 있으니 증명해 줄 사람은 없지만요."

게이고도 자학적으로 웃어 보였다. 쇼노 기이치로가 지었던 표정과 비슷해서 가족을 잃은 자들의 공허한 마음이 새삼 떠올랐다. 자신도 사야카를 잃으면 이런 식으로 웃을지 모른다고 상상하니 가슴이 미어졌다.

"이런 말을 하면 사람도 아니라고 욕먹겠지만 오다 선생님이 살해됐다는 소식을 듣고 마음이 놓였습니다."

기시감이 아니었다. 게이고는 앞서 사토코가 한 말과 똑같은 말을 했다.

"누가 보냈는지 알 수 없는 편지를 받았을 때도 그랬지만 은인이어야 할 오다 선생님을 생각할 때마다 그가 존재한다는 사실만으로 나 자신이 통제되지 않는 순간이 있습니다. 병든 집사람을 돌보던 시절에는 제가 이렇게까지 감정적으로 불안정한 사람일 거라고는 상상도 못 했습니다. 그래서 살해 소식을 듣고 안심했습니다. 적어도 내 손으로 끝내지 않았으니까."

"무슨 말씀이신지 알지만 살해 동기를 암시하는 언행은 조심하시는 편이 좋겠군요. 아직 수사가 시작된 지 얼마 안 됐습니다."

"하긴, 제가 용의자 중 한 명이죠."

게이고는 무언가 떠올린 듯 이누카이를 바라봤다. 살인 사건의 용의자로 의심받고 있는데도 이렇게 평온한 얼굴을 하다니 이상하고도 안타까운 일이었다.

"그런데 형사님, 이번에는 경찰이 꽤 애를 먹을 수도 있겠어요."

"왜죠?"

"오다 선생님에게 가족을 맡겼다가 잃은 사람이 우리 말고도 많잖아요. 설령 죽지 않았다고 해도 재산을 거의 다 잃은 사람도 분명 있을 테고요. 그런 사람들이 과연 수사에 얼마나 협조해 줄까요?"

게이고의 미소가 비틀린 냉소로 변했다. 그가 뱉은 말은 이누카이와 경찰에 대한 도발이자 오다를 믿는 신자들을 향한 조롱이기도 했다.

그날 바로 오다 살해 사건의 수사본부가 꾸려졌다. 지휘소가 설치된 곳은 관례대로 관할서인 기타자와 경찰서였는데 이누카이와 아스카의 자리 뒤쪽에는 고시야마의 모습도 보였다. 그러나 이누카이의 솔직한 심정은 이케가미 경찰서의 시도와 덴엔초후 경찰서의 미네히라도 수사에 참여시키고 싶었다. 세 사건은 단독 사건이 아니라 피해자와 가해자의 역할이 뒤바뀐 사건일 수 있기 때문이었다.

단상에 앉아 있는 사람은 얼굴이 익숙한 무라세 관리관, 기타자와 경찰서장, 그리고 사건 전담반으로 진두지휘하게 된 아소였다.

정재계와 적지 않게 연관된 남자가 살해된 사건이어서 수사에 어떤 압력이 가해질지 불을 보듯 뻔했다. 그 압력이 긍정적이든 부정적이든 수사본부에 그저 방해만 될 뿐이었다. 그 사실을 누구보다 뼛속 깊이 알고 있는 아소는 떨떠름한 얼굴을 숨기지 못했다.

한편 무라세 관리관은 여전히 가면을 뒤집어쓴 듯한 무표정을 유지하고 있어서 무슨 생각을 하는지 전혀 읽을 수 없었다. 일단 정치권의 압박으로 중단됐던 오다 호스이에 대한 수사를 이번에는 그 당사자가 살해당한 사건으로 다시 시작하게 됐다. 지시를 내렸던 무라세도 내면의 갈등이 있었겠지만 그런 기색을 조금도 내비치지 않는 모습은 가히 대단했다.

"세타가야구 교도에서 발생한 살인 사건, 제1회 수사 회의를 시작한다. 시작에 앞서 미리 말해 두는데, 피해자 오다 호스이 씨에 관해 세간과 언론에 이런저런 이야기가 떠돌고 있다. 정재계와의 유착을 의심하는 목소리도 많다. 하지만 수사에 임하는 이상 그 모든 외부의 평가는 잡음으로 여기길 바란다."

옆에 앉아 있는 아소는 의아하다는 듯 한쪽 눈썹을 치켜올렸다. 처음부터 무라세의 말을 전혀 믿지 않는 기색이 역력했다.

"그럼 가장 먼저 부검 결과에 대해서."

그 말에 아스카가 일어나 보고했다.

"방금 부검 보고서가 도착했습니다. 피해자는 뒤쪽에서 정수리를 네 차례, 그리고 오른쪽 어깨를 한 차례 구타당했으며, 사인은 두개골 함몰에 의한 뇌타박상으로 확인됐습니다. 함몰된 부위는 현장에서 발견된 막대기 모양의 흉기와 형태가 일치하며, 피해자는 이 흉기에 의해 살해된 것으로 추정됩니다. 해당 흉기는 단단한 재질로 쉽게 부러지지 않는 물푸레나무로 만들어졌으며, 이 나무는 주로 야구 방망이를 만들 때 사용됩니다. 또한 막대기에는 여러 가지 약초가 발라져 있었는데 피해자가 운영하던 의료단체 '내추럴리'에서는 이를 끈기봉이라 부르며 치료 도구로 사용했습니다."

이어서 범행 현장의 사진이 모니터에 나타났다. 사진 중에는 도코노마에 놓인 칼 장식대도 있어서 흉기가 원래 현장에 있던 물건임을 짐작할 수 있었다.

"사인 외에 특별히 주목할 만한 점이 있나?"

"피해자의 체내에서 고농도 코카인이 검출됐습니다."

수사관들 사이에서 희미한 실소가 새어 나왔다. 세간에서 화제가 된 의료인이 약물 중독자였다는 사실은 웃음이 튀어나올 정도로 모순됐다.

미쿠리야의 진단은 이번에도 옳았다. 의료 분야에서 코카인은 국소마취제로 유용하게 사용되지만 중추신경에 작용하면 정신을 과도하게 각성시키는 효과가 있다. 신체적 중독보다는 정신적 중독이 강한 마약으로, 일본에서는 마약 및 향정신성 의약품 단속법에 따라 엄격히 규제한다. 셜록 홈즈가 코카인 중독으로 유명했다.

"피해자의 팔에 주사 자국이 남아 있는 것으로 보아 코카인을 상습적으로 투여했을 가능성이 크다고 합니다."

"제대로 저항하지도 못한 채 공격당한 것도 코카인을 해서 의식이 혼미했기 때문인가."

"충분히 그럴 수 있다는 소견입니다."

"다음, 감식 보고."

감식과 수사관이 일어섰지만 표정은 좋지 않았다. 보고를 시작하기도 전에 별다른 성과가 없다는 분위기가 먼저 전해졌다.

"현장은 평소 치료 공간으로 개방된 공간이라 피해자는 물론 환자들과 그 가족들까지 수시로 드나들었습니다. 정체를 알 수 없는 머리카락과 체액이 다수 채취되었으며 현재 분석하고 있습니다."

"피해자를 뒤에서 공격했다면 범인의 족흔이 남았을 텐데?"

"네. 하지만 다다미에서는 신발 자국 같은 것이 전혀 발견되지 않아서 범인이 신발을 벗고 조용히 다가갔을 가능성을 배제할 수 없습니다."

오다가 코카인을 투여해 정신이 흐릿한 상태여도 범인이 발소리를 죽이려고 애썼을 가능성은 충분했다. 그렇다면 치료를 받으러 온 환자나 가족들과 조건이 같아지는 셈이었다.

"치료 이력이 있는 회원들의 협조가 필요하다는 뜻인가."

무라세는 억양 없는 목소리로 말했다. 회원 중에는 당연히 정재계 인사들도 포함되어 있어서 이들에게 협조를 요청할 때 반발이 예상됐다. 무라세의 기분이 언짢아 보일 만했다.

"'내추럴리' 본부 현관 및 뒷문에 설치된 CCTV는 렌즈 부분이 붉은 락카 계열 페인트가 칠해져 무용지물이 됐습니다. 직전에 찍힌 화면에는 스프레이 캔만 클로즈업되어 있었고, 범인으로 추정되는 인물은 전혀 잡히지 않았습니다."

"CCTV 설치 위치부터 사각지대까지 정확하게 파악하고 있었다는 뜻이군. 범인은 본부 주변 지리를 상당히 잘 아는 자야."

본부에 자주 드나들던 사람을 추리면 일단 회원들에게 의심이 깊어지는 상황이었다.

"현관문을 억지로 여닫은 흔적도 없어서 범인은 담을 넘어 침입한 것으로 보입니다. 현재 담장 주변에서 신발 자국을 채취해 분석 중입니다."

"다음, 피해자의 신상."

이번에는 이누카이가 대답했다. 다만 오다의 신상에 대해서는 이전에 밝혀낸 사실을 보고할 뿐이었다.

"오다 호스이, 민간 의료단체 '내추럴리'의 대표이사로

등록되어 있으며 본명은 오다 도요쓰구입니다. 홈페이지 프로필에는 헝가리 국립대를 졸업했다고 나와 있지만 해당 대학에 입학한 사실이 없으며 학위증도 위조문서입니다. 또한 오다는 의사면허를 취득한 적이 없으며 세간에 공개된 경력은 허위입니다. 다만 오다는 직접 의료 행위를 하지 않았기 때문에 법적 책임을 물을 수 있는 것은 사문서위조죄 정도입니다."

그만 비꼬는 말투가 튀어나왔다. 경력부터 의학지식, 치료법에 이르기까지 전부 거짓으로 점철된 가짜일 뿐인데 국회의원 배지를 단 사람들이 그를 신처럼 떠받들며 발아래 엎드렸다. 그런 사람들이 입법부에서 뻣뻣하게 고개를 들고 다니는 현실을 생각하니 실소를 참을 수 없었다.

"그냥 사기꾼이라는 말인가. '오다 도요쓰구'로서의 경력은 알아냈나?"

"현재 주민등록표를 찾으며 피해자의 과거를 조사하고 있습니다. 참고로 약물 관련 체포 이력은 확인되지 않았습니다."

"계속 조사해. 체포 이력이 없더라도 판매책과 얽힌 사건으로 발전할 수도 있으니."

회원이 아니라 마약 관련 용의자가 범인으로 나와 주는

편이 차라리 낫겠다는 것이 솔직한 심정이었다.

"관리관님, 잠시 드릴 말씀이 있습니다."

이누카이는 선 채로 계속 발언했다.

"뭐지?"

"6월에 쇼노 유키라는 소년이 병사한 사건과 이번 달에 시노미야 이쿠미라는 주부가 자살한 사건, 두 사건 모두 오다 호스이, 그리고 그가 이끄는 '내추럴리'와 깊은 관련이 있습니다. 각 사건을 담당한 이케가미 경찰서와 덴엔초후 경찰서를 수사본부에 합류시켜 정보를 공유하면 어떻겠습니까?"

"그럴 필요 없어."

단칼에 잘랐다.

"두 사건과 관련 있다는 사실은 이미 보고를 받았다. 관계자들을 불러 참고인 조사를 할 필요는 있지만 현재로서는 인력 확대를 고려하지는 않아."

아마도 수사본부의 규모가 불필요하게 커지는 것을 꺼리는 듯했다. 그 판단 자체는 틀리지 않았지만 정보를 공유하지 못하는 점은 아쉬울 따름이었다.

"다음, 현장 주변 탐문."

이번에는 고시야마가 일어났다.

"피해자의 사망 추정 시각인 20일 오후 11시부터 새벽 1시까지, '내추럴리' 본부 앞을 오간 목격자를 찾고 있지만 아직 나오지 않았습니다. 인근에 있는 상점가는 사람들이 밤늦게까지 지나다니지만 사건 현장은 주택가 안쪽에 있어서 주변이 상당히 조용한 편입니다."

"교도의 장점을 홍보하는 자리가 아니야."

특유의 무뚝뚝한 어조로 대꾸한 무라세는 초조한 기색을 조금 드러냈다.

"스프레이 캔을 든 괴한이 어슬렁거렸는데 목격자를 찾지 못한다면, 그건 찾지 못하는 사람 잘못이야."

질책받은 고시야마는 난감한 얼굴로 자리에 앉았다.

"용의자 범위는 그동안 초동 수사 단계에서 어느 정도 좁혀졌어. '내추럴리'에게 회원 명단을 받아서 회원 한 명 한 명 알리바이를 조사해. 감식 작업과 탐문은 계속 진행한다. 이상."

수사관들이 흩어지는 가운데 이누카이는 그대로 자리에 앉아 생각에 잠겼다.

회원 명단에서 용의자를 가려내는 것은 정해진 수순이나 다름없었다. 문제는 그 명단에 사쿠라바 리노나 구가야마 의원 같은 유명인이 있다면 과연 얼마나 깊게 파헤칠 수 있냐는 것이었다. 그 두 사람은 병명을 공개하고 '내추럴리'의 대체 치료를 두둔했지만 반대로 이를 비밀로 하고 싶어 하는 인물도 분명 존재할 터다. 오다가 입을 영원히 다물게 되어서 가슴을 쓸어내리고 있는 사람이 순순히 경찰 수사에 협조할 리 없었다.

"이누카이."

머리 위에서 목소리가 들려서 확인하자 눈앞에 아소가 서 있었다.

"쇼노 유키 사건 때부터 오다 호스이를 쫓은 사람은 너야. 할 말은 많겠지만 말을 아끼도록 해."

"아직 아무 말도 안 했는데요."

"그러니까 미리 단속하는 거야."

직감적으로 알 수 있었다. 누구보다 먼저 입단속을 당한 사람은 아소이리라.

"회원 명단 말입니까?"

"그래. 회원 개개인의 알리바이를 전부 조사한다는 방침은 바뀌지 않지만 누가 어떤 회원을 맡을지는 관리관이 정할 거야."

"의원회관 쪽에서 저는 제외될 모양이군요."

"누군가가 죽어서 슬퍼하는 놈도 있고 기뻐하는 놈도 있어. 원래 세상은 다 그렇게 돌아가는 거야."

"기뻐하는 사람은 구가야마 의원의 정적들입니까?"

"구가야마 의원은 국민당 최대 파벌의 조정 역할을 맡고 있지. '내추럴리'의 대체 치료로 그자의 수명이 길어지는 걸 못마땅하게 여기는 자들이 셀 수 없을 정도로 많아. 그자가 사라지면 현재 마가키 체제에서 기를 못 펴는 젊은 의원들이 일제히 반기를 들 수도 있어. 정권 탈취를 노리는 야당으로서는 바라던 바일 테고."

"다른 사람의 불행을 바라는 사람은 되고 싶지 않은 법이죠."

"아무튼 너무 나서지 마."

아소는 아스카에게 흘긋 시선을 던졌다. 이누카이를 제어할 역할을 제대로 해낼 수 있을지 가늠하는 시선이었다. 새삼스럽다는 생각에 웃음이 나올 뻔했다. 게다가 피해자가 여자나 아이인 사건은 오히려 아스카가 더 폭주하는 편이었다. 오다를 라스푸틴에 빗댄 것도 그런 성향의 연장선이었다. 본인도 잘 알고 있는지 아스카는 웬일로 불편해하는 기색이었다.

"알겠지? 난 충고했다."

아소는 걸음을 돌려 관리관의 뒤를 쫓아갔다.

상사로서 충고는 했다. 그러니 자신이 책임질 수 있는 범위 안에서 설치는 것은 눈감아주겠다는 뜻이었다. 좋게 해석하면 그랬다.

관리관의 눈치를 살피면서도 이누카이를 방해하고 싶지 않다. 이처럼 상반된 명제를 동시에 만족시키고자 하는 그의 고충은 중간 관리직의 숙명이기도 했다.

첫 수사 회의가 끝날 무렵 오다 호스이 사건은 각종 언론의 헤드라인을 장식했다. 어디서 새어나갔는지 치료에 사용하던 끈기봉이 흉기로 사용됐다는 사실도 폭로됐.

연예 기자들은 곧바로 사쿠라바 리노의 인터뷰를 따라갔는데 그보다 앞서 사쿠라바는 공식 홈페이지에 애도를 표했다.

오늘 오다 선생님의 비보를 들었습니다. 슬픔과 안타까움에 가슴이 미어지는 기분입니다. 어째서 세상에 꼭 필요한 사람일수록 이토록 빨리 떠나는 걸까요.

아직은 침착하게 이야기할 수 없는 상태입니다. 죄송합니다.

하지만 오다 선생님이 치료해 주신만큼 저는 다시 한번, 아니 몇 번이라도 다시 일어나겠습니다.

오다 선생님, 천국에서 지켜봐 주세요.

                        7월 21일 사쿠라바 리노

정치부 기자는 구가야마 의원에게 몰려들었다. 분명 낙담한 모습이리라 예상했는데 구가야마는 보도진 앞에서 분노를 감추지 않았다.

"난 오다 선생님을 살해한 악당을 결코 용서하지 않을 겁니다. 오다 선생님이야말로 암 치료의 선구자로 고군분투한 진정한 용사였어요. 그분을 잃은 지금, 일본 의료계는 또다시 제자리걸음 하는 상황을 맞게 될 겁니다. 물론 입법부가 경찰 수사에 개입하지는 않겠지만 수사본부는 사건을 조속히 해결해 주길 바랍니다."

마치 나라의 중대한 인물을 잃은 사람처럼 말하는 모습에 코웃음 치는 사람도 많았지만 뉴스 소재로는 충분히 이용 가치가 있었다. 구가야마 의원의 발언 일부는 여러 매체에서 기사 제목으로 사용했다.

한편 충격에서 벗어나 마음을 추스른 미쓰구 사무국장은 벌써 후계자 문제에 대한 해결책을 내놓으라는 압박에 시달렸다.

"오다 총수님이 돌아가셨다고 곧바로 후계자를 논하다

니 유감입니다. 저희 '내추럴리'는 오다 총수님과 한몸이나 다름없었습니다. 지금은 오로지 총수님의 명복을 비는 데 집중할 뿐입니다. 물론 회원님들의 뜨거운 요청과 성원이 있으니 저희는 해체하지 않습니다. 오다 총수님께서도 '내추럴리'의 존속을 바라고 계시리라 믿습니다. 하지만 지금은 기도와 추모의 시간입니다. 앞으로 장례 절차도 논의해야 합니다. 당분간 저희 '내추럴리'를 너그러이 지켜봐 주시기를 간곡히 부탁드립니다."

미쓰구 사무국장은 '내추럴리'의 홍보부장 역할도 맡고 있었는데 공사를 막론하고 오다와 가장 가까운 인물이었다. 성급한 사람 중에는 벌써 그녀를 오다의 후계자로 미는 이들도 있었다. 어찌 됐든 오다의 장례식이 끝나면 후계자 문제가 다시 불거질 것은 자명했다.

이러한 언론 보도와 선을 그은 사람은 의료계 종사자들이었다. 예전부터 악명 높던 대체 치료의 급부상을 달갑게 여기지 않던 그들은 오다의 죽음을 철저히 무시하기로 마음먹었다. 기자가 마이크를 들이밀어도 노코멘트로 일관했으며 개인 SNS에서도 언급을 피하는 듯했다.

이누카이는 그것이 현명한 선택이라고 생각했다. 의료 종사자들은 그 직함만으로 보호받는다. 경솔하게 죽은 자를 비판했다가는 비겁자라는 오명을 뒤집어쓸 수 있다. 가만히 있으면 중간이라도 가는 법이다. 이럴 때는 조가비처럼 입을 꾹 다물고 있는 것이 현명한 처신이었다.

신분 사칭이든 사이비 치료든 일단 언론의 집중 조명을 받게 되면 아이돌이나 국회의원도 뛰어넘을 수 있었다. 오다 호스이의 죽음은 흥미 위주의 가치관이 사회 기여도를 압도하는 현실을 적나라하게 드러냈다.

2

오다 호스이가 사망하면서 그의 본명인 오다 도요쓰구에 대한 수사가 진행되자 오다 호스이로 활동하기 전, 그의 삶이 차츰 드러났다.

"오다의 본적지는 미토시입니다."

주민등록표를 조사하러 동분서주한 아스카는 수사 회의에 들어가기 전 이누카이에게 먼저 보고했다.

"대학을 졸업하자마자 대기업 자동차 회사에서 근무했고요. 주민등록표에 적힌 주소지가 회사 기숙사여서 금방 알아냈습니다."

우선 입사 연도를 듣자마자 무언가 마음에 걸렸다. 입사 연도는 2000년, 취업난이 극심해 취업빙하기라고 불리던 시기였다. 게다가 2000년에 대학을 졸업했다면 마흔 살이었다는 뜻이다. 외모보다 한참 젊은 나이였다.

"정규직이었어?"

"아뇨. 회사에 확인하니 계약직이었어요."

주소지로 등록된 직원 기숙사는 자동차 제조사의 조립공장 근처에 있었다. 주민등록표를 통해 드러난 실상은 대학을 졸업하고도 자동차 부품 조립공장에서 계약직 직원으로 일하던 오다의 모습이었다.

"오다는 직원 기숙사에서 2년 만에 나왔어요. 이것도 회사에 확인한 결과 특별한 사정은 없고 계약 기간이 만료돼서 퇴직 처리됐다고 해요."

계약 만료로 인한 퇴사. 원래 자동차 조립공장은 단기 근로자 비율이 높다고 들었다. 경기 상황에 따라 비정규직을 해고하는 일이 흔한 구조였다.

"기숙사를 나온 뒤에는?"

"그 뒤 신주쿠에 있는 독신자 전용 아파트로 옮겼어요."

"잠깐, 신주쿠의 독신자 전용 아파트라면 설마."

"네. 원룸에 이층침대 두 개를 넣어 네 사람이 방을 공유하는 아파트요."

최근 문제로 떠오른, 외국인을 대상으로 한 불법에 가까운 임대 주택이었다. 임대인과 임차인은 셰어하우스라고 주장해서 피해자는 없는 것처럼 보이지만 실제로는 거주 공간을 커튼으로만 분리한 열악한 합숙소였다.

"신주쿠역 도보권에 위치하고 월세가 만 8천 엔. 저렴하다면 저렴한 가격이지만 사실상 캡슐 호텔보다 겨우 나은 수준이죠."

"그 캡슐 호텔 수준인 곳을 거점 삼아 구직 활동을 했나 보군. 성과는 있었나?"

"알 수 없습니다. 다만 아파트 관리회사에 확인한 결과 오다는 석 달 만에 방에서 나갔는데도 주소지를 옮기지 않았어요."

월세를 감당하지 못해 어쩔 수 없이 방을 뺐을 가능성이 컸다. 헝가리 국립대학 의대 졸업, 귀국 후 국립병원 근무라는 화려한 경력은 열등감에 대한 반작용이었을지도 모른다.

"그 후 약 10년 동안 주민등록표상 거주지 이전은 없었습니다. 그러다가 2013년 6월에 세타가야구 교도에 있는 '내추럴리' 본부로 주소지를 옮깁니다."

"그 10년 동안 어디서 무얼 했는지는 모르나?"

"주민등록표로 알아낼 수 있는 내용은 이게 다예요."

아스카는 못내 아쉬운 기색이었다. 계약 해지로 퇴사하고 쪽방에서마저 나와야 했던 오다 도요쓰구가 어떤 과정을 거쳐 오다 호스이가 됐는지, 가장 중요한 시기의 정보가 텅 비어 있었기에 아스카가 동분서주하며 알아낸 사실이 마치 용을 그려놓고 마지막에 눈을 찍어 넣지 못한 꼴이 되고 말았다. 하지만 이누카이는 상황을 정리하는 의미에서 굳이 입을 열지 않았다.

"현장에서 금품이 사라지지 않은 점을 보면 강도 범행은 아닐 거야. 오다의 사기 의료 행위에 원한을 품고 저지른 범행일 가능성이 크지만 과거의 행적이 전혀 무관하다고 단정할 수도 없지."

설명하지 않아도 안다는 듯 아스카는 입을 삐죽 내밀었다. 어디를 파고들어야 하는지 뻔히 보이는데 손에 닿지 않아 답답한 마음은 누구보다 잘 안다. 수사관이라면 몇 번이나 맞닥뜨리게 되는 무력감. 그러나 그것을 넘어서야만 앞으로 나아갈 수 있다.

아스카가 수사1과로 발령받은 지 얼마 지나지 않았을 무렵, 아스카와 이누카이 사이에는 늘 불협화음이 끊이지 않았다. 지금 와 생각하면 이누카이의 성격이 싫었다기보다 수사1과 특유의 살벌한 분위기에 적응하기 힘들었던 것 같았다. 하지만 다양한 사건을 겪다 보니 이제 아스카의 몸에도 이누카이나 아소와 같은 피가 흐른다.

바로 사냥감을 쫓는 사냥개의 피가.

사냥개를 얼마나 잘 훈련시키는가는 조련사의 역할이지만 사냥개가 야성을 발휘할 수 있는가는 타고난 자질에 달려 있다. 이누카이는 아스카가 엉뚱한 방향으로 가지 않도록 곁에서 지켜볼 수밖에 없었다.

그때 전화가 울렸다. 1층 접수처에서 온 내선 전화였다.

—이누카이 형사님, 손님 오셨습니다.

"이상하네. 약속 없는데."

—네, 약속은 잡지 않으셨다고 합니다.

"누굽니까?"

—후생노동성 간토신에쓰 후생국 마약단속부의 나나오 님입니다.

몹시 긴 직함을 듣고도 누군지 전혀 기억나지 않았다. 아스카에게도 물었지만 그녀도 고개를 저었다. 일단 만나보자는 생각에 이누카이는 손님을 1층 대기실로 안내하라고 전했다.

"처음 뵙겠습니다. 후생노동성 간토신에쓰 후생국 마약

단속부 소속 나나오 규이치로입니다."

건네받은 명함과 그의 얼굴을 번갈아 봤다. 딱딱한 직함과 어울리지 않게 무법자의 향기가 느껴졌다.

사람을 관찰하는 것은 배우 지망생 시절부터 몸에 밴 습관이었다. 오랜 세월 단련된 관찰력으로 보건대 눈앞에 앉은 이 마약단속관은 양의 탈을 쓴 늑대였다. 겉으로는 예의 바르고 점잖아 보이지만 결정적인 순간에는 규정도 법도 무시하고 돌진할 수 있는 위험한 남자였다.

"형사부 수사1과 이누카이입니다. 경찰 생활을 오래 했지만 마약단속관이 저를 찾아온 건 처음입니다. 무슨 일이시죠?"

"며칠 전 살해된 오다 호스이 씨 때문에 방문했습니다. 이누카이 형사님이 사건을 담당하셨다고 들어서요."

"맞습니다. 그런데 마약단속관이신 나나오 씨가 왜 그 사건에 관심을 보이시는 거죠?"

"그 인물이 수사 대상이었기 때문입니다. 이제는 과거형이 되어서 안타깝지만요."

"오다 호스이를 쫓으셨습니까?"

"석 달 전부터요. 코카인 상습 복용자라는 정보를 입수해 지켜보고 있었는데 설마 살해당하리라고는 예상하지 못했습니다."

나나오는 쓴웃음을 지었다. 궁지로 몰아넣었던 먹잇감을 눈앞에서 빼앗기는 허무함은 형사나 마약단속관이나 다를 바 없었다.

"코카인 유통 경로를 추적하던 중 오다 호스이의 이름이 나왔습니다. 그를 통해 판매책을 추적하려고 계속 감시해 왔는데 한발 늦었습니다."

"오다가 살해된 사건이 마약과 관련됐다고 보십니까?"

"확신하는 건 아니지만요. 애초에 강력 사건 수사에 후생노동성 공무원이 나설 일이 없지 않습니까."

"그러면 사건 담당자를 만나려고 하신 이유는 뭡니까?"

"오다 호스이가 죽었다고 마약상이 사라지는 건 아니니까요. 혹시라도 마약상이 사건에 연루되어 있다면 사건의 실마리가 될 수 있지 않겠습니까?"

"정보를 교환하자는 말씀입니까?"

"말이 잘 통해서 좋네요."

"저희는 주민등록상 주소지를 통해 오다의 근무 이력을 파악한 게 전부입니다. 그런데 오다 도요쓰구가 2013년 '내추럴리'의 총수 오다 호스이로 나타나기 전까지 약 10년 동안 어디서 무엇을 했는지 현재로서는 알 길이 없더군요."

그러자 나나오는 장난스러운 미소를 지었다.

"그 10년 공백에 대한 정보를 제가 알려드릴 수 있습니다."

"잠시만요. 오다한테 마약 관련 전과는 없었던 걸로 아는데요."

나나오는 "실례지만"이라고 사과한 다음 말을 이었다.

"그 루트에 관해서는 경시청 조직범죄대책부 5과보다 저희 쪽이 정보가 더 많습니다."

이누카이는 그 말에 쓴웃음을 지을 수밖에 없었다. 불법 약물 검거 건수로 조직범죄대책반 5과와 후생노동성 마약단속부가 치열한 경쟁을 벌이고 있다는 것은 공공연한 비밀인데 최근 연예인이나 유명인의 체포로 마약단속부가 주목받고 있었다. 마약단속관들은 함정 수사를 할 수 있어서 더 유리하다는 것이 5과의 주장이었는데 이누카이에게는 질투해서 하는 소리로 들렸다. 어쨌든 나나오가 5과보다 오다에 대한 정보를 더 많이 쥐고 있다면 이누카이로서는 나쁘지 않은 제안이었다.

"정보는 언제쯤 주실 수 있습니까?"

"오다가 대기업 자동차 회사에서 해고당한 연도는 2002년. 그 후 신주쿠의 쪽방에서 살았는데 그곳을 나간

후에는 그리 멀리 이동하지 않았습니다. 아니, 정확히 말하면 아주 가까운 곳에 있었죠. 바로 신주쿠역 서쪽 출구를 거점으로 삼았으니까요."

"노숙자였군요."

"쪽방에서 쫓겨나면서 수도권에서는 더 이상 제대로 된 곳에서 살 수 없었을 겁니다. 초반에는 PC방을 이용한 것 같지만 일용직마저 끊기면서 서쪽 출구나 공원에서 노숙했습니다. 그런 생활을 6년 정도 했습니다."

"구체적인 정보네요. 도대체 어떻게 입수하셨습니까?"

"오다 본인에게 직접 들었습니다."

나나오는 대수롭지 않게 말했다.

"2009년 6월, 오다는 신주쿠 히라마의원으로 실려 갔습니다. 영양실조에 폐렴까지 겹쳐서 길에서 쓰러진 채 발견됐죠. 지금 말씀드린 정보는 문진표를 포함해 오다가 직접 의사에게 말한 내용입니다. 영양실조가 워낙 심했으니 자신이 그동안 어떻게 살았는지 털어놓을 수밖에 없었겠죠. 오다는 히라마의원에 3주 동안 입원했다고 합니다."

"3주씩이나 입원할 돈이 없었을 텐데요."

"네. 짐작하셨겠지만 오다는 히라마의원에서 병원비를 빌렸습니다."

생계가 곤란한 사람이 입원 치료를 받을 경우, 각 지자체 보건복지센터의 요청에 따라 병원이 진료비를 빌려준다. 상호 신용을 바탕으로 병원비를 빌려주는 대신 환자의 형편이 나아지면 갚는다는 전제로 운영되는 제도다.

"3주 만에 퇴원한 건 다행이지만 오다가 병원비를 제대로 갚았을 것 같지 않은데요."

"짐작하신 대로입니다. 원래 하루 벌어 하루 먹고사는 처지였으니 큰돈을 마련할 방법이 전혀 없었겠죠. 이렇게 빌린 병원비를 갚지 않는 사례가 적지 않다고 합니다."

"뭐, 그럴 것 같습니다."

"병원 경영을 어렵게 하는 원인이기도 하더군요. 꼭 그래서만은 아니겠지만 히라마의원은 다른 병원들과 다르게 대처했습니다. 외부 업체에 의뢰해 병원비를 갚으라고 독촉한 겁니다."

"설마 추심업체에 위탁한 겁니까?"

수많은 채권 회수 대행업체 중에는 점잖은 업체도 있지만 그렇지 않은 곳도 있다. 공교롭게도 이누카이가 아는 곳은 대부분 후자였다.

"히라마의원이 위탁한 업체는 야쿠자나 다름없었습니다. 오다의 직장까지 쳐들어가 겨우 번 일당을 봉투째로 빼앗아 갔다더군요. 이렇게 온종일 추심업체가 붙어 다니는 사람을 누가 고용하겠습니까. 오다의 삶이 점점 더 비참해졌다는 건 굳이 말하지 않아도 짐작하시겠죠."

생활고에 허덕이면서도 빌린 병원비를 독촉당하는 나날. 아무리 오다라도 동정심이 들었다.

"실려 간 병원에서 그런 취급을 받았다면 병원에 대한 인식도 완전히 뒤바뀌었을 겁니다. 오다가 일반적인 병원 치료를 혐오한 건 뜻밖에도 그런 경험 때문일지도 모르겠군요."

"제 생각도 그렇습니다. 덧붙여 말씀드리면 오다가 처음으로 코카인을 사용했다고 의심되는 시점이 바로 이때입니다. 오다를 감시하던 추심업자가 코카인의 맛을 알게 했거든요."

이누카이는 점점 기분이 가라앉았다. 취업빙하기, 고용 해지, 노숙자, 영양실조, 병원비 대출과 혹독한 독촉, 그리고 마약의 유혹. 불행의 연속이었다. 이 정도면 아무리 멀쩡한 사람이라도 심성이 비뚤어질 만했다. 괴승으로 보일 정도로 생김새와 분위기가 강렬했던 오다 호스이였지만 과거를 알수록 저항할 힘조차 없는 사회적 약자의 모습이 보였다.

"추심꾼에게 코카인을 배운 오다는 주기적으로 코카인을 투약했던 것 같습니다. 그런데 히라마의원에서 퇴원한 후 신주쿠를 떠났기 때문에 거래하던 판매책이 자주 바뀌었죠."

"나나오 씨는 현재 거래하던 판매책을 쫓고 있으시군요."

"'내추럴리'의 총수가 된 뒤 오다의 수입은 안정됐습니다. 생활이 안정되면 약물 사용을 자제할 거라는 생각은 마약이 얼마나 무서운지 모르는 사람들이나 하는 생각이죠. 마약 중독자는 수입이 안정되면 순도가 더 높고 값비싼 물건에 손을 댑니다. 그들에게는 마약의 등급을 올리는 것이 곧 삶의 수준을 올리는 것이거든요."

불법 약물과 무관한 삶을 살아온 이누카이는 중독자들의 사고방식이 왜곡됐다고 생각했다. 그러나 중독자에게 마약 투여는 일상이었다. 그렇다면 일상의 수준을 더 높이고 싶다는 욕망은 오히려 당연했다.

"순도 높은 코카인을 구할 수 있는 업자는 매우 한정되어 있습니다. 그렇기 때문에 더 큰 이익을 얻고 조직도 거대해지죠. 그들을 털면 많은 피해자를 구할 수 있습니다."

나나오가 오다를 쫓던 이유를 비로소 이해했다.

"귀중한 정보를 주셔서 감사합니다. 하지만 저희는 수사본부가 꾸려진 지 얼마 안 돼서 교환할 만한 정보를 입수하지 못했습니다."

"오늘은 수사본부와 연줄이 생긴 것만으로도 의미가 있다고 생각합니다."

"그래도 괜찮으시겠습니까?"

"직업병이라서 그런가. 저는 성급함보다는 확실성을 더 중요하게 생각합니다. 혹시라도 이누카이 형사님의 수사 선상에 판매책이 나타나지 않는다고 해도 가능성 하나를 덜었다고 보면 결코 손해가 아니죠. 다른 중독자들을 통해 다시 추적하면 되니까요."

초연하다기보다 집요한 사람이었다. 집요한 데다 정체를 알 수 없는 무서운 면까지 있었다. 이누카이와 아스카가 길들여진 사냥개라면 나나오는 굶주린 들개였다. 나나오가 문 판매책은 분명 고생깨나 하겠다는 기묘한 동정심이 들 정도였다.

"그럼 흥미로운 진전이 있으면 연락 주세요. 기다리겠습니다."

"마지막으로 한 가지 궁금한 점이 있습니다. 저희와 수사 협력하는 건 나나오 씨의 윗분도 허락하신 일입니까?"

"아뇨, 아직입니다."

나나오는 태연하게 말을 이었다.

"판매책 이름이 밝혀진 다음에 보고해도 늦지 않다고 생각하거든요. 무엇보다 제가 제공한 건 사망자의 정보입니다. 마약단속부가 독점할 필요가 없죠."

"일부터 저지르고 나중에 승낙받겠다는 말이군요. 그러면 눈치 보이지 않습니까?"

"아, 아마 눈치를 너무 줘서 피곤할 거예요. 윗분들도 저와는 눈을 잘 안 마주치려고 하더라고요."

하긴 들개와 눈을 마주치고 싶은 사람은 많지 않을 것이다. 이누카이는 나나오의 상사에게도 동정심이 들었다.

나나오와 달리 사냥개인 이누카이는 물어온 사냥감을 주인에게 가져다 바쳐야 할 의무가 있었다. 나나오에게 받은 정보를 보고하자 아소는 낮게 신음했다.

"퇴원 후 이어진 병원비 독촉에 코카인 중독이라. 마약단속관들이 그만한 정보를 수집할 동안 5과는 도대체 어디서 뭘 하고 나돌아다닌 거야?"

아소가 예상대로 반응하자 이누카이는 준비해 둔 말을 꺼냈다.

"이런 상황에서는 5과를 탓할 게 아니라 마약단속관들의 능력을 칭찬해야죠. 수사선상에 오다의 이름이 뜨자마자 과거 입원 기록까지 싹 다 파악했다는 말인데. 대단하죠."

이누카이도 5과에 지인이 있다. 같은 업무를 할 테니 나오 규이치로의 이름 정도는 알겠다 싶어 물어봤더니 뜻밖에도 그는 유명한 인물이었다. 검거율도 높고 마약 범죄를 대하는 태도도 엄정하기 그지없어서 범죄 조직 사이에서도 유명하다고 했다. 함정 수사로 궁지에 몰린 적도 십여 차례, 몇 번이나 사지에서 살아 돌아온 수완가라는 평판이었다. 이누카이가 들개라고 평한 것도 틀린 말은 아니었다.

"우리가 요청한 건 아니지만 어쨌든 정보를 받았으니 성과를 내야지. 그러지 않으면 개망신당하는 거잖아."

"오다가 코카인 중독자라면 극단적인 자신감과 흘러넘치던 기운도 이해가 갑니다."

"젠장, '내추럴리' 본부 어딘가에 주사기 같은 게 숨겨져 있었을 텐데, 아직 그것도 못 찾았어. 1과와 감식반 놈들 전부 눈을 장식으로 달고 다니는 거야?"

"살해 동기가 마약 때문일 수 있다는 의견은 첫 수사 회의 때도 제기됐죠. 마약단속관에게 정보를 받고 보니 그럴 가능성이 더 농후해졌네요."

아소는 이누카이를 힐끔 쏘아봤다. 그 눈빛만 봐도 무슨 생각을 하는지 짐작할 수 있었다. 약물 관련 수사를 진행하면 어느 지점에서 분명히 5과와 부딪칠 것이다. 평소에 5과와 사이가 좋았다면 모를까 안타깝게도 수사1과와 5과는 상극이었다. 약물 관련 흉악 사건이 발생하면 서로 공적을 차지하려고 다투는 일이 적지 않았기 때문이다. 각 과의 과장끼리 으르렁대는데 부하 직원들 사이가 좋을 리 만무했다. 패권과 파벌, 영역 다툼에 검거율 경쟁까지. 거대한 조직일수록 부서 간 문제가 표면으로 더욱 드러나기 마련이었다.

"무라세 관리관은 내가 이 이야기를 보고하면 5과와 연계하는 것도 마다하지 않을 거야."

사공이 많으면 배가 산으로 간다고 하는데 서로 으르렁거리는 부서들을 합치면 좋은 성과를 기대하기 어려울 것이다. 오히려 효율이 떨어지고 전체적인 방향을 잃지 않을까. 아소의 우려와 혐오가 고스란히 느껴졌다.

"그건 그렇고, 나나오라는 마약단속관은 믿을 만한 사람이야?"

"설마 아무런 이해관계도 없는 수사1과에 허위 정보를 흘릴 만큼 괴팍한 사람은 아니겠죠. 그들도 한가하지는 않으니까."

아소가 외부 정보에 회의적인 것도 이해가 갔다. 이누카이도 아소의 지시가 없더라도 직접 검증 수사는 할 생각이었다.

"'내추럴리'의 회원 명단을 토대로 오다에게 원한이 있을 만한 사람들을 추려내고 있는데 도저히 용의자를 좁힐 수 없어. 알리바이가 성립되지 않은 사람들은 모두 오다 호스이를 추종하는 사람들이고, 오히려 오다를 불신하던 사람들은 알리바이가 확실하고."

"구가야마 의원은 어떻게 됐습니까?"

"사건 당일 의원 숙소에 머물렀대. 출입 기록을 확인했으니 확실해. 그런데 알리바이 성립 여부보다 공안위원회의 누군가를 통해 자꾸 수사에 압력을 넣고 있어. 사건을 빨리 해결하라고."

"수사를 방해하는 것보다는 훨씬 낫지 않습니까?"

"그 압박 때문에 수사관들이 위축되면 결국 마찬가지야. 애초에 일개 정치인의 으름장에 형사들이 의욕을 불태울 거라고 생각하나. 꽁지에 불이 붙어서 허둥대는 건 윗선에 있는 사람들뿐이야."

마지막 한마디는 현장을 지휘하는 사람의 자존심일 것

이다. 이누카이도 깊게 공감했다.

"수사본부는 앞으로 어떤 입장입니까?"

"당장은 따르는 척할 거야. 무라세 관리관은 보기와는 다르게 현장을 중요시하는 엘리트라 윗선의 지시를 귓등으로도 안 듣는 구석이 있거든. 어떤 압박을 받았다고 수사 회의에서 잠깐 언급할 수는 있지만 그 부담을 수사관들에게 떠넘기지는 않을 거야."

아소는 입술을 삐죽이더니 덧붙였다.

"일단 지금 시점에서는."

구가야마 의원이 투병 중이라면 오다의 대체 치료를 대신할 치료법을 급히 찾아야 할 것이다. 수사본부에만 매달릴 여유는 없으리라. 그러니 당분간은 시간을 벌 수 있다는 뜻이었다.

"솔직히 오다의 죽음은 사이비 교주가 죽은 것과 별반 다르지 않아. 그런데 아이돌과 정치인이 신자였다는 이유로 사건이 커졌을 뿐이야. 병원 치료를 중시하고 대체 치료에 회의적이었던 의료 관계자들은 고소하다고 생각할 거야. 외부에서 떠들어 대는 자들은 그저 아무 상관 없는 구경꾼들일 뿐이지. 내가 굳이 말할 필요 없겠지만 평정심을 잃지 마."

아소라면 충분히 할 법한 말이었지만 이 시점에 이런 말을 했다는 점에 위화감을 느꼈다. 아마 아소 본인도 점점 평정심이 사라지기 때문일 것이다.

일개 사기꾼 한 명 죽은 사건이 이토록 크게 다뤄지는 이유는 그 수법이 매우 교묘했기 때문이다. 오다가 죽었는데도 여전히 그에게 기도하는 신자들이 있다. 이 사실만큼은 혀를 내두를 수밖에 없었다.

3

 다음 날, 이누카이는 아스카와 함께 미토시로 향했다. 미토시 사카도초. 그곳에 오다의 생가가 있었다.
 "그러고 보니 오다가 살해됐는데 경찰에 문의하는 가족이 아무도 없네요. 일부 언론에서는 오다 도요쓰구라는 본명과 얼굴 사진까지 공개했던데 왜 그럴까요?"
 아스카의 의문은 당연했다. 수사본부도 주민등록표 조사를 통해 오다의 생가를 파악했을 정도였다. 보통은 사망 소식을 접한 가족이나 친척이 먼저 연락해 온다.
 "재해 소식 같은 게 아니라면 뉴스에 별 관심 없는 사람들도 있어. 세상 모든 사람이 TV나 인터넷에 매달려 사는 건 아니잖아."

아스카에게 그렇게 말하기는 했지만 이누카이 역시 마음에 걸렸다. 어쨌든 유족을 직접 만나면 의문이 해소되겠지.

두 사람을 태운 스바루 임프레자는 주민등록표에 기재된 주소지에 도착했다. 오래된 주택가답게 주택들이 모두 지은 지 오래돼 보였다. 새로 지어진 것 같은 건물은 최근에 문을 연 패스트푸드 가게뿐이었다.

아직 오전인데도 햇볕이 따가웠다. 가만히 서 있기만 해도 이마에 땀이 흘렀다.

오다의 생가는 슬레이트 지붕의 목조 단층집이었는데 지붕이 미세하게 기울어져 있었다. 큰 지진이라도 덮치면 종잇장처럼 무너질 것 같았다.

색이 완전히 바랜 플라스틱 명패에는 '오다'라고 적혀 있었다. 이 집이 맞는 듯했다.

인터폰을 눌렀더니 호출음이 밖으로 새어 나왔다. 다섯 번째 호출음이 울리고 나서야 겨우 대답이 돌아왔다.

―누구십니까?

이누카이가 신분과 이름을 밝히자 잠시 후 한 노부인이 현관으로 나왔다. 헝클어진 머리에 화장기 없는 얼굴이었다. 70대로 보였지만 실제 나이는 알 수 없었다. 눈빛에 생기가 없어서 웃는 얼굴이 잘 상상되지 않았다.

"오다 도요쓰구 씨 어머님 되십니까?"

"그렇긴 한데, 우리 아들에게 무슨 일이라도 있나요?"

역시 모르고 있었다. 아스카가 시선을 떨구는 모습이 보였다.

"오다 도요쓰구 씨가 21일에 숨진 채 발견됐습니다."

놀라거나 울음을 터뜨릴 것이라 예상했지만 놀랍게도 어머니의 표정은 크게 변하지 않았다. 그저 모든 것을 체념한 눈빛으로 이누카이 일행을 살필 뿐이었다.

"아, 그래요. 결국 죽었군요."

그러더니 천천히 뒤돌았다.

"아들의 이야기를 들으러 오셨잖아요. 안으로 들어와요. 안은 좀 시원해요."

크고 작은 장롱과 수납장이 자리를 차지해서 집 안이 비좁았다. 사는 사람의 체취가 밴 탓인지 부엽토 같은 냄새가 코를 자극했다.

"남편분은 집에 계십니까?"

"남편은 이미 몇십 년 전에 죽었어요. 선반 작업을 하다가 사고를 당해서."

두 사람은 응접실로 안내받았다. 대형 할인마트에서 구

매했을 법한 싸구려 소파가 두 개 놓여 있을 뿐, 역시나 좁았다.

오다의 어머니는 자신을 가오루코라고 소개했다. 자기 세대에서는 흔치 않은 이름이라며 엉뚱한 자랑을 했다.

"우리 도요쓰구는 왜 죽었어요?"

우리 도요쓰구라는 호칭에 이누카이는 조금 당황했다. 건장한 체격에 기이하게 생겼던 오다에게도 어린 시절이 있었다고 생각하니 이상한 기분이 들었다.

"도요쓰구 씨는 오다 호스이라는 이름으로 민간 의료단체의 대표를 맡고 있었습니다. 20일 밤, 외부에서 침입한 누군가에 의해 살해당했습니다."

"어떤 식으로 살해당했어요?"

"의식이 혼미한 상태에서 머리를 둔기로 맞았습니다. 아마 큰 고통을 느끼지는 않았을 겁니다."

"그래요. 그 아이는 아픈 걸 참지 못하는 아이였으니 불행 중 다행이네요."

어머니가 노쇠한 몸을 이끌고 세타가야구 교도까지 찾아갔을 것 같지 않지만 형식적인 절차이기에 질문했다.

"20일 밤 11시 이후에 어디에 계셨습니까?"

"내 집 말고 달리 있을 곳이 있나요."

"혼자 계셨습니까?"

"도요쓰구가 집을 나간 뒤로는 계속 혼자였어요."

몹시 담담한 말투에 아들을 잃은 슬픔은 조금도 느껴지지 않았다.

"남편은 도요쓰구가 중학교 2학년 때 죽었어요."

"고등학교를 졸업할 때까지 같이 사셨죠?"

"대학은 다른 현으로 갔으니까요."

"어떤 아이였습니까?"

솔직히 어린 시절의 오다에 대해서는 별로 관심이 없었다. 그러나 어머니의 경계심을 누그러뜨려 대화를 이끌어 내기 위해 옛날이야기를 꺼냈다.

"어떤 아이냐니……. 그야 귀여운 아이였어요. 엄마라면 다 그렇게 생각하지 않겠어요?"

어머니는 두 손으로 10센티미터 정도 간격을 만들어 보였다.

"초등학생 때는 얼굴도 체구도 이렇게 가늘었어요. 너무 말라서 집에서 굶기는 거 아니냐고 험담하는 이웃도 있었죠."

"어른이 된 오다 씨는 키도 크고 체격도 남달랐습니다."

"고등학교에 입학했을 때 갑자기 쑥쑥 크더니 졸업할 때

필요한 자질은 무엇인지. 총수와 소통하면서 저희는 단체의 존재 의의를 다시금 되새겼습니다.

이에 오늘 7월 26일, 저희 '내추럴리'는 사무국장 마리야 미쓰구를 총수 대행으로 선임해 계속해서 단체를 운영하기로 결정했습니다. 회원 여러분께서는 앞으로도 도장에서 치료를 받으실 수 있습니다.

홈페이지를 바라보던 아스카는 동정인지 혐오인지 분간하기 어려운 표정으로 얼굴을 찌푸렸다.

"꼭 교주를 잃은 사이비 종교의 성명문 같군."

어깨 너머로 화면을 들여다보던 이누카이는 속내를 숨기지 않았다. '내추럴리'가 민간 치료 시설이면서 종교단체의 성격을 띠고 있다는 사실은 이미 널리 알려졌다.

"만약 오다에게 자식이라도 있었으면 그 아이를 차기 교주로 앉히고 사무국장은 후견인 자리를 노렸을지도 모르죠."

"미쓰구 사무국장이 권력욕 있는 사람인지는 차치하더라도 단체를 계속 유지하려면 이렇게 할 수밖에 없을 거야."

종교색이 강한 단체나 조직에는 카리스마 있는 리더가 반드시 필요하다. 그러한 리더가 없으면 구심력이 사라지기 때문이다. 미쓰구는 오다가 사망한 뒤 분명 후계자 문는 완전히 다른 사람이 됐죠. 그래도 착한 성격은 변하지 않았어요."

"착했습니까?"

"벌레 한 마리 못 죽인다는 말 있죠? 우리 도요쓰구가 딱 그런 아이였어요. 싸우지도 않고 말다툼도 한 번 안 하고. 그래서 반 아이들에게 자주 괴롭힘을 당했죠."

그런 도요쓰구가 '내추럴리'의 도장에서 했던 행동을 들으면 어머니는 어떤 표정을 지을까.

"대학을 졸업한 뒤 자동차 회사에 취직한 건 아시죠?"

"취업 준비하면서 몹시 힘들어했어요. 걱정되는 마음에 전화하면 어떻게든 될 거라는 말만 했죠. 결국 자동차 조립공장에 들어갔는데 처음에는 계약직이라는 사실도 제게 숨겼어요."

이누카이가 대답할 말을 찾지 못하자 아스카가 끼어들었다.

"분명 어머니께 걱정을 끼치고 싶지 않았을 거예요."

"나도 그렇게 생각해요. 그런데 거짓말을 못 하는 아이라, 첫 성과급으로 선물을 사달라고 농담했더니 수화기 너머로 몹시 당황하더라고요. 그래서 성과급이 안 나오는 계약직이라는 걸 그때 알았죠."

어머니는 문득 깨달은 듯 이누카이에게 물었다.

"우리 도요쓰구가 민간 의료단체에서 대표를 맡았다고 했죠? 그럼 자동차 회사는 언제 그만둔 거죠?"

"2년 근무하고 그만뒀다고 들었습니다. 회사에서 고용을 해지했다고."

"해고된 거예요? 우리 아이 실적이 별로였던 건 아닐 텐데요."

"경기가 나빠지면 회사는 목소리를 내지 못하는 사람부터 정리하거든요."

"하긴……. 우리 도요쓰구는 자기주장도 제대로 못 하는 아이였으니까, 그런 상황에서 가장 먼저 당했겠죠. 언제나, 늘 그랬어요."

"회사를 그만둔 사실을 모르셨군요. 그 후 도요쓰구 씨에게 연락은 받았습니까?"

"지금 생각해 보니 딱 그맘때 아들이 쓰던 번호가 갑자기 연락이 안 됐어요."

"그 후 연락이 끊겼습니까?"

"네. 명절에도 안 왔어요."

오다가 휴대폰 번호를 바꾼 시점이 퇴직 시기와 겹친다고 해도 그것이 어머니와 연락을 끊을 이유는 되지 못했다.

"마지막으로 도요쓰구 씨와 통화했을 때 무슨 이야기를 나눴는지 기억하세요?"

"거짓말을 들켰는데도 도요쓰구는 계속 정규직이라고 우겼어요. 그래서 평소 하던 주문을 외워 줬어요."

"주문이요?"

"어려서부터 곤경에 처하면 이렇게 말해 주고는 했거든요. '힘내'라고."

"그게 다입니까?"

"그 한마디가 얼마나 힘이 되는데요. 성적이 떨어져도, 반 친구들에게 괴롭힘을 당해도, 지원한 학교에 합격하지 못해도, 입사하고 싶은 회사에 취직하지 못해도 계속 '힘내'라고 말해 줬어요. 내가 그 한마디만 하면 도요쓰구는 어떻게든 해냈어요. 그래서 마지막 통화 때도 '힘내'라는 말로 전화를 끊었죠."

이야기를 듣는 동안 가벼운 현기증이 일었다.

"실례지만 어떻게든 해냈다고 하셨는데 구체적으로 어떻게 됐다는 말입니까?"

"어떻게 된 건 아니고 그냥 우는소리를 그만뒀다는 말이에요."

어머니는 실소하듯 입꼬리를 올렸다.

"남편이 떠나고 말이에요. 혼자서 아들을 키우면서 일하고 집에 돌아오면 녹초가 됐죠. 그걸 알아차렸던 모양이에요. 내가 '힘내'라고 말하면 더는 징징거리지 않았어요. 분명 특효약이 됐을 거예요."

에어컨이 별로 시원하지 않아서 조금 전까지만 해도 땀이 계속 났는데 가오루코의 이야기를 듣고 나니 한기가 느껴졌다.

그걸 어떻게 착한 아이라고 할 수 있나. 단지 아이의 불안과 공포를 어머니라는 사람이 억눌렀을 뿐 아닌가. 모자 간에 갈등은 없었다. 그러나 대화는 나눠도 감정은 통하지 않았다.

아무리 그래도 아들이 어떤 사람인지 누구보다 잘 아는 사람은 어머니일 텐데, 엄마 자격이 없다는 사실을 인정하기 싫어서 스스로를 속이는 것이다. 여성의 심리를 전혀 모르는 이누카이조차 가오루코의 뒤틀린 내면은 짐작할 수 있었다.

가오루코에게 인사한 뒤 집을 떠났다. 아스팔트에서 피어오르는 열기가 한기를 쫓았다.

"그게 무슨 주문이에요."

아스카는 이누카이를 바라보지도 않고 쏘아붙였다.

"그건 저주예요. 자신의 힘으로 해결할 수 없어서 누군가에게 위로받고 싶어 하는 아이에게 그냥 '힘내'라니. 격려가 아니라 방치하는 거잖아요."

"버림받았으니 떠났겠지. 당연한 이치야."

"애써 미토시까지 왔는데 별다른 소득이 없네요."

"아니, 충분히 얻었어."

아버지를 잃고 괴롭힘만 당하던 아이가 사회의 모진 풍파를 겪고 병원에서 부당한 대우를 받다가 급기야 약물에 중독된다. 제대로 말 한마디 못 하던 소년이 자라서 기이한 괴승으로 변해가는 과정을 엿본 기분이었다.

"용의자를 추릴 만한 수확은 아니었잖아요."

"오다 도요쓰구는 심지가 약한 사람이었다는 걸 알았잖아. 약에 중독될 정도였으니 결코 초인은 아니었을 테고, 어쩌면 길거리를 걸어가는 일반인들보다 더 나약한 사람이었을지 몰라. 그 외모와 자신감 넘치는 거만한 말투는 결국 허세였을 뿐이야."

"그게 수확이라고요?"

"그래. 살해당한 사람은 라스푸틴 같은 괴물이 아니었어. 코카인의 힘을 빌리지 않고서는 가짜 교주 노릇조차 할 수 없는 소심한 인간이었지."

이누카이와 아스카는 도쿄로 돌아와 신주쿠로 향했다. 목적지는 과거 오다가 실려 갔던 병원이었다.

히라마의원은 지금도 신주쿠역 서쪽 출구에 있었다. 미도리도리 거리를 직진해 신주쿠 중앙공원을 지나자 상가건물이 보였다. 히라마의원은 상가건물 틈바구니에 끼여 비좁게 자리 잡고 있었다.

언제 개원했는지는 모르나 입구 유리문이 약간 뿌옇게 변색되었고 깨진 자국을 보수한 흔적도 있었다.

내부는 베이지색으로 꾸며져 있었는데 다운라이트 위주로 설치된 조명은 차분한 분위기를 연출했다. 하지만 간호사들이 너무 분주하게 움직여서 그 분위기를 망치고 있었다. 접수처 직원도 왠지 모르게 눈썹 근육을 떨며 불안한 표정을 짓고 있었다.

그 직원에게 경찰수첩을 보여 줬더니 눈이 휘둥그레지며 경찰수첩의 사진과 이누카이의 얼굴을 번갈아 보는 모습이 가히 볼 만했다. 신주쿠역 근처에 개업한 병원이 형사의 방문에 일일이 놀랄 필요는 없을 텐데 접수처 여직원의 반응은 도가 지나쳤다.

"어떤 일로 오셨어요?"

"2009년 6월, 이곳에 오다 도요쓰구라는 남성이 구급차로 실려 왔을 겁니다. 그 기록을 보고 싶습니다."

"그때 진료 기록이 남아 있을지 모르겠네요."

진료 기록 보관 기한은 5년이다. 최종 진료일로부터 5년이 지나면 파기해도 무방하다. 그래서 보관 장소가 부족한 작은 병원에서는 5년이 지난 진료 기록은 폐기했다.

"남아 있는지 찾아봐 주시겠습니까?"

경시청에서 괜히 '얼굴값 못하는 이누카이'라는 별명으로 불리는 것이 아니다. 처음 만난 여성에게 어떤 표정을 지어야 본인의 잘생긴 얼굴을 효과적으로 활용할 수 있는지 잘 알았다.

직원은 잠시 망설인 끝에 고개를 살짝 끄덕였다.

"그럼 사무국장님에게 확인해 볼게요."

너스 스테이션 옆에 있다고 안내받은 사무국으로 향했다. 그 사이에 아스카는 비난의 눈초리로 이누카이를 쏘아봤다.

사무국장은 가와마타라는 남자였는데 경찰이라는 신분에 겁을 먹었는지 처음부터 이누카이와 아스카를 경계했다.

"2009년 진료 기록이라면 찾는 데 시간이 꽤 걸릴 겁니다."

귀찮으니 이대로 포기해 달라는 태도였다. 지금까지 수사 대상인 인물이나 단체로부터 적지 않게 푸대접을 받았지만 이렇게 노골적으로 나오는 사람은 오랜만이었다.

그때, 문득 나나오가 한 이야기가 떠올랐다. 히라마의원이 환자에게 빌려준 치료비를 회수하기 위해 야쿠자 같은 업체에 위탁했다는 이야기였다.

한번 야쿠자와 관계를 맺으면 심부름꾼 신세에서 영원히 벗어나지 못한다. 범죄 조직의 돈벌이에 가담했다는 사실이 협박 수단이 되기 때문이었다.

이누카이는 작전을 바꿨다.

"실은 이 병원에 대해 좋지 않은 소문을 들었습니다. 환자에게 빌려준 치료비를 회수하려고 범죄 조직에 일을 맡겼다는 첩보였죠."

가와마타는 거짓말에 서툰 남자였는지 곧 표정을 관리하지 못했다.

"그런 부류들은 한번 상대의 약점을 잡으면 뼛속까지 발라먹습니다. 추심을 맡긴 일을 빌미로 병원 경영에 간섭하지는 않았습니까?"

짐작이었지만 정확히 짚은 모양이었다. 가와마타는 다리를 덜덜 떨기 시작했다.

"병원에는 의료용 마약을 보관하고 있죠. 그걸 빼돌리라는 협박을 당했습니까?"

"그럴 리 없잖아요."

가와마타는 과할 정도로 고개를 저었다. 너무 과한 탓에 오히려 거짓말처럼 보였다.

"터무니없는 이야기라는 말씀이군요."

"당연하죠."

"그렇다면 결백을 증명하는 의미에서 해당 진료 기록을 찾아주시겠습니까? 협조하지 않으시면 의심하지 않아도 될 일까지 의심하게 됩니다."

진퇴양난에 빠진 가와마타가 고개를 숙인 채 생각에 잠겼다.

"혹시 모르니 진료 기록이 보관된 장소에 함께 가도 되겠습니까?"

가와마타의 퇴로를 차단하기 위한 제안이었고, 처음부터 거절을 받아들일 생각 따위는 없었다.

"자, 안내하세요."

이의를 제기할 틈도 없이 가와마타를 일으켜 세워 양쪽에서 에워싸듯 동행했다.

가와마타가 당황하는 모습을 보니 히라마의원이 의료용 마약을 불법 유통하는 것이 사실인 듯했다. 전혀 예상하지 못한 소득이었으나 이 정보는 나중에 보답으로 나나오에게 넘기는 것이 좋겠지. 물론 나나오라면 이 정도 사실은 이미 파악하고 있을지 모른다.

진료 기록 보관실은 약국 옆에 있었다. 1평 정도 되는 좁은 공간에 캐비닛이 늘어서 있었는데 성인 세 명이 들어가자 몸을 움직이기도 어려웠다.

기대와 달리 5년이 지난 진료 기록은 모조리 폐기한 듯했다.

"보시다시피 폐기한 것 같습니다."

가와마타는 안도의 한숨을 쉬면서도 두려움을 감추지 못했다. 증거 제출은 피했지만 이누카이의 분노를 살까 봐 불안해하는 모습이었다.

뒤가 켕기는 짓을 그렇게 많이 해왔다면 문서 보존 기간도 대충 넘겼으면 좋았으련만. 아니, 그래서 오히려 이런 문서 처리만큼은 철두철미하게 했을 수도 있다.

"그 환자는 생계가 어려워 병원비를 히라마의원에서 빌린 기록이 있을 겁니다. 그렇게 금전 거래가 얽힌 사례는 따로 보관하고 있지 않겠습니까?"

여전히 겁에 질린 가와마타에게 고개를 홱 들이밀었다. 여성들에게는 잘 통하는 얼굴이지만 노려보면 제법 흉악해 보일 수 있는 인상이라는 사실을 본인도 잘 알았다.

"협조하지 않으시면 반강제적으로 수사를 진행할 수 있습니다. 그러면 우리가 압수수색까지 하게 된 책임을 히라마의원에서 지셔야 할 겁니다."

가와마타는 더욱 궁지에 몰린 모습으로 결국 체념한 듯 가장 안쪽 캐비닛을 열었다.

"아마 이거일 겁니다."

그가 내민 진료 기록의 환자 이름란에 '오다 도요쓰구'라고 적혀 있었다.

"이거 좀 빌리겠습니다."

만에 하나 환자가 기록을 봤을 때 내용을 즉시 파악하지 못하도록 하려는 목적이었는지 의학 용어가 가득했고 글씨도 악필이었다. 오다의 진료 기록도 예외는 아니었다.

그러나 치료를 담당한 주치의와 간호사의 이름은 분명하게 적혀 있었다.

그중 한 사람은 이누카이도 아는 인물이었다.

4

 7월 26일, '내추럴리'의 홈페이지에 미쓰구 사무국장의 최신 입장문이 게시됐다.

 이번 달 20일에 총수이신 오다 호스이가 타계했을 때 보내 주신 깊은 배려에 진심으로 감사드립니다. 지도자의 부재로 회원 여러분도 불안한 시기를 보내셨으리라 생각합니다. 본래 신속하게 후계자를 발표해야 마땅하나 예상보다 오랜 시간이 걸린 점에 사과드립니다.
 총수께서는 영면에 든 이후에도 저희와 끊임없이 소통하셨습니다. 단체의 존속에 필요한 정신은 무엇이며 총수 후계자에게

제로 꽤나 골머리를 앓았을 것이다.

"총수 대행이 되면 미쓰구에 대한 비판도 나오겠죠?"

"미쓰구 사무국장은 오다만 한 카리스마가 없으니 초반에는 마찰이 있을 거야."

아마 미쓰구도 신자들의 혼란을 어느 정도 예상했을 것이다. 그 사실을 알면서도 스스로 대행을 맡아야만 하는 사정에 조금이지만 동정심이 들었다.

"지금쯤 언론사들이 본부에 들이닥쳤겠지."

이누카이는 의자에 걸쳐놓은 재킷을 입으며 말했다.

"가자."

뱀이 살고 있든 귀신이 기다리고 있든 경찰에게는 상관없는 일이었다. 해야 할 수사가 있고 만나야 할 참고인이 있을 뿐.

아스카는 작게 한숨을 쉰 뒤 이누카이의 뒤를 따랐다.

예상대로 '내추럴리' 본부 앞은 사람들로 가득했다.

"사무국장님, 말씀 좀 듣고 싶은데요."

"회원들과 아무런 상의 없이 총수 대행을 결정하게 된 경위를 설명해 주세요."

"사무국장은 오다 호스이 씨의 유지를 이어갈 자신이 있나요?"

"한 말씀 해 주세요."

"뭐라도 한 말씀만요."

닫힌 현관문에 수많은 마이크와 녹음기, 카메라가 우글우글했다. 그들도 자신들의 업무를 수행하는 중이겠지만 결코 유쾌한 광경은 아니었다. '내추럴리'가 사기 단체인지 아닌지를 떠나 그들은 이미 총수의 죽음을 소비하려고 잔뜩 벼르고 왔기 때문이다.

고인을 조롱할 권리를 가진 이는 도대체 누구란 말인가. 이누카이는 복잡한 마음을 억누르며 인터폰 버튼을 눌렀다.

"경시청의 이누카이와 아스카입니다."

잠시 침묵이 흐른 뒤 미쓰구의 목소리가 들렸다.

―들어오세요.

문이 살짝 열리고 미쓰구가 조심스럽게 얼굴을 내밀었다.

이누카이와 아스카는 마침내 본부 안으로 들어갈 수 있었다.

"수고가 많으십니다."

기분 탓인지 미쓰구는 지쳐 보였다. 예전만큼 목소리에 힘이 느껴지지도 않고 얼굴에는 피로한 기색이 가득했다.

"바쁘셨던 것 같습니다."

"아침부터 회원님들과 언론사들의 문의가 계속 들어와서 대응하느라 정신이 없는데 저와 직원만으로는 손이 너무 부족해서……. 조금 전엔 전화 코드를 빼놨어요."

지친 목소리지만 어딘가 홀가분한 느낌도 묻어났다.

"언론은 몰라도 회원들은 비교적 호의적으로 받아줄 줄 알았는데요."

"오다 총수의 카리스마는 따라갈 수 없죠."

미쓰구는 자조 섞인 웃음과 함께 말을 이었다.

"'내추럴리'를 유지하려면 당분간 제가 총수 대행을 맡을 수밖에 없다고 판단해서 그런 성명을 냈지만 결국 저는 보통 사람이에요. 오다 총수의 대역은 정말 힘든 자리 같아요."

"미쓰구 씨는 항상 오다 씨 곁에서 가르침을 받아 온 분이라고 생각했는데요."

"예수의 제자들은 결국 제자일 뿐, 신이 되지 못했죠."

이누카이는 미쓰구의 자조에 고개를 끄덕였다. 결국 인간은 신이 될 수 없으며 신처럼 행동하려 드는 자는 가짜일 뿐이다.

"외부의 비판은 각오했어요. 그런데 회원들의 비난은 예상하지 못했죠."

"회원들은 단체가 존속되기를 누구보다 반길 줄 알았는데요."

"항의 전화의 3분의 2가 회원님들 전화예요."

미쓰구의 자조 섞인 말투가 이어졌다.

"단체를 사유화하려는 속셈이냐, 너는 오다 총수의 빈자리를 채울 수 없다, 심지어는 그 자리를 탐한 네가 총수를 죽인 것 아니냐는 말까지 들었습니다. 지금까지 오다 총수에게 향했던 경외심이 모두 증오로 바뀌어 제게 쏟아지는 기분이에요."

"의지할 곳을 잃은 불안을 다른 감정으로 해소하려는 거겠죠. 흔히 있는 일입니다."

"마치 다른 민간 의료단체도 수사해 본 적 있는 분처럼 말씀하시네요."

"비단 의료단체뿐 아니라 사람이 하는 일은 대부분 그렇습니다. 아니, 사람 자체도 마찬가지겠군요. 저는 오다 호스이 씨가 기댈 곳을 잃어서 불법 약물에 의존하며 불안감을 달랬다고 생각합니다."

"아무리 돌아가신 분이라지만 총수님의 인격을 모독하는 발언은 삼가 주세요."

"며칠 전 미토시에 다녀왔습니다. 오다 호스이, 아니 오다 도요쓰구 씨의 어머니를 만나고 왔습니다."

미쓰구는 허를 찔린 듯 이누카이를 바라봤다.

"총수님의 어머님?"

"반응을 보니 오다 씨의 어머니가 살아 계신다는 사실을 모르셨던 모양입니다."

"네. 총수님은 세상에 홀로 남겨졌다고 말씀하셨거든요."

힘내라는 말밖에 해주지 않는 어머니를 두느니 차라리 가족이 없는 신세가 낫다고 생각했나. 어떻게 생각했던 오다 호스이라는 이름을 얻은 도요쓰구가 '내추럴리'의 총수를 맡기 전의 과거를 누구에게도 알리고 싶지 않았으리라는 것은 쉽게 짐작할 수 있었다.

"어머니는 오다 씨가 고난에서 달아나는 것을 허락하지 않았습니다."

이누카이는 가오루코에게 들은 도요쓰구의 과거 이야기를 들려줬다. 미쓰구는 혐오감을 드러내면서도 호기심을 감추지 못하는 눈치였다.

"심리학을 몰라도 사람이라면 누구나 알 겁니다. 친어머니에게조차 약한 모습을 보이지 못하고 도망치는 것도 허용되지 않는 환경에서 자란 마음 약한 청년이 불경기 여파로 원하는 취업에 실패했습니다. 그 후 해고당하고 집세도 내지 못하다가 결국 노숙자 신세가 됐죠. 그런 사람이 약물에 손을 대는 건 결코 드문 일이 아닙니다. 그런데 그런 사람이 의료단체의 총수를 맡는 일은 매우 드물죠."

"총수님의 경력 위조를 비난하는 겁니까?"

미쓰구의 얼굴이 굳었다.

"유학이나 외국 대학을 졸업했다는 홍보 문구가 허위였다는 건 저희도 사건 이후에야 알았습니다. 형사님께 비난받을 이유는 없습니다."

"경력 위조에 관해서는 그럴지도 모르죠. 하지만 코카인 상습 복용은 다른 이야기입니다. 오다 호스이가 이 건물 안에서 코카인을 상습적으로 투여하고 있었다는 것은 분명한 사실입니다. 한 지붕 아래 살던 당신이 그 사실을 전혀 몰랐을 리 없어요. 미쓰구 씨, 사실 알고 있었죠?"

다른 간부라면 몰라도 미쓰구는 오다의 신변을 돌봤다. 코카인 중독자라는 사실을 모를 리도 없고 만약 몰랐다고 부인한다면 오다의 신변을 돌봤다는 증언 자체가 신빙성을 잃는다.

"……약물 복용은 필요악이라고 생각했습니다."

"무슨 뜻입니까?"

"코카인은 의료용으로도 사용됩니다. 의료에 종사하는

이상 그 효능을 확인해 두는 것도 의무라고 하셨어요."

"기가 막히는군요. 그런 궤변을 믿었습니까?"

"사실 눈치챘습니다."

더는 숨길 생각이 없는 듯했다.

"총수님의 언행은 파도처럼 기복이 있었습니다. 회원님들 앞에서는 당당하고 열정적으로 설파하다가도 다음 날이 되면 기운 없고 감정의 기복이 심했습니다. 그래서 지켜봤더니 약을 한 날은 상태가 제법 괜찮고 일정 시간이 지나면 마치 반작용처럼 그만큼 우울해지더군요."

"그래서 약물 투여를 묵인했습니까?"

"총수님을 직접 만났던 이누카이 형사님이라면 이해하실 거라 생각해요."

미쓰구는 공범을 찾는 눈빛으로 이누카이를 바라봤다.

"기분 좋을 때 총수님의 언변에는 듣는 사람을 압도하는 힘이 있었습니다. 그건 결코 약물 때문이 아니라 총수님의 타고난 능력이었어요. 다만 그 능력을 항상 유지하려면 약물이 필요했을 뿐이에요."

"필요했을 뿐이라고요……? 엄연한 불법 행위 아닙니까."

"총수님이 약을 해서 회원 몇 명이 구원을 받는다면 대단한 일도 아닙니다."

"진심으로 하는 말입니까?"

"적어도 회원들을 치료할 때 코카인을 쓰지는 않았습니다."

그것이 최소한의 직업윤리라고 주장하는 모습이 우스웠다. 그래서 확인하고 싶어졌다.

"오다 호스이 씨는 사망했습니다. 당신도 현재 상태로는 '내추럴리'를 유지하기 힘들다고 생각할 겁니다."

"……어려움이 있다는 점은 인정합니다. 조금 전에도 약한 소리를 했고요."

"'내추럴리'의 대체 치료는 의학적인 근거가 없고 상당 부분 오다 호스이의 궤변에 의지한 것임을 인정하는군요."

"의학적 근거라는 게 그렇게 중요한가요?"

미쓰구는 체념한 듯 항변했다.

"의학적 근거가 없는 치료였지만 사쿠라바 리노 씨는 완치됐어요. 환자들에게 중요한 것은 완치입니다. 의학적 근거는 큰 의미가 없어요."

"그게 의료법에 위반되는 행위라도 말입니까?"

"의료법을 지키다 죽는 것과 법의 테두리 밖에서 치료받아 완치되는 것, 어느 쪽이 더 의미 있다고 생각하세요?"

역시 그렇게 나오시는군.

"민간 의료를 옹호하는 미쓰구 씨다운 의견이네요. 그건 병원 치료에 대한 도전이기도 하죠."

"병원 치료가 만능은 아니라고 생각합니다."

이 역시 예상한 답변이라 이누카이는 개의치 않았다.

"오늘 방문한 목적은 수사에 협조를 부탁드리고 싶어서였습니다."

"그날 밤 있었던 일에 대해서는 이미 다 말씀드렸는데요. 자는 중에 습격당했고 눈을 가리는 바람에 아무것도 못 봤어요. 범인의 목소리도 못 들었고요."

"하지만 범인이 당신을 만졌겠죠. 눈을 가렸을 정도니 숨결도 느꼈을 겁니다."

"그런 거 못 느꼈습니다."

"시각이나 청각은 기억에 쉽게 각인되는 반면 후각이나 촉각은 그렇지 않죠. 하지만 분명 머릿속에 남아는 있습니다."

"범인을 만나면 체취로 기억을 떠올릴 수 있다는 말인가요?"

"극단적인 이야기지만 그런 사례가 없는 것도 아닙니다. 어쨌든 미쓰구 씨는 범인과 접촉한 유일한 증인이에요. 오다 호스이 씨를 살해한 범인을 체포하려면 미쓰구 씨의 협조가 반드시 필요합니다."

미쓰구가 범인 체포를 마다할 이유가 없다. 아니나 다를까 미쓰구는 마지못해 고개를 끄덕였다.

이누카이 일행이 미쓰구를 데려간 곳은 데이토대학 부속병원이었다.

"수사 협조라는 게, 이건가요?"

미쓰구는 곧바로 이누카이를 비난의 눈초리로 노려봤다.

"'내추럴리'를 대학병원을 중심으로 한 표준 치료에 반발하는 사람들의 모임이라고 규정하는 사람이 있더군요."

"생전에 오다 호스이 씨가 한 말이나 홈페이지에 명시된 창립 의의를 읽어보면 그렇게 해석하는 이들이 있을 법하죠."

"총수 대행이라는 이유만으로 저를 병원 치료의 적으로 간주하시는 것 같네요."

"설마 겁먹은 건 아니죠?"

그동안 침묵하던 아스카가 일부러 도발적으로 입을 열었다.

물론 미쓰구가 도발에 쉽게 말려들 것을 계산해 의도적으로 던진 덫이었다.

"그저 대학병원이라는 이유만으로 거부한다면 '내추럴

리'가 병원 치료의 반대편에 서 있을 뿐 아니라 정당한 논의를 피하는 것처럼 보일 수도 있어요."

역시 같은 여자라서 그런지 여자를 자극하는 능력은 아스카가 한 수 위였다. 미쓰구는 이누카이를 향해 몸을 돌렸다.

"됐습니다. 가요."

선두에 선 이누카이는 1층 접수대를 지나 복도를 성큼성큼 걸어갔다. 일주일에 한 번씩 찾는 병원이다 보니 마치 자기 집 앞마당처럼 익숙했다.

너스 스테이션에 도착하자 안에 있던 이와이 간호사와 눈이 마주쳤다.

"어머, 이누카이 씨. 사야카를 보러 오셨어요? 앞으로 한 시간만 더 있으면 바이탈 체크하는 시간인데."

"아뇨. 오늘은 경찰 일 때문에 찾아왔습니다."

이와이 간호사는 미쓰구를 향해 시선을 옮겼다.

"이쪽 분은 누구신가요?"

"'내추럴리'라는 대체 치료 단체의 본부에서 총수가 살해된 사건을 알고 계실 겁니다. 그 단체의 사무국장입니다."

순간 이와이는 언짢은 표정을 지었다.

"그러고 보니 퇴원한 쇼노 유키 군이 사이비 치료로 목숨을 잃었다고 들었는데. 바로 그 단체로군요."

"사이비 치료라니, 가만히 듣고 있을 수 없는 말이네요."

미쓰구는 당장이라도 싸울 기세로 쏘아붙였다.

"물론 우리 단체가 쇼노 유키 군을 치료한 건 사실입니다. 하지만 환자 본인과 부모님 모두 대학병원의 치료에 불만이 있었기에 우리 단체에 가입한 거죠. 결국 치료 효과를 보지 못하고 세상을 떠났지만 총수님은 오히려 병원 치료가 병을 악화시킨 전형적인 사례라고 말씀하셨어요."

"본인들이 사기꾼인 건 제쳐두고 병원만 비난하려는 속셈이에요?"

"당신들 역시 자신들의 의료 수준이 낮다는 걸 모른 척하면서 우리 단체를 사기꾼이라고 멋대로 단정 짓잖아요. 그런 오만함이 병원 치료의 수준을 후퇴시킨 원인이라는 걸 아직도 모르겠어요?"

"오만하니 뭐니, 그게 문제가 아니라 의학적 지식이 있느냐 없느냐의 문제겠죠. 현대 의학이 비록 만능은 아니지만 그 대신 무엇을 할 수 있는지와 할 수 없는지는 명확해요. 그런데 민간 의료는 그런 판단조차 모호하잖아요. 효과가 불분명한 방법으로 환자를 치료하는 건 사기나 다름없어요."

"대학병원도 '시험'이라는 명목으로 효과가 불확실하면서도 비싸기만 한 치료를 하고 있잖아요."

"환자에게 억지로 떠넘기는 게 아니에요. 담당 의사와 환자, 그리고 가족들과 상의한 후 치료를 진행합니다. 처음부터 거액의 치료비를 요구하는 당신들과 똑같이 취급하지 마세요."

"회원님들과 상의해서 가입을 결정하는 건 '내추럴리'도 똑같아요. 이와이 씨 말만 들으면 마치 우리가 사기를 치고 갈취하는 사람 같잖아요. 증거도 없이 막말이 심하네요. 당신 같은 간호사가 일하는 병원이니 쇼노 유키 군이 퇴원할 만했어요."

"뱉으면 다 말인 줄 알아요?"

이와이도 한 발짝 걸어 나왔다. 완전히 전투 태세였다.

"저야 어쨌든 데이토대학 부속병원은 오랫동안 쌓아온 신뢰와 실적, 역사가 있어요. 생긴 지 얼마 안 된 민간 의료단체와는 근본적으로 수준이 다르다고요."

"환자 한 명도 살리지 못하면서 그런 말이 잘도 나오네요. 우리는 사쿠라바 리노를 완치시켰는데 말이에요."

"이누카이 씨."

이와이가 갑자기 몸을 돌렸다.

"이 사람 왜 데리고 오셨어요? 경찰의 업무는 수사하는 것 아닙니까? 너스 스테이션에서 도대체 무슨 수사를 하시겠다는 거예요?"

"수사라기보다 확인해야 할 사항이 있었습니다."

"무슨 확인이요?"

"오다 호스이 씨의 살인이 절반은 연극이었다는 사실 말입니다."

이누카이가 미쓰구를 돌아봤다.

"미쓰구 씨. 오다 호스이 씨가 살해당한 날 밤, 범인이 당신의 눈을 가리고 결박한 채 이불 위로 내던졌다고 했죠. 건물 내부에 침입했다는데 범인이 남긴 것으로 보이는 발자국도 발견되지 않았고, 두 곳에 설치된 CCTV도 무용지물이 되어 있었습니다. 능숙한 솜씨였죠. 게다가 오다 호스이가 코카인을 주사한 직후를 노려 도장에 있는 끈기봉으로 구타해 죽였습니다. 증거 인멸과 흉기 선택까지. 내부에 조력자가 있었다고밖에 볼 수 없죠."

"제가 내부 조력자라는 말이에요? 저는 눈이 가려지고 재갈이 물린 상태에서 몸을 움직일 수 없을 정도로 결박당했어요."

"네. 곳곳에 이중 매듭이 있어서 혼자서는 도저히 묶을 수 없는 결박 방식이었죠. 그래서 수사본부는 일단 당신의 증언을 믿었습니다. 그런데 공범이 있다면 이야기가 달라집니다. 오다 씨가 코카인으로 의식이 흐릿할 때를 노려 현관문으로 범인을 불러들인 겁니다. 범인은 아마 회원용 슬리퍼를 신고 도장으로 들어갔겠죠. 그러고는 둘이서 공모해 오다 씨를 끈기봉으로 구타해 죽인 뒤 당신을 묶어 놓고 당당하게 현관으로 나갔습니다."

이와이의 표정도 굳었다.

"이 병원에서는 감염 예방 차원에서 직원 누구도 명찰을 달지 않습니다. 그런데 분명 처음 만날 사이일 이와이 씨의 이름을 미쓰구 씨가 어떻게 알고 있었을까요? 그건 당연합니다. 두 사람은 친자매니까요. 두 분의 호적을 조사해서 과거 이름까지 추적했습니다. 구미타 마코토와 구미타 시즈에 사이에서 태어난 자매. 장녀 구미타 미쓰구, 차녀 구미타 마유코. 아버지가 병으로 돌아가시고 어머니가 그 뒤를 따르듯 세상을 떠나자 마유코 씨는 외가인 이와이 집안에 맡겨졌고, 미쓰구 씨는 친가 쪽 삼촌인 마리야 씨의 양녀로 들어갔습니다. 이렇게 두 사람의 성이 바뀌었지만 변하지 않은 것도 있었죠. 바로 아버지에게 보험 적용이 안 되는 고액의 치료를 권해 놓고 병으로 죽게 했을 뿐 아니라, 가족을 뿔뿔이 흩어지게 만든 원흉인 데이토대학 부속병원에 대한 원한 말입니다."

이와이 마유코의 표정이 순식간에 변했다. 자신의 일에 충실하던 간호사의 모습은 사라지고 복수를 포기하지 않았던 집념 강한 딸의 얼굴이 드러났다.

"조금 전에 말한 확인 사항은 당신들 자매가 그 사실을 숨기고 있는지 아닌지를 알아보려는 목적이었습니다. 절반은 도박이었죠. 만약 두 사람이 처음부터 자매라는 사실을 숨기지 않았다면 저희도 이렇게 쉽게 단서를 잡지 못했을 겁니다."

"……저에 대해 어떻게 알아낸 겁니까?"

"오다 씨의 과거를 추적하다가 그가 노숙 생활을 하던 시절 영양실조와 폐렴으로 신주쿠의 히라마의원에 실려 간 사실을 알게 됐습니다. 그때 진료 기록이 아직 남아 있었죠. 그 기록에 치료를 담당했던 간호사의 이름도 적혀 있었습니다. 그래요, 이와이 씨. 당신의 이름 말입니다. 당신은 그곳에서 오다 도요쓰구라는 적당한 꼭두각시를 발견했습니다."

사실 이와이 마유코와 오다 도요쓰구의 연결고리를 찾자 이후 수사는 수월했다. 이와이 마유코의 호적을 조사해

마리야 미쓰구와 자매 관계라는 사실을 알아낸 것은 순식간이었다.

자매가 헤어지게 된 경위도 두 사람이 자란 집안을 통해 확인했다. 아버지 구미타 마코토가 데이토대학 부속병원에서 사망한 사실도 금세 밝혀졌다.

"두 사람은 오랫동안 데이토대학 부속병원을 향한 복수를 계획했습니다. 그것이 바로 '내추럴리'라는 민간 의료단체를 설립해 병원의 환자들을 빼돌리는 것이었죠. 쇼노 유키뿐만이 아니었습니다. 한때 검사를 받았던 시노미야 이쿠미의 진료 기록도 언니인 미쓰구 씨에게 넘겨 그 사람들을 '내추럴리'로 끌어들였죠. 아닙니까?"

그 말에 이와이는 잠시 침묵하다가 담담하고 거만한 태도로 말했다.

"이누카이 씨, 조금 틀렸습니다."

"뭐가 말입니까?"

"저희는 분명 데이토대학 부속병원을 증오했습니다. 하지만 복수의 대상은 병원의 표준 치료 그 자체였습니다."

5

기타자와 경찰서에 연행된 이와이 마유코의 진술은 다음과 같았다.

"오다는 그만한 학력을 쌓고도 정규직으로 취직하지 못했으며 가정환경 때문인지 인정 욕구와 열등감으로 뒤섞여 다루기 쉬운 사람이었습니다. 병원 치료에 복수할 방법을 찾던 우리 자매에게 그 사람은 장차 유용하게 쓰일 패였죠. 히라마의원이 빌려준 병원비 회수 상황을 듣던 저는 오다가 코카인에 중독됐다는 사실을 알게 됐고 그를 꼭두각시로 만들기로 결심했습니다. 직업상 코카인을 구하기 쉬웠기 때문에 오다를 길들이는 데는 그리 어렵지 않았어요."

"오다를 둔기로 살해한 사람은 둘 중 누구입니까?"

"미쓰구 언니요. 언니가 오다의 행동 패턴을 잘 알았으니까요. 둘이서 죽이자고 했지만 언니는 혼자 할 수 있다며 말을 듣지 않았습니다. 옛날부터 책임감이 강한 성격이었거든요."

대면 조사를 담당한 이누카이의 질문에 이와이는 저항하지 않고 순순히 응했다.

"데이토대학 부속병원뿐 아니라 다른 병원의 위중한 환자의 데이터도 수집하고 있었어요. 지금은 환자의 동의를 얻어 진료 기록을 전자화해 의료기관에서 공유할 수 있도록 시스템이 갖춰져 있거든요. 저는 그 데이터를 미쓰구 언니에게 넘기기만 하면 됐어요."

"환자를 빼내는 게 병원 치료에 대한 복수라고 했죠?"

"우리 집을 파탄으로 몰고 간 병원 치료에 대해 복수하려고 했습니다. '내추럴리'를 사이비 종교 같은 형태로 만든 건 언니가 어렸을 때 겪은 일에서 힌트를 얻었기 때문이에요. 종교적인 색채를 띠면 사람들을 쉽게 현혹할 수 있죠. 오다를 발견한 뒤 저는 끊임없이 데이토대학 부속병원에 취업하려고 시도했고 언니는 '내추럴리' 창립에 전념했습니다. 그것이 저희의 역할 분담이었어요."

어린 시절 사이비 종교에 빠진 할머니를 가까이서 지켜본 미쓰구는 모순적이게도 그 수법을 자연스럽게 체득한 셈이었다.

"'내추럴리'는 우리 자매에게 인형과 무대 장치까지 완벽하게 꾸며놓은 정원 같은 곳이었어요."

"병원 치료를 받아도 낫지 않는 환자에게 사이비 치료로 돈을 더 뜯어내다니. 복수치고는 몹시 비틀린 것 아닙니까?"

"병원이 아무리 첨단 의료기술을 자랑해도 결국은 사이비 치료를 택하는 환자들을 보며 병원 치료를 비웃고 싶었던 거예요. 예상과 달리 사쿠라바 리노 씨가 완치된 건 뜻밖의 행운이었죠."

"그렇게 적절한 총수였던 오다 호스이 씨를 왜 죽였습니까?"

"코카인 중독이 심해서 총수 역할을 더는 못 하게 된 점이 첫 번째 이유고, 두 번째는 오다가 자신이 만든 '오다 호스이'라는 허상에 눌려 언론에 진실을 폭로하려고 했기 때문이에요."

"본인이 그렇게 말하던가요?"

"네. 오다가 저희를 협박했어요. 자기 몫을 더 달라고요. 코카인을 구하러 다니는 것도 귀찮다면서 계속 공급하라고 요구했죠. 오다의 카리스마를 만든 사람은 우리들인데 꼭두각시가 자신을 조종하던 끈을 끊어내려고 했어요. 명령을 거부하는 인형은 그저 위협적인 존재일 뿐이죠."

"오다를 죽이는 데 망설임은 없었습니까?"

"부모님을 잃은 순간 저희는 괴물이 됐습니다. 채워지지 않는 인정 욕구를 품은 채 카리스마 있는 인물로 가공된 오다 역시 괴물로 변했죠. 괴물이 괴물을 잡은 셈입니다. 별로 주저하지 않았습니다."

"쇼노 유키 군과 시노미야 이쿠미 씨 가족에게 악의적인 편지를 보낸 사람도 당신들입니까?"

"네. 오다를 살해할 동기를 가진 사람을 만들어 두려고 했습니다."

이와이 마유코는 진술하는 내내 거의 감정을 드러내지 않았다. 언니인 마리야 미쓰구도 마찬가지였다. 두 사람은 평범하게 일상을 보내면서도 마음속으로는 줄곧 긴장 상태였을 것이다. 모든 것이 밝혀지면서 마침내 긴장의 끈을 놓았을지도 모른다.

"마지막으로 묻겠습니다. 쇼노 유키 군은 이와이 씨가 담당했던 환자입니다. 그를 '내추럴리'에 넘길 때 망설이지는 않았습니까?"

"망설이지 않았습니다."

이와이 마유코는 태연하게 대답했다.

"우리가 만든 '내추럴리'가 제대로 된 의료단체가 아니라는 건 저도 잘 압니다. 하지만 유키 군을 죽일 생각은 추호도 없었어요. 애초에 유키는 데이토대학 부속병원의 표준 치료가 낳은 희생자라고 생각했습니다. 그리고 이누카이 씨, 사쿠라바 리노 씨뿐 아니라 병원 치료로부터 버림받은 환자들이 '내추럴리'에서 치료받은 뒤 호전된 사례도 있습니다. 쇼노 유키를 '내추럴리'로 보낸 건 아주 작은 희망이라도 주고 싶었던 마음도 있었습니다. 제발 그것만은 믿어 주세요."

그야말로 자기만족에 취한 변명이었다.

하지만 이상하게도 이누카이는 그 말을 믿고 싶었다. 복수에 사로잡힌 자매에게 아주 조금이나마 양심이 남아 있기를 바랐던 것이다.

자매를 송치한 이누카이는 평소와 다름없이 사야카의 병실을 찾았다.

"안녕."

"안녕."

사야카도 똑같이 대답했지만 어딘가 어색했다. 그럴 만도 했다. 담당 간호사였던 이와이 마유코가 쇼노 유키의 죽음과 관련 있다는 사실을 알았으니 마음이 편할 리 없었다.

"건강해 보이네."

"……뻔히 보이는 거짓말 하지 마."

"거짓말인 줄 어떻게 알았어?"

"내가 누구 딸인데."

날이 갈수록 엄마 말투를 닮아갔다. 옛날 생각에 그립기도 하고 가슴이 아프기도 했다.

"너한테는 마음에 안 드는 결말이었어?"

"처음에 한 약속 기억해?"

"유키가 병으로 죽은 게 아니라면 진실을 밝혀달라던 약속?"

"그 약속을 지켰으니 괜찮아."

"유키가 부모님과 함께 '내추럴리'에 간 건 이해할 수 있어?"

"병을 고치고 싶은 마음은 누구나 다 똑같잖아. 유키의 선택이 틀렸다고 말하기는 쉽지만 그런 말을 할 수 있는 사람은 본인이나 가족이 중병에 걸리지 않은 사람일 거야.

지푸라기라도 잡는 심정이었겠지. 나 그 심정 아주 잘 알아."

두 사람 사이에 침묵이 흘렀다. 그 침묵이 고통스러웠던 이누카이가 먼저 입을 열었다.

"너만 원한다면 민간 의료도 시도해 볼 수 있어."

"싫어."

사야카는 이누카이의 말을 끊었다.

"사이비 치료와 싸운 형사님이 그런 말 하지 마."

이누카이는 말을 잇지 못했다.

"허세를 부리는 게 아니라, 지금도 이 병원에서 난치병 치료법을 필사적으로 연구하는 의사 선생님들이 있잖아."

"응. 그렇지."

"의사 선생님들이 열심히 노력하는데 환자인 내가 도망치면 안 되지. 있잖아, 아빠. 유키가 퇴원 인사하러 왔을 때 왠지 모르게 나한테 미안해하는 표정이었어."

그랬던가. 이누카이는 전혀 신경 쓰지 못했다.

"지금은 왜 그랬는지 알 것 같아. 유키도 병원 선생님들한테 미안했던 거야. 자기 혼자 도망치는 기분이 들어서."

점점 어른스러운 말을 하는구나.

사야카는 이누카이가 생각하는 것보다 훨씬 더 성장했을지도 모른다.

"도망치는 것도 여러 선택지 중 하나야."

"응, 맞아. 본인 목숨이니까 당연히 본인이 선택할 권리가 있지."

'물론 아빠와 더 상의해도 돼'라는 말을 덧붙이려던 순간, 사야카가 당당하게 선언했다.

"하지만 난 선택하지 않을 거야."

옮긴이의 말

치유와 거짓이 공존하는 정원 속으로

경시청 수사1과 형사 이누카이 하야토는 딸 사야카와 함께 병원에 입원해 있던 한 소년의 갑작스러운 퇴원 소식을 듣습니다. 그리고 얼마 후, 그 소년의 사망 소식을 전해 듣게 되죠. 사야카의 부탁으로 함께 장례식에 참석한 이누카이는 마지막 작별 인사를 나누는 순간 고인의 몸에서 수상한 멍 자국을 발견하고, 소년의 죽음이 단순한 병사가 아니라는 사실을 직감합니다. 의문을 품고 자체적으로 수사하기 시작한 이누카이. 그런데 한 달 뒤, 한 공원에서 발견된 자살한 여성 시신에서 소년의 몸에 있던 것과 같은 멍이 발견되고, 두 사건의 연결고리를 찾던 이누카이는 대체의학을 내세우는 한 민간 의료단체와 마주하게 됩니다.

현대의학과 대체의학, 병원 치료와 민간요법의 대립을 그린 이누카이 하야토 형사 시리즈 6탄, 『라스푸틴의 정원』입니다.

의학의 역사는 곧 인류의 역사와 맞닿아 있습니다. 인류는 처음 존재했을 때부터 질병이라는 공통의 위협에 맞서 싸웠고 수천 년의 시행착오와 발전을 거듭해 현대의학이라는 눈부신 성과를 이루어냈습니다. 현대의학은 오늘날 인류의 건강과 생명을 지키는 든든한 기반이 됐습니다. 그러나 여전히 정복하지 못한 질병도 있고, 새로운 질병도 끊임없이 등장합니다. 『라스푸틴의 정원』은 그런 현대의학의 빈틈을 파고든 민간요법과 대체의학을 둘러싸고 벌어지는 갈등과 그 이면에 숨겨진 음습한 진실을 파헤치는 작품입니다.

이 작품은 단순한 형사 미스터리를 넘어 현대의학 체계가 마주한 현실적인 문제들을 파고듭니다. 특히 환자와 가족들이 병원 치료에 한계를 느끼며 사이비 치료에 빠져드는 과정과 심리, 그리고 그런 이들의 절박한 심정을 이용해 대체의학과 민간요법의 확산시키는 사회 현상을 날카롭게 그려냅니다. 그런 혼란과 다양한 악의가 혼재된 상황에서 이누카이는 이번에도 난치병으로 투병하는 딸을 둔 아버지와 범죄를 수사하는 냉철한 형사 사이에서 중심을 잡으려고 애씁니다.

이 작품에 등장하는 '정원'은 치유와 죽음, 믿음과 거짓, 희망과 절망이 뒤섞여 공존하는 불안정하고 불확실한 공간입니다. 이는 마치 현대의학과 대체의학이 충돌하고 공존하며 위태롭게 균형을 유지하는 우리 사회의 모습을 보여 주는 가치 충돌의 장 같다는 생각도 들었습니다.

이누카이 하야토 시리즈는 인간의 생명과 의료 문제라는 깊이 있고 묵직한 주제로 오랫동안 독자의 사랑을 받아 온 시리즈입니다. 어떻게 보면 인간과 가장 밀접한 주제인 '의료'와 '건강'을 미스터리와 접목시켜서 더욱 깊은 울림을 주는 이누카이 하야토 시리즈도 어느새 많은 작품이 출간됐습니다.

장기이식 문제를 조명한 『살인마 잭의 고백』, 인간의 악의를 일곱 가지 색으로 표현한 단편집 『일곱 색의 독』, 백신 부작용 문제를 제기한 『하멜른의 유괴마』, 인간의 존엄을 위한 안락사 문제를 이야기한 『닥터 데스의 유산』, 장기 매매 문제를 다룬 『카인의 오만』, 현대의학과 대체 의학의 대립을 그린 『라스푸틴의 정원』, 그리고 현재 일본에서 출간된 시리즈 최신편 『닥터 데스의 재림』까지.

국내에 출간된 작품만 따져도 이번 『라스푸틴의 정원』까지 총 여섯 편인데, 이누카이 하야토 시리즈를 전부 읽어 본 독자가 계신다면 어느 편을 가장 인상 깊게 읽었는지, 또 어느 편이 가장 공감 갔는지 궁금합니다.

개인적으로, 이 시리즈의 작품들이 거듭될수록 점점 경시청 수사1과 형사다운 면모를 갖춰가는 다카치호 아스카와, 오랜 투병 생활 속에서도 희망을 잃지 않으며 아이에서 어른으로 점점 성장해 가는 사야카의 모습을 지켜보는 것 또한 매력적이라고 생각합니다.

시리즈 다음 편인 『닥터 데스의 재림』에서는 앞서 출간된 시리즈 4편 『닥터 데스의 유산』에 이어 다시 안락사 문제를 다룹니다. 나카야마 시치리 작가가 다음 편에서는 또 어떤 메시지를 던져 줄지 무척 기대됩니다.

2025 겨울
문지원

라스푸틴의 정원

1판 1쇄 인쇄 2025년 11월 20일
1판 1쇄 발행 2025년 12월 5일

지은이 **나카야마 시치리** | 옮긴이 **문지원**

발행인 **송호준** | 편집장 **민현주** | 총괄이사 **황인용**
표지 디자인 **박진범** | 본문 디자인 **송재원**
마케팅 **소금** | 제작 **송승욱** | 제작처 **블루엔**

발행처 **블루홀식스** | 출판등록 2016년 4월 5일 제2016-000100호
주소 경기도 파주시 회동길 483-1 전화 (031)955-9777 팩스 (031)955-9779
이메일 blueholesix@naver.com

ISBN 979-11-93149-63-8 (03830) 정가 18,000원

* 저자와 출판사의 서면 허락 없이 내용의 일부를 무단 인용하거나 발췌하는 것을 금합니다.
* 책값은 뒤표지에 있습니다. 잘못된 책은 구입하신 곳에서 교환해 드립니다.

학의 대립을 그린 『라스푸틴의 정원』, 그리고 현재 일본에서 출간된 시리즈 최신편 『닥터 데스의 재림』까지.

국내에 출간된 작품만 따져도 이번 『라스푸틴의 정원』까지 총 여섯 편인데, 이누카이 하야토 시리즈를 전부 읽어본 독자가 계신다면 어느 편을 가장 인상 깊게 읽었는지, 또 어느 편이 가장 공감 갔는지 궁금합니다.

개인적으로, 이 시리즈의 작품들이 거듭될수록 점점 경시청 수사1과 형사다운 면모를 갖춰가는 다카치호 아스카와, 오랜 투병 생활 속에서도 희망을 잃지 않으며 아이에서 어른으로 점점 성장해 가는 사야카의 모습을 지켜보는 것 또한 매력적이라고 생각합니다.

시리즈 다음 편인 『닥터 데스의 재림』에서는 앞서 출간된 시리즈 4편 『닥터 데스의 유산』에 이어 다시 안락사 문제를 다룹니다. 나카야마 시치리 작가가 다음 편에서는 또 어떤 메시지를 던져 줄지 무척 기대됩니다.

2025 겨울
문지원

라스푸틴의 정원

1판 1쇄 인쇄 2025년 11월 20일
1판 1쇄 발행 2025년 12월 5일

지은이 나카야마 시치리 | 옮긴이 문지원

발행인 송호준 | 편집장 민현주 | 총괄이사 황인용
표지 디자인 박진범 | 본문 디자인 송재원
마케팅 소금 | 제작 송승욱 | 제작처 블루엔

발행처 블루홀식스 | 출판등록 2016년 4월 5일 제2016-000100호
주소 경기도 파주시 회동길 483-1 전화 (031)955-9777 팩스 (031)955-9779
이메일 blueholesix@naver.com

ISBN 979-11-93149-63-8 (03830) 정가 18,000원

* 저자와 출판사의 서면 허락 없이 내용의 일부를 무단 인용하거나 발췌하는 것을 금합니다.
* 책값은 뒤표지에 있습니다. 잘못된 책은 구입하신 곳에서 교환해 드립니다.